Whiskey und Geheimnisse

Whiskey und Lügen, Buch 1

Carrie Ann Ryan

Whiskey und Geheimnisse

Whiskey und Lügen, Buch 1

von
Carrie Ann Ryan

Copyright © 2014/2022 Carrie Ann Ryan

Englischer Originaltitel: »Whiskey Secrets (Whiskey and Lies Book 1)«
Deutsche Übersetzung: Martina Risse für Daniela Mansfield Translations 2022

Alle Rechte vorbehalten. Dies ist ein Werk der Fiktion. Namen, Darsteller, Orte und Handlung entspringen entweder der Fantasie der Autorin oder werden fiktiv eingesetzt. Jegliche Ähnlichkeit mit tatsächlichen Vorkommnissen, Schauplätzen oder Personen, lebend oder verstorben, ist rein zufällig.

Dieses Buch darf ohne die ausdrückliche schriftliche Genehmigung der Autorin weder in seiner Gesamtheit noch in Auszügen auf keinerlei Art mithilfe elektronischer oder mechanischer Mittel vervielfältigt oder weitergegeben werden. Ausgenommen hiervon sind kurze Zitate in Buchrezensionen.

eBook:
ISBN: 978-1-63695-175-1

Taschenbuch:
ISBN: 978-1-63695-176-8

Besuchen Sie Carrie Ann im Netz!
carrieannryan.com/country/germany/
www.facebook.com/CarrieAnnRyandeutsch/
twitter.com/CarrieAnnRyan
www.instagram.com/carrieannryanauthor/

Ebenfalls von Carrie Ann Ryan

Montgomery Ink Reihe:
Delicate Ink – Tattoos und Überraschungen (Buch 1)
Tempting Boundaries – Tattoos und Grenzen (Buch 2)
Harder than Words – Tattoos und harte Worte (Buch 3)
Written in Ink – Tattoos und Erzählungen (Buch 4)
Ink Enduring – Tattoos und Leid (Buch 5)
Ink Exposed – Tattoos und Genesung (Buch 6)
Inked Expressions – Tattoos und Zusammenhalt (Buch 7)
Inked Memories – Tattoos und Erinnerungen (Buch 8)

Montgomery Ink Reihe (Colorado Springs):
Fallen Ink – Tattoos und Leidenschaft (Buch 1)

Novellas:
Ink Inspired - Tattoos und Inspiration (Buch 0.5)
Ink Reunited – Wieder vereint (Buch 0.6)

Forever Ink - Tattoos und für immer (Buch 1.5)
Hidden Ink – Tattoos und Geheimnisse (Buch 4.5)

Die Gallagher-Brüder:
Love Restored – Geheilte Liebe (Buch 1)
Passion Restored – Geheilte Leidenschaft (Buch 2)
Hope Restored – Geheilte Hoffnung (Buch 3)

Whiskey und Lügen:
Whiskey und Geheimnisse (Buch 1)

Whiskey und Geheimnisse

Es fliegen die Funken zwischen einem ehemaligen Polizisten – jetzt Barkeeper – und seiner neuen Herbergsleiterin in dem ersten Buch dieser Reihe von *New York Times* Bestsellerautorin Carrie Ann Ryan.

Dare Collins ist ein Mann, der sich mit Whiskey und Frauen auskennt – oder zumindest bildet er sich das ein. Als seine Eltern beschließen, für das Gasthaus über seiner Kneipe und Restaurant eine neue Herbergsleiterin einzustellen, ist er anfänglich sehr misstrauisch. Ganz besonders, als er der neuen Angestellten zum ersten Mal begegnet. Doch schon bald merkt er, dass ihm nichts anderes übrig bleibt, als mit diesem Stadtmädchen zu arbeiten und sowohl ihre neuen Ideen als auch die Anziehung zwischen ihnen zu akzeptieren.

Kenzie Owens hat ihr altes Leben und somit den Missbrauch durch ihren Ex-Mann hinter sich gelassen – zumindest dachte sie das. Sie hofft, in Whiskey, Pennsylvania in Sicherheit zu sein, doch nach einem kurzen Blick auf Dare Collins, ihren neuen Boss, könnte sie möglicherweise immer noch in Gefahr schweben, oder wenigstens ihr Herz. Doch als ihre Vergangenheit sie einholt, ist mehr als ihr Herz in Gefahr. Dieses Mal könnte auch ihr Leben auf dem Spiel stehen.

Anmerkung

Whiskey und Geheimnisse war mein erstes Buch, bei dem mein Mann und ich uns mit dem Plot hinsetzten und ihn auseinandernahmen. Er hatte immer schon zum Team Carrie Ann gehört, aber diesmal hatten wir zum ersten Mal zusammengearbeitet, weil er meine Leserinnen und meine Bücher noch besser kennenlernen wollte. Er hatte einige meiner anderen Bücher gelesen und kannte meine Charaktere sehr gut, da ich so viel über sie redete, aber dies war das erste Buch, bei dem ich tatsächlich mit ihm den Plot festlegte.

Ich habe ihn verloren, während ich dieses Buch editierte, und er ist niemals dazu gekommen, die endgültige Fassung zu lesen.

Er wird niemals diese Worte lesen.

Während ich normalerweise jedem einzelnen Menschen danke, der teil daran hatte, meine Bücher zum Leben zu erwecken, werde ich hier nur den einzigen

ANMERKUNG

Mann aus meinem Leben erwähnen, den einen, der Teil meiner Seele war und ist. Den Mann, den ich jeden Tag meines Lebens vermisse.

Dieses Buch widme ich ihm. Es war immer für ihn gedacht.

Daniel, ich hoffe, du kannst stolz auf mich sein.

Carrie Ann

KAPITEL EINS

Ein scharfer Schmerz fuhr ihm durch den Schädel und die Wirbelsäule hinab. Dare Collins beherrschte sich, um nicht mitten in seiner eigenen Kneipe einen Schrei auszustoßen. Langsam erhob er sich und rieb sich den Hinterkopf. Er hatte sich ablenken lassen und sich am Tresen gestoßen. Da das Ding aus solidem Holz gefertigt und verdammt dick war, wunderte er sich, dass er sich keine Gehirnerschütterung zugezogen hatte. Aber da er nicht doppelt sah, hatte er das Gefühl, mit einem Glas Macallan am Ende dieses langen Abends könnte er das Pochen in seinem Kopf loswerden.

Gab es doch nach einem besonders langen Tag nichts Besseres als ein Glas milden Whiskey oder einen Krug eiskaltes Bier. Wofür Dare sich jeweils entschied, hing nicht nur von seiner Stimmung, sondern auch von den Leuten in seiner Umgebung ab. So war das Leben eines ehemaligen Polizisten, der zu einem Kneipenwirt geworden war.

Er hatte das Gefühl, dass es heute Abend für ihn einen Whiskey, aber keine Frau geben würde – wie an den meisten Abenden, wenn er ehrlich war. Es war ein langer Tag gewesen. Er hatte Inventur machen müssen und seine Angestellten waren nicht erschienen. Das bedeutete, dass er furchtbare Kopfschmerzen hatte, und es sah so aus, als müsste er vom Öffnen bis zum Schließen der Kneipe durcharbeiten. Aber so war es nun einmal, wenn man wie er der Inhaber einer Kneipe und eines Restaurants war – nämlich des *Old Whiskey Restaurant and Bar* – anstatt nur Geschäftsführer oder Barkeeper.

Und dass seine Familie den ganzen Tag lang ein und aus gegangen war, hatte nicht gerade geholfen. Seine Brüder und seine Eltern hatten entweder etwas zu essen haben wollen oder ihm Fragen gestellt, die sofort beantwortet werden mussten und sich nicht mit einem Anruf oder einer SMS erledigen ließen. Seine Mom und sein Dad hatten mehr als einmal erwähnt, dass er sich auf eine Zusammenkunft am Morgen einstellen sollte, und er hatte ein schlechtes Gefühl im Bauch hinsichtlich dessen, was das für ihn bedeuten würde. Doch diesen Gedanken schob er beiseite, denn er war es gewohnt, dass sein Leben sich von einem Augenblick auf den anderen veränderte. Er hatte den Polizeidienst nicht ohne Grund verlassen.

Aber genug davon.

Er liebte seine Familie wirklich, aber manchmal verursachte sie ihm Kopfschmerzen, besonders seine Eltern.

Da seine Mom und sein Dad immer noch das *Old Whiskey Inn*, die Herberge über seiner Kneipe führten, waren sie ständig in der Nähe. Sie rissen sich den Hintern auf und erledigten Arbeiten, die für ihr Alter viel zu schwer für sie waren, aber sie versuchten eben alle nur, sich ihren Lebensunterhalt zu verdienen. Wenn sie nicht gerade mit dem Betrieb der Herberge beschäftigt waren, kümmerten sie sich um die Lösung von Problemen, wobei Dare ihnen gern geholfen hätte, was sie aber nicht zuließen.

Er hätte am liebsten Feierabend gemacht und wäre zu seiner Wohnung ein paar Häuserblocks entfernt zurückgekehrt, aber er wusste, dass dies heute Abend unmöglich war. Da sein Barkeeper Rick und zwei Kellnerinnen aus der Kneipe sich in letzter Minute krankgemeldet hatten, war Dare ziemlich aufgeschmissen.

Und wenn er sich noch weiter in seinem Selbstmitleid suhlte, würden seine Ohren zu klingeln beginnen. Er musste sich zusammenreißen und darüber hinwegkommen. Abends lange zu arbeiten und sich mit den Fehlern anderer Leute herumzuschlagen gehörte zu seinem Berufsbild, und normalerweise war das für ihn in Ordnung.

Offensichtlich ging es ihm heute Abend einfach nicht so gut. Und da er sich selbst gut kannte, glaubte er, den Grund zu kennen. Er näherte sich dem Ende der

Zeitspanne, in der sein Kind nicht bei ihm war. Immer wenn er zu viele Tage von Nathan getrennt war, benahm er sich wie ein verrücktes Arschloch. Glücklicherweise stand sein Besuchswochenende bevor.

»Löst du gerade eine schwierige Rechenaufgabe im Kopf oder bist du lediglich in Tagträumen versunken? Dein Gesichtsausdruck lässt nämlich vermuten, dass du dein Gehirn überanstrengst. Es überrascht mich, dass ich keinen Rauch aus deinen Ohren quellen sehe«, sagte Fox, der an den Tresen trat und Dare aus seinen Gedanken riss. Dare hatte gedankenverloren die Zapfhähne bedient und Gläser gespült, aber er war froh über die Ablenkung, obwohl es ihn ärgerte, dass er eine brauchte.

Dare schüttelte den Kopf und zeigte seinem Bruder den Mittelfinger. »Leck mich.«

In der Kneipe herrschte reges Treiben, also ließ Fox sich auf einem leeren Hocker nieder. Er grinste. »Nette Art, einen Gast zu begrüßen.« Er warf einen Blick über die Schulter, dann wandte er sich wieder Dare zu und runzelte die Stirn. »Wo sind Rick und das restliche Personal?«

Dare konnte gerade noch ein Knurren zurückhalten. »Krankgemeldet. Entweder grassiert wirklich ein Vierundzwanzig-Stunden-Magenvirus und ich bin für die nächsten paar Tage aufgeschmissen oder sie sind alle auf Sauftour.«

Fox fluchte vor sich hin. Dann sprang er von seinem Hocker und ging hinter den langen Eichentresen, um auszuhelfen. So war Dares Familie nun einmal: Wenn einer von ihnen Hilfe brauchte, ließen die anderen alles stehen und liegen und man musste nicht einmal darum bitten. Da es Dare sogar schwerfiel, um Unterstützung zu bitten, wenn es ihm gut ging, war er heute froh, dass Fox wusste, woran es fehlte, ohne dass er etwas erklären musste.

Ohne zu fragen, nahm Fox ein paar Getränkebestellungen entgegen und begann dann, sie mit der langjährigen Erfahrung eines Barkeepers zu mixen. Fox war Inhaber des *Whiskey Chronicle*, der kleinen Stadtzeitung, und Dare überraschte es zuweilen immer noch, wie geschickt und flink sein jüngerer Bruder neben ihm arbeitete. Sicher, sogar seine Eltern, sein älterer Bruder Lochlan und seine jüngere Schwester Tabby fanden den Weg hinter den Tresen.

Nur waren sie eben nicht so gut wie Dare. Und wenn man bedachte, dass dies nun einmal *sein* Job war, war er dankbar dafür.

Er liebte seine Familie, seine Gaststätte und zur Hölle sogar seine kleine Stadt im Außenbezirk von Philly. Whiskey, Pennsylvania bestand wie die meisten anderen kleineren Städtchen in diesem Staat aus neu hinzugekommenen Häusern und alten Steingebäuden aus den Zeiten der Revolution und dem Bürgerkrieg, an die man angebaut hatte – wie sein Gasthaus.

Und natürlich nannte jeder den besonderen Namen des Ortes – Whiskey – gern in seinem Firmenschild, wenn möglich. So wie die Stadtzeitung, sein Gasthaus und die meisten anderen Geschäfte. Nur Lochlans Geschäft fiel aus dem Rahmen. Er hatte es *Lochlan's Security and Gym* genannt. Genau wie er selbst war es eben ein bisschen anders als alle anderen, aber dennoch gehörte es dazu.

Whiskey hatte seinen Namen in den alten Tagen erhalten, als der Schwarzmarkt mit Alkohol geblüht hatte. Früher hatte die Stadt einen anderen Namen gehabt, aber seit der Prohibition hatte sie ihren Namen geändert, und das hatte sich bezahlt gemacht. Whiskey war eine der letzten Städte, in denen die Prohibition aufrechterhalten worden war, sogar noch nach dem nationalen Dekret. Doch die Bürger hatten nicht aus puritanischen Gründen gegen die Legalisierung von Alkohol gekämpft, sondern weil der Schwarzhandel mit Alkohol der Gemeinde zu finanziellem Aufschwung verhalf. Dare wusste, dass noch viel mehr dahintersteckte, aber das waren die Geschichten, die den Touristen erzählt wurden und die einen dem Geschäft zuträglichen Flair verbreiteten.

Whiskey lag am Ufer des Delawares mit Blick auf New Jersey, obwohl noch in Pennsylvania gelegen. In Whiskey führte die Hauptbrücke, welche die beiden Bundesstaaten verband, nach Ridge auf dem Ufer von New Jersey. Sie war eine der Hauptattraktionen für Touristen, die hier zu Fuß oder im Wagen den Fluss überquerten und so in zwei Bundesstaaten gleichzeitig sein konnten, solange sie sich über dem Delaware befanden.

Die Stadt war reich an Geschichte und lag der Stelle,

wo George Washington den Fluss überquert hatte, so nahe, dass sie von den Aufführungen, die das historische Ereignis nachspielten, profitieren konnte und so finanziell stets flüssig war.

Whiskeys einzige Hauptstraße, an der nicht nur Lochlans und Dares Betriebe lagen, sondern auch viele der anderen Läden und Restaurants, war stets mit Fahrzeugen vollgestopft und die Leute parkten in Zweierreihen. Dares persönlicher Parkplatz für die Gaststätte und die Herberge waren heiß begehrt.

Und obwohl er sich an manchen Tagen mehr Zeit für sich selbst wünschen mochte, so wusste er doch, dass er die Atmosphäre in der Stadt um nichts hätte eintauschen wollen. Whiskey war eine sonderbare kleine Stadt, eine Mischung aus Geschichte und Moderne, und er hätte sie gegen nichts auf der Welt getauscht. Tabby, seine Schwester, mochte gen Westen gezogen sein und ihre Liebe und ihren Platz bei den Montgomerys in Denver gefunden haben, aber Dare wusste, dass er selbst nur hier sein Zuhause finden konnte.

Sicher, er hatte in Denver ein paar Liebesabenteuer gehabt, wenn er seine Schwester besucht hatte, aber er wusste, diese würden immer nur ein oder zwei Nächte dauern. Zur Hölle, er war zurzeit der König der Affären, und das aus gutem Grund. Außer seiner Familie und Nathan, seinem Sohn, konnte er weder Verpflichtungen noch Bindungen gebrauchen.

Die Zeit mit Nathans Mom hatte ihm das genügend bewiesen.

»Du bist immer noch in Tagträume versunken«, rief Fox von der anderen Seite des Tresens. »Ist alles in Ordnung?«

Dare nickte stirnrunzelnd. »Ja, ich denke, ich brauche mehr Koffein oder so, da meine Gedanken immer noch umherschweifen.« Er setzte das für ihn typische Lächeln auf und ging zu den neuen Gästen, die sich am Tresen niedergelassen hatten. Dare galt in der Familie nicht als der Grüblerische – diese Ehre gebührte Lochlan – und er hasste es, wenn er sich einmal so verhielt.

»Was darf ich Ihnen bringen?«, fragte er ein junges Paar, das sich auf zwei leeren Barhockern niedergelassen hatte. Die beiden trugen zueinander passende Eheringe, wirkten aber wie Anfang zwanzig.

Er konnte sich nicht vorstellen, so jung verheiratet zu sein. Zur Hölle, er hatte überhaupt niemals geheiratet und war jetzt schon Mitte dreißig. Er hatte noch nicht einmal Monica geheiratet, obwohl sie ihm Nathan geboren hatte. Und er war sich nicht einmal sicher, ob sie diesen Schritt gewagt hätten, auch wenn sie zusammengeblieben wären. Sie hatte nun Auggie und er hatte ... nun, er hatte seine Gaststätte.

Das war überhaupt nicht deprimierend.

»Zwei Yuenglings, vom Hahn gezapft, wenn Sie das haben«, sagte der junge Mann lächelnd.

Dare nickte. »Ich muss Sie bitten, mir Ihre Ausweise zu zeigen, und ja, ich kann Ihnen zwei zapfen.« Da Yuengling ein Bier aus Pennsylvania war, wäre es dumm gewesen, es nur in Flaschen zu verkaufen, auch in einer Stadt, die stolz auf ihren Whiskey war.

Das Paar zog die Ausweise hervor und Dare warf schnell einen Blick darauf. Da beide nun im reifen Alter von zweiundzwanzig waren, zapfte er ihnen die Biere und legte ihnen die Rechnung hin, da sie nicht aussahen, als würden sie mehr trinken und es auf einen Deckel anschreiben lassen.

Eine Frau mit langem karamellbraunem Haar, das stellenweise rot leuchtete, setzte sich an die Ecke des Tresens. Das Haar fiel ihr in losen Wellen den Rücken hinunter und sie trug ein verflucht heißes, grünes Kleid, das ihre Kurven zur Geltung brachte und Beine zeigte, die nicht enden zu wollen schienen. Das Kleidungsstück war ärmellos, sodass er die wohlgeformten Muskeln an ihren Armen arbeiten sehen konnte, als sie die Speisekarte aufnahm, um sie zu betrachten. Als sie aufblickte, warf sie ihm einen abweisenden Blick zu, um sich dann wieder der Speisekarte zuzuwenden. Er unterdrückte einen Seufzer. Da er nicht in der Stimmung war, sich dem auszusetzen, worum auch immer es gehen mochte, überließ er es Fox, sich um sie zu kümmern, und dachte nicht mehr an sie. Es hatte keinen Sinn, sich mit einer Frau zu beschäftigen, die ihn definitiv nicht in ihrer Nähe haben wollte, auch wenn es sich nur um das Entgegennehmen einer Getränkebestellung handelte. Lustig, normalerweise verjagte eine Frau ihn erst, nachdem er zumindest ein paar Worte mit ihr gewechselt hatte. Zumindest hatte er das bei Monica gelernt.

Und warum zur Hölle dachte er schon wieder an seine Ex? Für gewöhnlich dachte er nur flüchtig an sie, wenn er mit Nathan telefonierte oder das eine Wochenende im Monat mit ihm verbrachte, das die Besuchsrechtsregelung Dare zugestand. Einer gefährlichen Arbeit nachzugehen und dann Gastwirt zu werden sah in den Augen mancher Anwälte scheinbar nicht gut aus, zumindest war das der Fall gewesen, als Monica um das alleinige Sorgerecht gekämpft hatte, nachdem Nathan geboren worden war.

Er schob diese Gedanken beiseite, denn er wollte seine Gäste nicht mit einem finsteren Gesicht verängstigen, nur weil er sich daran erinnerte, wie seine Ex wegen seines Berufes auf ihn hinabgeblickt hatte, obwohl sie gern mit ihm zusammen gewesen war, wenn es darum gegangen war, sie zu befriedigen.

Dare servierte noch ein paar weitere Getränke, bevor er Fox die Kneipe überließ, um in dem Restaurant im anderen Gebäudeteil nach dem Rechten zu sehen.

Da das Steinhaus ursprünglich auf beiden Etagen eine Herberge beheimatet hatte und nicht nur im ersten Stock wie heute, gestaltete es sich ein wenig anders als die meisten neueren Gebäude in der Stadt. Die Kneipe war zu einer Seite hin offen und ging in den Restaurantbereich über, wo köstliche, anspruchsvollere Vorspeisen und Tapas serviert wurden. Normalerweise musste man reservieren lassen, wenn man sich im Restaurantbereich an einen Tisch setzen und speisen wollte, doch auch in der Kneipe gab es Sitzplätze, an denen man ein Abendessen zu sich nehmen konnte, nur die Speisekarte war weniger reichhaltig und die Speisen ähnelten eher einer schlichten Kneipenmahlzeit.

Früher hatte er sich nicht vorstellen können, ein Lokal wie dieses zu führen, obwohl seine Eltern eine kleinere Version davon in seiner Kindheit besessen hatten. Keines seiner Geschwister hatte Interesse daran gehabt zu übernehmen, als seine Eltern sich aus der Kneipe zurückziehen und nur noch die Herberge führen wollten. Als Dare sich bereits nach wenigen Jahren entschloss, den Polizeidienst zu verlassen, hatte er hier seinen Platz gefunden, wenn auch widerstrebend.

Polizist zu sein war nichts für ihn; Beziehungen auch nicht. Er hatte geglaubt, Polizist sein zu können, doch das Leben hatte eine Wendung genommen und er hatte seiner Sterblichkeit viel früher ins Auge sehen müssen, als er es erwartet hatte. Offensichtlich entsprach es ihm mehr, ein ruppiger, überzeugter alleinstehender Kneipenwirt zu sein. Außerdem war er ziemlich gut darin. Jedenfalls meistens.

Die Managerin des Restaurants lief geschäftig hin und her und kümmerte sich um alles, aber als Außenstehender bemerkte man nichts davon. Claire war einfach gut in ihrem Job. Sie war Anfang fünfzig und bereits Großmutter, aber mit ihrer glatten, dunklen Haut und ihrem strahlenden Lächeln wirkte sie keinen Tag älter als fünfunddreißig. Gute Gene und Make-up wirkten Wunder – jedenfalls behauptete sie das. Aber das würde er niemals laut aussprechen. Seine Mutter und Tabby hatten ihm schließlich im Laufe der Jahre etwas beigebracht.

Das Restaurant war knapp an Personal, wurde aber von Claire geführt. Und er war dankbar, dass sie ebenso wie er Überstunden machte. Er hatte alles im Blick, wusste jedoch, dass er es ohne sie nicht geschafft hätte. Nachdem er sich vergewissert hatte, dass bei ihr alles lief, kehrte er in den Kneipenteil zurück, um Fox abzulösen. Der Ansturm ließ nun stetig nach und sein Bruder konnte sich nun zurücklehnen und ein Bier genießen. Dare wusste, er hatte bereits den ganzen Tag in der Zeitungsredaktion gearbeitet.

Als das Restaurant schließlich für Gäste schloss und in der Kneipe nur noch einige wenige Gäste zurückblieben, wäre Dare am liebsten zu Bett gegangen und hätte den anstrengenden Tag vergessen. Sicher, er musste immer noch die beiden Lokale schließen und mit Fox und Lochlan reden, da sein älterer Bruder vor ein paar Minuten aufgetaucht war. Vielleicht konnte er sie dazu bringen, ihm beim Schließen zu helfen, sodass er nicht bis Mitternacht zu tun hätte. Er musste wirklich müde sein, wenn es ihm zu viel wurde, die beiden Lokale aufzuräumen und zu schließen.

»Rick ist also nicht aufgetaucht?«, fragte Lochlan und erhob sich von seinem Hocker. Sein älterer Bruder begann, zusammen mit Fox den Tresen aufzuräumen. Dare unterdrückte ein Lächeln. Er musste es ihnen auf andere Art als mit Bier wiedergutmachen, aber er wusste, sie halfen ihm, weil sie seine Familie waren und Zeit hatten und nicht, um belohnt zu werden.

»Nein. Auch Shelly und Kayla sind nicht erschienen.« Dare widerstand dem Drang, mit den Zähnen zu knirschen. »Danke für eure Hilfe. Ich bin erschöpft und nicht in der Laune, alles allein zu machen.«

»Dafür sind wir da«, erklärte Lochlan schulterzuckend.

»Übrigens, habt ihr eine Ahnung, worum es in dem Gespräch morgen früh um sieben Uhr gehen wird?«, fragte Fox nach einem Augenblick. »Sie schalten sogar Tabby telefonisch dazu.«

Dare seufzte. »So früh am Morgen habe ich generell keine Lust auf Gespräche. Ich habe keine Ahnung, um was es geht, aber ich habe ein schlechtes Gefühl.«

»Es scheint so, als wollten sie etwas ankündigen.« Lochlan setzte sich wieder auf seinen Barhocker und blätterte durch sein Telefon. Er hielt ständig mit seiner Tochter Kontakt, daher waren sein Telefon und er unzertrennlich. Misty musste bei Ainsley, Lochlans bester Freundin sein, da sein Bruder an diesem Abend gearbeitet hatte. Ainsley half aus, wenn Lochlan abends arbeiten musste oder Dare besuchen wollte. Lochlan besaß das alleinige Sorgerecht für Misty, und alleinerziehender Vater zu sein war nicht einfach.

Dare hatte das Gefühl, dass nach dem Gespräch am nächsten Morgen nicht alles so glatt laufen würde, egal was seine Eltern zu sagen hatten. Seine Eltern waren fürsorglich, hilfsbereit und wollten immer nur das Beste für ihre Familie. Das bedeutete aber auch, dass sie dazu neigten, sie zu bevormunden, wenn auch auf liebevollste Weise.

»Mist.«

Es sah so aus, als müsste er heute Abend ohne Whiskey und ohne Frau nach Hause gehen.

Sicher, plötzlich stieg das Bild der Frau mit den umwerfenden Haaren und dem geringschätzigen Blick in ihm auf und er unterdrückte einen Seufzer. Wieder einmal war er der Dumme, wenn auch nur in seinen Gedanken.

AM NÄCHSTEN MORGEN UMKLAMMERTE ER seinen Kaffeebecher und betete, dass seine Augen geöffnet blieben. Dummerweise hatte er sich am gestrigen Abend noch in Papierkram vertieft und nur drei Stunden Schlaf bekommen.

Lochlan saß mit Misty in einer der Tischnischen und sah ihr dabei zu, wie sie in ihrem Malbuch malte. Sie war ebenso alt wie Nathan, was Dare sehr begrüßte, da nun Cousin und Cousine wie Geschwister aufwachsen konnten, jedenfalls an den Wochenenden, an denen Nathan bei Dare war. Die beiden Kinder kamen großartig miteinander aus und er hoffte, dass dies auch während der schwierigen Phasen so bleiben würde, in die Kinder sporadisch zu geraten schienen und in denen sie das andere Geschlecht ablehnten.

Fox saß neben Dare an einem der Tische und hatte seinen Laptop geöffnet vor sich. Da sein Bruder der Inhaber der Stadtzeitung war, war er stets über alle Veranstaltungen auf dem Laufenden. Sogar in diesem Augenblick tippte er etwas ein.

Zwischen ihnen lag Dares Handy, das mit Tabby verbunden war, obwohl diese gerade nichts sagte. Alex, ihr Verlobter, war wahrscheinlich auch in der Nähe, da die beiden unzertrennlich waren. Da sein zukünftiger Schwager Tabby anbetete, störte Dare das weniger, als man es bei einem großen Bruder vermutete.

Die älteren Collins standen lächelnd am Tresen, aber Dare sah ihnen die Nervosität an. Er war zu lange Polizist gewesen, um so etwas zu übersehen. Sie hatten etwas vor und er hatte das Gefühl, dass es ihm nicht gefallen würde.

»Nun spuckt es schon aus«, sagte er, wobei er sich bemühte, anständig zu reden – nicht nur wegen Misty, sondern auch, weil seine Mutter ihm immer noch die Ohren lang gezogen hätte, wenn er vor ihr geflucht hätte.

Aber da sein Ton etwas grob gewesen war, zog seine Mutter eine Braue in die Höhe. Er seufzte. Ja, er hatte ein wirklich schlechtes Gefühl bei der Sache.

»Ich wünsche dir auch einen schönen guten Morgen, Dare«, sagte Bob Collins schnaufend und schüttelte den Kopf. »Nun, da ihr alle hier seid, sogar unser Baby Tabby –«

»Ich bin kein Baby, Dad!«, erklang Tabbys Stimme

aus dem Telefon. Die anderen lachten, was die Spannung ein wenig minderte.

»Ja, wir sind keine Babys«, warf nun Misty ein, woraufhin alle noch mehr lachten.

»Nun«, begann Barbara Collins mit einem Augenzwinkern, »wir wollen gern etwas ankündigen.« Sie straffte die Schultern und Dare zog die Brauen zusammen. »Wie ihr wisst, haben euer Vater und ich schon seit einiger Zeit das Alter erreicht, in dem man sich zur Ruhe setzt. Aber wir wollten unsere Herberge trotzdem lieber selbst weiterführen, anstatt sie nur zu besitzen.«

»Nehmt ihr euch endlich Urlaub?«, fragte Dare. Seine Eltern arbeiteten viel zu schwer und ließen sich nicht von ihren Kindern helfen. Er hatte getan, was er konnte, indem er ihnen die Kneipe abgekauft hatte, als er aus dem Polizeidienst ausgeschieden war. Dann hatte er das Restaurant gebaut.

»Wenn du mich zu Ende reden lässt, junger Mann, werde ich es euch sagen«, erklärte seine Mutter kühl, obwohl ihre Augen Wärme ausstrahlten. Das war typisch seine Mutter. Sie wies einen zurecht, nahm dem Tadel aber gleichzeitig die Spitze.

»Entschuldige«, murmelte er und Fox hustete, um ein Lachen zu vertuschen. Dare wusste, wenn er einen Blick hinter sich geworfen hätte, hätte er auch Lochlan heimlich lächeln sehen.

Tabby lachte geradeheraus.

Diese verflixten kleinen Schwestern!

»Wie ich sagte, wir haben hart gearbeitet. Aber seit

Kurzem scheint es so, als hätten wir *zu* hart gearbeitet.« Sie blickte zu seinem Dad und lächelte sanft. Dann ergriff sie die Hand ihres Mannes. »Es ist an der Zeit, ein paar Veränderungen vorzunehmen.«

Dare setzte sich gerader hin.

»Wir setzen uns zur Ruhe. In gewisser Hinsicht. Die Herberge läuft nicht so gut wie damals unter euren Großeltern. Das liegt teilweise an der allgemeinen Wirtschaftslage, aber teilweise auch an uns. Wir wollen mehr renovieren, die existierenden Zimmer modernisieren und den Service anpassen. Um das zu ermöglichen und gleichzeitig als Herbergsleiter zurücktreten zu können, haben wir eine neue Person eingestellt.«

»Ihr macht Witze, richtig?«, fragte Dare stirnrunzelnd. »Ihr könnt doch nicht einfach jemanden einstellen, der einen Teil unseres Geschäfts übernimmt und dann hier arbeitet, ohne uns zu fragen. Und ich habe doch nicht die Zeit, der Person zu helfen, die Herberge in eurem Sinne zu leiten, wenn sie etwas nicht weiß.«

»Du wirst dich nicht darum kümmern müssen«, erklärte Bob ruhig. »Jedenfalls noch nicht. Deine Mom und ich haben uns noch nicht voll zur Ruhe gesetzt. Das weißt du doch. Wir führen die Herberge nun seit Jahren und jetzt wollen wir zurücktreten. Das hast du uns doch selbst geraten. Also haben wir jemanden eingestellt. Jemanden, der weiß, wie man diese Art Modernisierung durchführt, und mit dem Bautrupp und uns zusammenarbeiten wird. Sie hat eine Menge Erfahrung in Philly und

New York gesammelt und wird eine wahre Bereicherung sein.«

Dare ballte die Hände an den Seiten zu Fäusten und stieß den Atem aus. Sie mussten scherzen. »Das klingt, als hättet ihr Erkundigungen eingezogen und bereits eine Entscheidung getroffen. Ohne uns zu fragen. Ohne mich zu fragen.«

Seine Mutter warf ihm einen traurigen Blick zu. »Das wollten wir doch immer schon, Dare, das weißt du doch.«

»Ja, aber ihr hättet mit uns reden sollen. Und diese Art von Renovierung? Ich wusste nicht, dass ihr so etwas vorhattet. Wir hätten helfen können.« Er wusste nicht, warum er so wütend war, aber das lag wahrscheinlich zum größten Teil daran, dass er nicht an der Entscheidung beteiligt worden war.

Sein Vater seufzte. »Wir haben dies bereits seit Jahren vor, sogar schon, bevor du nach Whiskey zurückgekehrt bist und uns die Kneipe abgekauft hast. Und obwohl es so aussehen mag, als käme dies aus heiterem Himmel, so informieren wir uns doch bereits seit einer geraumen Weile. Ja, wir hätten es euch sagen sollen, aber vor Kurzem hat sich alles gleichzeitig ergeben und wir wollten euch die Pläne lieber erst zeigen, wenn wir Einzelheiten wussten, als euch Hoffnungen zu machen und es am Ende nicht zu tun.«

Dare blinzelte nur. Die Erklärung beinhaltete so viel – alles, was sie gesagt hatten –, dass er es noch nicht verarbeiten konnte. Und obwohl er im Augenblick zu jedem einzelnen Punkt hätte losschreien können, so ärgerte er sich doch am meisten über eines.

»Ihr werdet mir also irgendein Mädchen aus der Stadt in mein Haus schicken, damit es mich herumkommandiert? Das glaube ich nicht.«

»Und warum nicht? Haben Sie ein Problem damit, auf eine Frau zu hören?«

Dare versteifte sich, denn die beiden Fragen kamen nicht seitens seiner Familie. Nein. Er drehte sich zu der Stimme herum. Sie kam von der Frau, die er gestern Abend im grünen Kleid in der Kneipe gesehen hatte.

Und weil das Schicksal ihm gern einen Streich spielte, hatte er das Gefühl, genau zu wissen, wer diese Person war.

Die neu eingestellte Herbergsleiterin.

Ein neuer Stachel in seiner Haut.

Kapitel Zwei

»Und warum nicht? Haben Sie ein Problem damit, auf eine Frau zu hören?«

Kenzie Owens hob das Kinn und bemühte sich zu verbergen, wie nervös sie war. Früher war sie besser darin gewesen, aber dann hatte ihr das Leben übel mitgespielt. Dennoch würde sie ihre Angst vor ihren neuen Arbeitgebern nicht zeigen.

Und weil dieser Kerl sie in rasende Wut versetzte, fiel es ihr etwas leichter als zuvor, ihre Position zu verteidigen. Sie war es gewohnt, dass die Leute ihr keine Chance gaben und sie betrachteten, als wäre sie zu hübsch, um etwas im Kopf zu haben, und in diesem Augenblick hätte sie diesem kleinen Gastwirt am liebsten in den Hintern getreten.

Nicht dass an Dare Collins irgendetwas *klein* gewesen wäre. Seine breiten Schultern füllten das schwarze T-Shirt so gut aus, dass es sich um seine

Muskeln spannte. Sein dunkles Haar war zwar kurz geschnitten, bildete jedoch trotzdem einen auffälligen Kontrast zu seinen blauen Augen. Sie hatte ihm am gestrigen Abend beim Arbeiten zugesehen und wusste, dass er gut mit den Händen und im Umgang mit den Kunden war. Er war ein paar Zentimeter größer als sie, wenn sie keine hochhackigen Schuhe trug, und er bewegte sich mit wilder Anmut, was sie bewundert hätte, wenn sie nicht gewusst hätte, wer er war. Gestern Abend hatte er auch gelächelt und weder ein finsteres Gesicht gezogen noch grüblerisch gewirkt – im Gegensatz zu heute.

Aber ehrlich, sie konnte ihm keinen Vorwurf daraus machen, dass er ein finsteres Gesicht zog, wenn sie daran dachte, dass er keine Ahnung gehabt hatte, was seine Eltern mit ihrem Teil des Gebäudes im Sinn hatten. Aber das Grüblerische? Nun, das würde er sich abgewöhnen müssen, denn sie würde sich auf keinen Fall damit auseinandersetzen, wenn sie im *Old Whiskey Inn* arbeiten würde. Sie brauchte diesen Job und eine neue Chance in ihrem Leben. Und sie würde sich das auf keinen Fall von diesem Mann zunichtemachen lassen.

Sie hatte genug von Männern, die sich ihr in den Weg stellten. Besten Dank auch.

Dare murmelte eine Antwort vor sich hin, senkte aber nicht den Blick. Nun denn.

»Kenzie«, begrüßte Barbara Collins sie, nachdem sie sich lächelnd zu ihr herumgedreht hatte. »Ich freue mich, dass Sie es so früh geschafft haben.«

Da Kenzie im Augenblick in einem der kleineren

Zimmer im oberen Stockwerk wohnte, hatte sie es allerdings nicht weit gehabt. Barb and Bob hatten sie gestern veranlasst, in die Herberge zu ziehen, sodass sie ihrem Arbeitsplatz nahe sein und mit der Zeit in das Apartment der Herbergsleitung ziehen konnte.

»Ich hatte ja nicht weit zu laufen«, erwiderte Kenzie lächelnd. Sie blickte sich im Raum um und nickte den Familienmitgliedern zu. »Ich kann draußen warten, wenn Sie einen Augenblick zum Reden brauchen. Ich wollte Sie nicht unterbrechen.«

»Gehen Sie nicht«, wehrte Barb ab, ging zu Kenzie und nahm sie bei der Hand. Kenzie bemühte sich, sich bei der Berührung nicht zu versteifen. Diese Frau würde ihr nicht wehtun und sie musste über ihre Abneigung gegen körperlichen Kontakt hinwegkommen, wenn sie diesen Job behalten wollte. »Ich möchte Ihnen gern die Familie vorstellen und dann können wir über die Logistik reden.« Sie deutete auf den größten der drei Collins-Brüder. »Das sind Lochlan und seine Tochter Misty.«

Der große Mann stand neben einer der Tischnischen in der Kneipe und nickte ihr knapp zu. Er sah ein bisschen gefährlich aus und wirkte, als wäre er kein Mann der großen Worte. Aber obwohl er ihr eigentlich hätte Angst einjagen müssen, war dies aus irgendeinem Grund nicht der Fall. Höchstwahrscheinlich lag das an dem kleinen Mädchen, das auf dem Sitz in der Nische kniete und sich an ihn presste. Misty winkte Kenzie zu, dann verbarg sie ihr Gesicht an Lochlans Hüfte und kicherte.

Schüchtern, dachte Kenzie. Das konnte sie nachvollziehen.

»Und das ist Fox«, fuhr Barbara fort. »Und Tabby ist mit uns über das Handy neben seinem Ellbogen verbunden.«

»Hi!«, ertönte die Stimme einer Frau aus dem Telefon. »Tut mir leid, dass ich Ihnen nicht die Hand schütteln kann.«

Fox schnaufte und erhob sich, wobei er ihr die Hand reichte. »Das übernehme ich dann mal für Tabby.« Dann zwinkerte er und beugte sich vor, um ihre Handknöchel zu küssen. »Und das ist von mir.«

Kenzie blinzelte und entzog ihm mit hochgezogener Braue ihre Hand. »Danke«, sagte sie trocken.

Lochlan lachte leise vor sich hin, als Fox mit den Schultern zuckte und sich wieder setzte.

»Was ist los?«, wollte Tabby wissen. »Verhält Fox sich wieder wie ein Idiot?«

»Wie immer«, antwortete Dare.

»Und das ist Dare«, sagte Barb und blickte ihren Sohn mit schmalen Augen an. »Und er wird sich für die Bemerkung von vorhin entschuldigen, die er geäußert hat, als Sie hereinkamen.«

Kenzie hob eine Hand in die Höhe und schüttelte den Kopf. »Nicht nötig. Er wusste nicht, dass ich da war, und außerdem hat er dies alles erst in letzter Minute erfahren, richtig?« Sie blickte Dare direkt an und reckte wieder das Kinn in die Höhe. »Da Ihnen dieser Teil des Gebäudes gehört, werden wir für eine gewisse Zeit nebeneinander arbeiten. Lassen Sie uns nicht gleich auf dem falschen Fuß beginnen, abgemacht?«

Dare starrte sie lange an, dann stieß er den Atem aus. »Wir werden sehen.« Er erhob sich und wandte sich an seine Eltern. »Ich muss noch Papierkram erledigen. Nachdem ihr dieses Treffen beendet habt, kommt doch zu mir in mein Büro und informiert mich über die Einzelheiten, da ich in dieser Angelegenheit scheinbar kein Mitspracherecht habe.«

»Dare …«, begann seine Mutter.

Dare hob die Hand. »Nein. Ich muss nachdenken und wenn ich jetzt nicht gehe, werde ich etwas sagen, das ich später bereuen werde.« Er stieß die Luft aus. »Ich weiß, eure Entscheidung ist gut für euch, und ich bin froh, dass ihr euch endlich Zeit für euch selbst nehmt. Aber das hinter unserem Rücken zu organisieren? Ich muss einfach jetzt gehen, okay?« Und damit ging er hinaus, ohne irgendjemanden noch eines Blickes zu würdigen. Die anderen sahen ihm nach, auf den Gesichtern ein Gemisch von Enttäuschung und der vertrauten Nachdenklichkeit. Dann nahmen sie das Gespräch wieder auf. Kenzie beobachtete, wie Lochlan seiner Tochter einen Kuss auf den Scheitel drückte, bevor er ihr ein Spiel auf seinem Tablet zeigte.

Diese Menschen waren eine Familie und schienen einander sehr nahezustehen. Und jetzt stand Kenzie zwischen ihnen. Okay, vielleicht nicht genau in der Mitte, aber nahe genug, wie es schien.

Bevor die anderen ihr Fragen stellen und sie mit in

ihr Gespräch einbeziehen konnten, verließ sie schweigend die Kneipe und ging in den rückwärtigen Teil des Gebäudes, um von dort in die Herberge zu gelangen. Es gab zwar für diese auch einen separaten Eingang von außen, aber da sie sich bereits im Gebäude befand, benutzte sie das Treppenhaus.

»Ich würde mich entschuldigen, wie meine Mutter es verlangt hat, aber ich bin mir nicht sicher, was ich sagen würde.«

Beim Klang von Dares Stimme wirbelte sie herum und gab sich alle Mühe, nicht aus der Haut zu fahren. Sie hatte nicht gemerkt, dass Dare sich im Flur aufhielt, und sie wunderte sich, dass sie nicht geschrien hatte.

»Erstens bin ich nicht irgendein Stadtmädchen, Mr. Collins. Ich verfüge über eine zehnjährige Erfahrung in Hotels und Pensionen und fünf davon im Management. Ich habe einen Abschluss in Hotelmanagement und einen weiteren in Betriebswirtschaft. Ich weiß, was ich tue, und ich will nicht beschimpft werden, nur weil ich nicht aus dieser Kleinstadt stamme.«

Dare musterte sie mit schräg geneigtem Kopf. »Sie stammen aus der Stadt, also sind Sie ein … Stadtmädchen. Und Sie wissen vielleicht, was Sie tun, wenn es um Hotels und andere Pensionen geht, aber hier in Whiskey? Ich kenne weder Sie noch die Pläne für das *Old Whiskey Inn*. Aber da ich zufällig den anderen Teil des Gebäudes besitze und zwei Gastronomiebetriebe hier führe, verzeihen Sie mir, dass ich ein wenig sauer bin, weil ich nicht wusste, was im dritten Teil des Hauses vor sich geht.«

Und genau aus diesem Grund war sie nicht mit Barbs und Bobs Entscheidung einverstanden gewesen, ihren Kindern nicht direkt von den Veränderungen zu erzählen, die sie bezüglich der Herberge vornehmen wollten. Die beiden hatten warten wollen, bis sie Einzelheiten wussten und genaue Pläne hatten, sodass niemand sich Sorgen um das *Was geschieht, wenn* machen musste. Und obwohl Kenzie diesen Standpunkt irgendwie verstand, hatte sie auch die andere Seite gesehen. Barbs und Bobs Vorgehen hätte wahrscheinlich bei Familien funktioniert, deren Mitglieder einander nicht so nahestanden. Sie hatten ihre Kinder nicht unnötig belasten wollen, doch stattdessen hatten sie Ängste produziert und andere Reaktionen, die sich noch zeigen würden.

»Ich verstehe das«, sagte sie nach einem Moment. »Und offen gesagt bin ich einer Meinung mit Ihnen.« Sie musste ihn überrascht haben, denn seine Augen weiteten sich.

»Sie sind meiner Meinung?«

Sie nickte. »Ich finde, Ihre Eltern hätten es Ihnen sagen müssen. Dies ist ein Geschäft und außerdem sind Sie eine Familie. Sie haben ihre Gründe, warum sie so gehandelt haben, und ich bin mir sicher, wenn Sie ihnen die Möglichkeit geben, werden sie versuchen, es Ihnen zu erklären. Aber Sie haben jedes Recht, böse zu sein.«

Er öffnete den Mund, um etwas zu sagen, aber sie schnitt ihm das Wort ab.

»Sie haben allerdings nicht das Recht, mich dafür verantwortlich zu machen. Sie haben außerdem kein Recht dazu, mich herablassender zu behandeln, als es meine Position hier zulässt, nur weil Sie einen Wutanfall bekommen. Ich mag vielleicht neu in Whiskey sein und es mag Sie überrascht haben, dass ich hier eingestellt wurde, aber Sie müssen über Ihre Haltung mir gegenüber hinwegkommen, was auch immer Sie gegen mich haben mögen.«

Dare schnaufte. »Haltung? Von wem reden Sie? Von mir oder von Ihnen? Ich habe nämlich nur einen einzigen verdammten Satz gesagt und jetzt habe ich scheinbar ein Verhaltensproblem, was Sie anbelangt. Aber, meine Liebe, Sie waren diejenige, die hier hereinmarschiert ist, als hätten Sie einen Stock verschluckt, und mit hoch erhobenem Kinn, als suchten Sie Streit.«

»Nennen Sie mich noch einmal *meine Liebe* und Sie werden sehen, was passiert.«

In seinen Augen blitzte es auf. »Vielleicht tue ich das sogar.«

Entnervt trat sie einen Schritt zurück, bereute es jedoch sofort. Sie hatte sich geschworen, nie wieder nachzugeben, und doch, was machte sie? Sie tat es schon wieder, weil ein Mann es wagte, sie mit Hitze im Blick anzusehen. Entweder hatten seine Augen vor Ärger aufgeblitzt oder es hatte einen anderen Grund. Sie wusste es nicht. Sie wusste lediglich, dass sie sich in den Griff bekommen und wieder über ihren Job reden musste anstatt über das, was auch immer hier vorgehen mochte.

»Wenn Sie bereit sind, über unsere Pläne für die Herberge zu reden, lassen Sie es mich wissen. Bis dahin werde ich in meinem Zimmer sein und meine Sachen auspacken.«

Dare runzelte die Stirn. »Sie leben jetzt hier?«

Sie nickte. »Auf Veranlassung Ihrer Eltern bin ich gestern Abend eingezogen. Mit der Zeit werde ich das kleine Apartment für die Herbergsleitung umbauen, für mich und meine Nachfolger. Aber das dauert noch eine Weile, da wir dies erst ganz am Schluss der Umbauarbeiten geplant haben, sodass ich hier wohnen kann, während ich mit Ihren Eltern an der geschäftlichen Ebene arbeite.«

Sein Kiefer spannte sich an. »Scheinbar haben Sie bereits alles durchgeplant.«

»Nein, noch nicht, aber bald. Und hoffentlich mit Ihrer Hilfe, da wir nun einmal Nachbarn sind.« Sie hatte es nur Barb and Bob zu verdanken, dass Sie sich nun in dieser Position befand, aber wie gesagt hatten sie ihre Gründe und Absichten.

»Ich wohne nicht hier, Rotschopf. Offensichtlich tue ich in letzter Zeit aber alles hier, außer zu schlafen, aber wir werden keine Nachbarn sein. Und Sie sind nicht meine Geschäftsleitung, Sie arbeiten für meine Eltern.«

Rotschopf? Ihre Haare waren nicht rot, eher wie Karamell und Erdbeere oder so. Hatte er keinen anderen Spitznamen für sie finden können? Immerhin war es besser als *meine Liebe*, aber dennoch ... Sie ignorierte den Rest seiner Bemerkung, da sie sich nur im Kreis bewegten und sie nicht in der Stimmung war, auf sein Drama oder was auch immer gerade bei ihm abging einzugehen. Davon hatte sie genug in ihrem eigenen Leben. Nein, besten Dank.

»Was immer Sie sagen, Herr Wirt. Und jetzt entschuldigen Sie mich bitte. Ich habe zu arbeiten. Und haben Sie nicht gerade das Gleiche Ihrer Familie erzählt?«

Sie drehte sich herum und stieg die Treppe hinauf. Auf halbem Weg rief er hinter ihr her: »Warum haben Sie sich gestern Abend nicht zu erkennen gegeben?«

Sie erstarrte. Ah, er erinnerte sich an sie. Sie war von der Fahrt erschöpft gewesen und hatte noch nicht ausgepackt. Fox hatte sie bedient, schien sie aber nicht wiedererkannt zu haben. Dare jedoch hatte sie gestern Abend gesehen und sie ignoriert und doch hatte er sie offensichtlich wiedererkannt, obwohl sie andere Kleidung trug und eine professionellere Frisur. Vielleicht war er einfach nur besser darin, weil es im Unterschied zu Fox zu seinem Beruf gehörte. Vielleicht dachte sie auch zu viel über Dinge nach, die wirklich keine Rolle spielten.

»Rotschopf?«

»Nennen Sie mich nicht so«, stieß sie bissig hervor. »Ich habe einen Namen. Benutzen Sie ihn.«

»Das werde ich.« *Irgendwann* oder *vielleicht* blieb unausgesprochen. »Werden Sie meine Frage beantworten?«

»Ich wusste, dass Ihre Eltern Ihnen noch nichts von den Veränderungen gesagt hatten, und wenn ich mich vorgestellt hätte, hätte das Fragen aufgeworfen, deren Beantwortung mir nicht zustand. Wenn Sie mich jetzt entschuldigen.« Wieder wandte sie sich von ihm ab und diesmal drehte sie sich nicht mehr herum, als er ein Geräusch von sich gab. Sie war sich nicht sicher, was das bedeuten sollte, und sie hatte keine Zeit, sich damit abzugeben. Sie hatte Listen über Listen abzuarbeiten und Dare Collins stand auf keiner einzigen.

Und würde es auch niemals.

ALS ES ZEIT FÜRS MITTAGESSEN WURDE, HATTE sie Hunger und brauchte dringend etwas zu essen. Sie hätte die Hauptstraße von Whiskey entlanggehen und eins der zahlreichen Restaurants oder Cafés ausprobieren können, die sich über die kleine Stadt verteilten, aber sie wollte sich einen Eindruck vom *Old Whiskey* verschaffen und was es anzubieten hatte. Immerhin war dies ihr neues Zuhause und sie wollte das Gefühl haben dazuzugehören.

Sie hatte sich niemals wirklich in die großen Städte integriert, in denen sie so lange gelebt hatte. Ja, ihre Wohnungen hatten ihr gefallen und im Laufe der Zeit hatte sie auch einige lockere Freundschaften geschlossen. Doch die hatten sich stets schnell aufgelöst, sobald sie in eine andere Richtung gezogen worden und gezwungen gewesen war, alle Bindungen zu kappen, die ihr wichtig gewesen sein mochten. Sie hatte sich in einem Nebel der

Einsamkeit bewegt, ohne jemals wirklich zu verstehen, wie und wann sie da hineingeraten war.

Aber das war vorbei. In Whiskey würde sie ein neues Leben beginnen. Irgendwie würde sie sich daran erinnern, wie man Freunde gewann, und sie würde sich bemühen, das *Old Whiskey Inn* zu einer profitablen und beliebten Herberge zu machen und sich selbst in die kleine Stadt einzufügen.

Irgendwie.

Das Restaurant im Erdgeschoss war an Werktagen mittags nicht geöffnet, aber die Kneipe bot täglich Mittag- und Abendessen an. Sowohl die anderen Gaststätten im Ort als auch Dares Restaurant würde sie bald ausprobieren, da sie vorhatte, die Mahlzeiten dort als wichtigen Bestandteil in die Pakete einzubauen, die die Herberge anbieten würde. Für den Augenblick jedoch wollte sie sehen, wie das Mittagessen in Dares Kneipe war.

Dare.

Nun, zur Hölle, er hatte nicht lange gebraucht, um in ihren Geist einzudringen, nicht wahr?

Entschlossen schob sie die Gedanken an ihn beiseite und begab sich in den Kneipenteil des Gebäudes. Am Abend zuvor hatte sie die Gaststätte in vollem Betrieb erlebt und war nicht nur vom Essen, sondern auch von der Atmosphäre angenehm überrascht gewesen. Dare und seine Familie hatten viel Liebe und harte Arbeit in das Lokal gesteckt, und das zeigte sich an allen Ecken und Enden.

Die Einrichtung der Kneipe bestand aus massivem Holz, das aussah, als hätte es bereits jahrelangen Gebrauch hinter sich, glänzte dabei jedoch beinahe wie neu. Überall gab es dick gepolsterte Barhocker und sogar kleine Haken, die ins Holz geschraubt worden waren, damit die Frauen ihre Handtaschen daran aufhängen konnten. Sie hasste es, wenn sie ihre Tasche über die Knie hängen musste, wenn sie sie nicht über die Lehne hängen oder auf den Boden stellen wollte, wo sie leicht gestohlen oder schmutzig werden konnte. Entlang der Wände gab es rechteckige und in den Ecken halbrunde Tischnischen. Die Bezüge der Sitzgelegenheiten waren aus Leder, gut gepflegt und scheinbar von anständiger Qualität. Dies mochte zwar eine Kneipe sein, doch sie gehörte zur gehobeneren Klasse. Man sah weder Risse im Stoff noch Flusen irgendwo.

Und da es Mittagszeit war, standen die Fensterläden auf und ließen die strahlende Mittagssonne hinein, was dem Lokal ein anderes Aussehen verlieh als am Abend zuvor. Während es im Restaurant Tischdecken gab und die Bedienungen lange Schürzen und Hemden mit Kragen trugen, waren die Holztische in der Kneipe unbedeckt, was sie weniger nobel aussehen ließ. Alles in allem liefen beide Lokale gut. Gäste, die sich nicht zu einer Fünf-Sterne-Mahlzeit niedersetzen und einen Platz reservieren lassen wollten, konnten in den Kneipenbereich hinübergehen und fantastisches, einfaches Essen und Tapas verzehren. Alles in allem kein schlechtes Geschäft. Und wenn sie etwas zu sagen hätte, würde die Herberge beide Lokale als Lockmittel benutzen – in größerem Umfang als jetzt. Sie hatte Pläne, sagte sie sich, und musste nur noch die Familie Collins dazu bringen, sie zu akzeptieren.

Jetzt schaltete sie den Arbeitsmodus ab und lächelte der hübschen Blonden am Empfangstresen zu. Sie trug eine schwarze Bluse und einen schwarzen Rock und passte sowohl in die Kneipe als auch in das Restaurant. Kenzie wusste, dass die Hostessen generell zwar für beide Lokale zuständig waren, aber eher für Restaurants, da für Kneipen galt: Wer zuerst kommt, wird zuerst bedient. Die Frau musste jedoch über die neue Vorgesetzte informiert worden sein, da sie Kenzie direkt zu einem Platz führte.

Interessant.

Die Hostess platzierte sie an einem der Tische, da sie bereits zuvor am Tresen gegessen hatte. Sie lächelte die jüngere Frau an. Das Mädchen wirkte kaum alt genug, um mittags an einem Werktag in einer Gaststätte zu arbeiten, aber was wusste Kenzie überhaupt noch von Altersunterschieden? Sie selbst fühlte sich jedenfalls viel älter als ihre achtundzwanzig Jahre.

Sie stieß den Atem aus und überflog gerade die Speisekarte, um zu entscheiden, was sie essen wollte, als ihr Telefon summte. Sie erstarrte und zwang sich, auf den Bildschirm zu blicken. Sie musste die Galle hinunterwürgen, die ihr in der Kehle aufstieg, als sie den Namen las.

Nicht heute, Satan.

Das Mantra ließ sie sich jedoch auch nicht besser

fühlen, wie es das eigentlich hätte tun sollen. Stattdessen konnte sie kaum das Zittern ihrer Hände unterdrücken. *Ich kann das tun*, redete sie sich gut zu. Sie war stark, verdammt. Alles war jetzt anders.

Musste anders sein.

»Kenzie? Was ist los? Sie sind ganz blass geworden.«

Sie blickte zu Dare auf, als sie eine besorgte Stimme hörte, und zwang sich zu einem Lächeln, obwohl sie sich bewusst war, dass es nur ein trauriger Abklatsch eines Lächelns war.

»Was? Oh, alles in Ordnung. Ich habe nur Hunger, glaube ich.«

Er sah aus, als glaubte er ihr nicht, und offen gesagt glaubte sie sich selbst nicht. Aber auf keinen Fall würde sie ihm erzählen, warum sie sich am liebsten gleichzeitig unter dem Tisch versteckt hätte und aus dem Gebäude geflüchtet wäre. Das würde sie ihm nie erzählen. Niemandem würde sie das je erzählen.

Niemand durfte es wissen.

Das war ihre Vergangenheit und gleichgültig, wie sehr sie sich auch davor versteckte, sie wusste, sie würde immer da sein. Und warten.

Aber niemand durfte das wissen.

Niemand.

Kapitel Drei

Dare sah, dass Kenzie etwas mit sich selbst ausfocht, aber er wusste, dass er nichts tun konnte, solange sie nicht bereit war, sich ihm anzuvertrauen. Das Merkwürdige war, dass er nicht wusste, warum es ihn überhaupt kümmerte. Sie hatte gesagt, es wäre alles in Ordnung, und das sollte er einfach als gegeben hinnehmen. Immerhin kannte er sie überhaupt nicht. Sie waren nicht befreundet. Und nur weil er ein ehemaliger Polizist und heute ein Gastwirt war, wusste er, dass sie ihm ins Gesicht log.

Er wusste einfach, dass es ihr nicht gut ging und dass sie versuchte, es zu verbergen. Und obwohl etwas in ihm gern den Grund herausgefunden hätte, schob er diese Gedanken beiseite. Es sollte ihn nicht kümmern. Und es kümmerte ihn wirklich nicht. So musste es sein.

»Haben Sie sich entschieden, was Sie trinken möchten?« Er wusste, er klang barsch, aber er konnte nicht anders.

»Nehmen Sie immer die Bestellung auf, noch bevor die Kellnerin mir Wasser bringen konnte?«

Sie klang so verdammt schnippisch, doch einem Teil von ihm gefiel das. Welchem Teil, darüber wollte er sich nicht näher äußern.

»Nein, aber da Sie gesagt haben, Sie möchten einen guten Anfang hier haben, dachte ich mir, ich gehe zu Ihnen und frage Sie.« Ehrlich gesagt hatte er überhaupt nicht vorgehabt, zu ihr zu gehen. Er hatte gedacht, Kayla könnte den Tisch übernehmen, aber als er gesehen hatte, wie Kenzie auf das reagiert hatte, was immer sie auch auf dem Bildschirm ihres Handys gesehen haben mochte, war er direkt zu ihr gegangen. Der Ausdruck auf ihrem Gesicht hatte ihm nicht gefallen, aber ihm war bewusst, dass es ihm nicht zustand, noch weiter in sie zu dringen, als er es schon getan hatte.

»Oh«, sagte sie nach einem Moment und schien sich zusammenzureißen. »Nun, ich hätte gern Wasser und einen Eistee. Keine Zitrone bitte.« Sie blickte auf die Speisekarte hinunter und nickte. »Die Speisekarte ist dieselbe wie gestern beim Abendessen?«

Dare schüttelte den Kopf. »Nein, es gibt kleine Unterschiede, weniger Angebote und einfachere Gerichte anstatt der Tapas, die wir abends servieren. Am Wochenende jedoch gleicht die Speisekarte am Mittag der vom Abend, da uns mehr Touristen aufsuchen.«

Kenzie nickte mit konzentrierter Miene. »Sie klingen, als wüssten Sie, was Sie tun.«

Dare starrte sie lediglich an. Als sie aufblickte, verzog er das Gesicht. »Unsere Familie ist bereits eine Weile im Geschäft. Man sollte annehmen, dass wir die Speisekarte unserer Gaststätte im Griff haben. Ich werde Ihnen Kayla schicken, um die Bestellung aufzunehmen.«

»Entschuldigen Sie«, sagte sie schnell. »Es sollte nicht so zickig klingen.« Sie stieß den Atem aus und Dare verschränkte die Arme vor der Brust. Kenzie reizte ihn jedes Mal und er wusste nicht, ob es daran lag, dass sie so kühl war oder weil seine Eltern sie eingestellt hatten, ohne zuerst mit der Familie zu reden. Wahrscheinlich Letzteres, wenn er ehrlich zu sich war, und das ärgerte ihn noch mehr.

»Ich werde Ihnen Kayla schicken.« Gerade wollte er sich herumdrehen, als Kenzie ihn am Arm festhielt. Es war ihm nicht bewusst gewesen, dass er so nahe bei ihr gestanden hatte. Er zog seinen Arm nicht zurück, obwohl er es gern getan hätte. Er hatte nicht erwartet, dass die Berührung einer Frau, die so eiskalt war, so auf seiner Haut brennen konnte.

»Es tut mir leid«, wiederholte sie und suchte seinen Blick. »Ich hatte vorhin einen Anruf, der mich aus der Ruhe gebracht hat, aber das ist keine Entschuldigung. Ich habe Ihnen gesagt, dass ich gern einen guten Start haben möchte, aber das scheint mir bei Ihnen nicht zu gelingen.«

Dare nickte. »Ich verstehe. Trotzdem werde ich Ihnen jetzt Kayla schicken, sodass Sie sich beruhigen können oder was immer Ihnen jetzt guttut, da ich sie ebenso aus der Ruhe zu bringen scheine wie besagter Anruf.« Da sie ihn ebenfalls aus der Ruhe brachte, würde ihm der Abstand wahrscheinlich auch guttun.

»Nicht so wie der Anruf«, murmelte sie, bevor sie sich zurücklehnte und ihre Hand von seinem Arm nahm. Er wusste nicht, was sie damit sagen wollte, aber er fragte nicht weiter nach. Er kannte sie nicht und offen gesagt war er immer noch ein bisschen sauer wegen der Rolle, die sie in seinem Haus spielte.

Ohne ein weiteres Wort kehrte er an den Tresen zurück und nahm seine Arbeit wieder auf. Während des Tages verkauften sie nicht so viel Alkohol, ob Wein oder Bier – insbesondere nicht werktags –, aber manch einem gefiel es doch, sich zum Mittagessen ein wenig flüssig inspirieren zu lassen. Und obwohl nicht so viele Getränke verkauft wurden, setzten sie doch genügend Gerichte ab, um die zusätzlichen Öffnungszeiten zu rechtfertigen. Den Touristen, die von der Kneipe über eine Zeitschrift erfahren hatten, gefiel es, dass sie ohne Reservierung herkommen und eine Mahlzeit einnehmen konnten. Abends konnten sie leicht noch andere Lokale finden, in die sie einfach hineinmarschieren und essen konnten.

Er hatte keine Ahnung, wie er in diesem Geschäft gelandet war, nach dem, was er zuvor beruflich getan hatte. Aber die Rolle des Wirtes schien zu ihm zu passen. Nur wenige Jahre hatte er als Streifenpolizist gearbeitet. Er hatte einen verdammt guten Partner gehabt, mit dem er die Straßen patrouilliert hatte. Jetzt war Jason nicht mehr da und der Schmerz in Dares Schulter erinnerte ihn jeden verdammten Tag an den Verlust.

Dare stieß den Atem aus und umklammerte die Kante des Tresens, während er diese Gedanken und Erinnerungen aus seinem Kopf verdrängte. In letzter Zeit hatte er viel zu oft an Jason gedacht. Er wusste, der Grund bestand darin, dass der Jahrestag sich näherte, an dem er aus dem Polizeidienst ausgeschieden war, nachdem sich alles verändert hatte. Er war mit einem Loch in der Schulter und einem weiteren im Herzen – im übertragenen Sinne – aus dem Krankenhaus nach Hause zurückgekehrt, nur um kurz darauf von seiner Ex verlassen zu werden, die damals mit Nathan schwanger gewesen war.

Zur Hölle, kein Wunder, dass er in einer Kneipe arbeitete, die verdammt feinen Whiskey ausschenkte, einschließlich der Marke, die sie damals getrunken hatten. Wenn er sich nicht in der Flasche ertränkte, konnte er das verdammte Zeug ebenso gut verkaufen.

Seufzend schob er alles beiseite, was ihn an diesem Nachmittag ärgerte, und machte sich an die Inventur. Es herrschte noch nicht viel Betrieb und er nahm an, dass Kayla eine Weile allein klarkam, da Rick heute zu seiner Schicht erschienen war. Beide waren ein wenig blass und hatten daher wahrscheinlich wirklich an einem Vierundzwanzig-Stunden-Magenvirus gelitten und gestern Abend keine Kneipentour unternommen, wofür er dankbar war.

Sein Telefon summte und als er auf den Bildschirm blickte, sah er Jesses Namen. Er versteifte sich, dann drückte er auf *Ignorieren*. Sie würde wieder eine Nachricht hinterlassen und eines Tages würde er den Mut aufbringen und hören, was die Witwe seines ehemaligen Partners von ihm wollte.

Im Augenblick jedoch hatte er nicht die Kraft, die Trauer in ihrer Stimme zu hören. Das machte ihn zwar zu einem Feigling, aber Dare hatte auch niemals behauptet, keiner zu sein.

Kurz nachdem er sich hinter den Tresen gesetzt hatte, tauchte Fox auf und brummte etwas vor sich hin. Sein jüngerer Bruder war ungefähr so groß wie Dare, aber etwas schlanker. Während Dare Muskeln besaß, weil er versuchte, eine gute Figur zu behalten, war Fox immer schon hagerer gewesen. Lochlan hingegen war etwas massiger und beinahe purer Muskel. Fox' Haar war etwas struppiger als das seiner Brüder und seine Augen ein bisschen heller.

Seine Eltern nannten Tabby die Süße, Fox den Lustigen, Dare den Anstrengenden und Lochlan den Stillen, Nachdenklichen. Und wenn sie damit nicht perfekt beschrieben wurden, dann wusste er auch nicht weiter.

»Was ist los?«, fragte Dare, als er einen Kaffee und ein Wasser neben Fox' Ellbogen auf den Tresen stellte. Fox lebte von Kaffee – bis spät in den Abend hinein –, daher brauchte Dare seinen Bruder nicht zu fragen, was er bestellen wollte.

»Die Redaktion bereitet mir Kopfschmerzen, daher

esse ich hier zu Mittag.« Fox kniff sich in den Nasenrücken, dann stellte er seinen Computer auf. »Warum nur habe ich mich entschlossen, eine Zeitung herauszugeben?«

Dare schnaufte. »Weil du es liebst, dich in alles einzumischen. Darin bist du gut.«

Fox zeigte ihm den Mittelfinger, blickte dabei jedoch auf den Bildschirm. »Ich erzähle den Menschen, was sie wissen müssen.«

»Was immer du dir einreden magst.« Dare war kein Fan von Journalisten. Dies war bereits in seiner Zeit als Polizist so gewesen und zog sich bis in die Gegenwart fort. Aber Fox war einer der Guten. Mit dem letzten Bürgermeister hatte es ein Problem gegeben und Fox hatte die Geschichte aufgedeckt, als die örtliche Polizei es nicht konnte. Zu jener Zeit hatte Dare in Philly als Polizist gearbeitet, hatte jedoch von der Geschichte gehört. Fox hatte damals viel Kritik einstecken müssen, aber am Ende hatte die Wahrheit gewonnen.

»Ich rede mir eine Menge ein«, murmelte Fox und Dare runzelte die Stirn, denn er wusste nicht, was sein Bruder damit meinte. »Kann ich einen Cheeseburger haben? Und bitte weder Gemüse noch irgendetwas anderes, das man als gesund bezeichnen könnte.«

Dare schnaufte. »Das kann ich für dich tun. Pommes frites?«

»Mit Ranch-Soße wie immer.«

Dare konnte kaum ein Schaudern zurückhalten. Wie Fox seine Pommes in Ranch tauchen konnte, war ihm ein Rätsel, aber er musste sie ja schließlich nicht essen. Dare ging zum Computer, um Fox' Bestellung einzugeben, und äugte zu Kenzies Tisch hinüber. *Falsche Bewegung*, dachte er, als ihre Blicke sich trafen.

Verdammt falsche Bewegung.

Sie legte den Kopf schräg und musterte ihn, bevor sie sich wieder ihrem Salat widmete. Er verzog finster das Gesicht und gab Fox' Bestellung auf.

»Hast du ein Auge auf die neue Herbergsleiterin geworfen?« Fox zwinkerte und lehnte sich auf seinem Hocker zurück. »Ich erinnere mich an sie von gestern Abend. Gutes Trinkgeld. Umwerfendes Lächeln.«

Dare zog die Brauen zusammen. »Erstens habe ich kein Auge auf sie geworfen. Und zweitens rede etwas leiser. Sie ist genau hinter dir, du Dumpfbacke.«

Fox zuckte mit den Schultern. »Du klingst ein wenig defensiv. Möchtest du darüber reden?«

»Verschon mich mit deinen Journalisten-Fragen. Trink deinen verdammten Kaffee und mach dich an die Arbeit, bevor einer von deinen Reportern hier auftaucht und dich hier nervt anstatt in der Redaktion.« Und damit widmete Dare sich wieder seinem Bürokram und überließ es Rick, die Mittagsgäste zu bedienen. Er musste einen Berg Papierkram erledigen und hatte das Gefühl, es würde alles noch schlimmer werden, sobald die Bauarbeiten an der Herberge beginnen und Kenzie und seine Eltern mit der ersten Phase ihres Plans starten würden.

Dare sank in seinen Sessel und rollte mit den Schultern. Er zuckte zusammen, als es schmerzte. Er würde vorsichtig sein müssen, wenn er später am Abend bei Lochlan trainieren würde. Er hatte falsch darauf gelegen beim Schlafen und es tat höllisch weh. Und außerdem schien das Narbengewebe bei jedem Wetter gereizt zu sein, das keine Temperatur von angenehmen einundzwanzig Grad aufwies. Da er in Pennsylvania und nicht in Florida lebte, bedeutete das, dass er *immer* Schmerzen hatte.

Er hatte gerade zwanzig Minuten gearbeitet, als Fox mit dem Telefon am Ohr in sein Büro kam.

»Ja, Tabby, ich bin jetzt bei ihm. Ich werde dich laut stellen.«

Dare setzte sich beunruhigt gerade hin. »Was ist los?«

»Nichts ist los, großer Bruder«, sagte Tabby seufzend. »Kann ich nicht einmal anrufen und euch mit meinem Alltag nerven? Müsst ihr immer sofort annehmen, es wäre etwas Schreckliches geschehen?«

Dare fing Fox' Blick auf und wusste, er dachte das Gleiche wie er selbst. Tabby war durch die Hölle gegangen wegen eines Mannes, der nicht verstanden hatte, dass er nicht mit Fäusten und Einschüchterung bekommen konnte, was er wollte. Alex, ihr Verlobter, hatte sie gerettet und ihr dann beigebracht, sich selbst zu verteidigen – was eigentlich Dare und seine Brüder hätten tun müssen, verdammt noch mal.

»Und jetzt blickst du Fox an und ihr beide denkt euch euren Teil«, ertönte Tabbys Stimme aus dem Telefon, was Dare aus seinen Gedanken riss. »Und jetzt hört auf damit, weil ich wunderbare Neuigkeiten habe und über etwas Gutes mit euch reden will. Und ich würde gern meine gute Laune behalten.«

»Tut mir leid«, murmelten die beiden Männer gleichzeitig. Tabby schnaufte.

»Ich liebe euch, Jungs. Also, ich rufe euch an, weil ich gern über die Hochzeit reden möchte. Wir haben hier eine Art Hochzeitshochburg. Drei aufeinanderfolgende Hochzeiten bei den Montgomerys. Alex und ich hoffen, dass ihr vor der eigentlichen Zeremonie herkommen könnt, damit wir alle etwas Zeit miteinander verbringen können. Ich weiß, das wird nicht leicht sein, und ich weiß es zu schätzen, dass ihr überhaupt nach Denver kommt, aber ich würde so gern Zeit mit meinen großen Brüdern und ihren Kindern verbringen. Wenn es möglich ist.«

Sie klang so glücklich, aber trotzdem hörte er ein Zögern in ihrer Stimme, das ihn das Gesicht verziehen ließ. Er, Fox und Lochlan waren einmal als Gruppe zusammen nach Denver gefahren, aber nur um Alex auf den Zahn zu fühlen. Sie hatten nicht viel Zeit gehabt, um ein bisschen abzuhängen, weil jeder der drei gezwungen gewesen war, sich freizunehmen, obwohl sie es eigentlich nicht gekonnt hätten. Dare war dann während der letzten Monate noch einmal dort gewesen, um Tabby zu besuchen, war aber nicht lange geblieben. Die Montgomerys hatten sie als eine der ihren aufgenommen, aber Dare wollte ebenso wie seine Brüder sichergehen, dass sie niemals vergaß, dass sie zuerst eine Collins war.

»Ich kann es einrichten«, erklärte Fox. »Ich habe schon mit meinen Leuten gesprochen und ich finde gerade bessere Wege, aus der Ferne zu arbeiten. Also, ich kann in Denver bleiben, solange du willst.«

»Ich freue mich riesig«, sagte Tabby und Dare konnte das Lächeln in ihrer Stimme hören. »Ich vermisse euch so sehr.«

»Warum bist du dann so weit weggezogen?«, fragte Dare, bevor er sich räusperte. Er hatte nicht so barsch klingen wollen.

»Dare.«

Er stieß den Atem aus und schüttelte den Kopf, obwohl er wusste, dass sie ihn nicht sehen konnte. »Tut mir leid. Ich weiß, Denver ist jetzt dein Zuhause.«

»Er ist nur mürrisch, weil er ein Auge auf die neue Herbergsleiterin geworfen hat.«

»Oh, wirklich?«, neckte Tabby ihn. Dare knirschte mit den Zähnen.

Fox grinste nur und Dare zeigte seinem Bruder den Mittelfinger. So sehr er seine Familie auch liebte, so war sie doch eine Meute Wichtigtuer.

»Halt dich da raus, Fox«, knurrte Dare.

»Ach ja? So wie du dich aus meiner Beziehung zu Alexander herausgehalten hast?«, wollte Tabby mit zuckersüßer Stimme wissen.

»Das ist etwas anderes.«

»Sicher, Süßer, wenn du es sagst«, lachte Tabby. »Jetzt kann ich darüber lachen, weil ich weiß, dass ihr mich liebt und Alexander mich auch aus vollem Herzen liebt. Aber ich muss sagen, ich bin traurig, dass ich nicht bei euch bin, um Dare und Kenzie mitzubekommen.«

»Ich werde alles für dich dokumentieren.« Fox blinzelte Dare zu und Dare rutschte näher an Fox heran und schlang ihm den Arm um den Hals. Er drückte leicht zu und Fox hustete gekünstelt.

»Du warst immer schon mein Lieblingsbruder«, sagte Tabby lachend.

»Ich stehe gleich daneben, Tabs«, knurrte Dare, obwohl auch er lachte. Verdammt, wie sehr er seine Schwester vermisste! Während ein Teil von ihm froh war, dass sie ihr Glück mit Alex gefunden und die Vergangenheit hinter sich gelassen hatte, wünschte sich der andere Teil, dass sie der Familie näher wäre. Er musste sie unbedingt öfter besuchen, aber bei all seiner Arbeit und den Wochenenden mit Nathan war das nicht einfach. Tabby flog öfter zu ihnen, weil sie ihren Neffen besser kennenlernen wollte, und Dare war dankbar, dass sie verstand, dass er manchmal nicht das tun konnte, was er wollte.

»Du bist jetzt leider auf dem dritten Platz«, sagte Tabby, wobei sie nicht allzu traurig klang. »Lochlan hat mir ein Bild geschickt, das Misty mir gemalt hat, das setzt ihn in der Rangfolge über dich.«

Dare ignorierte den kleinen Stich, den er im Herzen verspürte. Es war nicht Nathans Schuld, dass er nicht ebenso die Möglichkeit hatte, seiner Tante etwas zu malen. Monica ließ nicht zu, dass er Dinge wie diese verschickte, weil sie ihren Sohn nicht verwirren wollte – ihre Worte, nicht Dares. Dare bemühte sich, dafür zu sorgen, dass Nathan wusste, dass er von allen Familienmitgliedern geliebt wurde, aber das war schwer, wenn er seinen Sohn nur einmal im Monat sah und ihn auch nicht so oft anrufen durfte, wie er es gern getan hätte.

Dare hatte es gründlich vermasselt, als er versucht hatte, gegen Monica um das Sorgerecht zu kämpfen. Ihre Familie hatte Geld und er einen Job mit hohem Risiko, also hatte er keine Chance gehabt. Hinzu kam, dass er und Monica nicht verheiratet gewesen waren. Das Gericht hatte zugunsten der Mutter entschieden und Dare war drauf und dran, ein Fremder für seinen Sohn zu werden, so sehr er auch versuchte, dies zu verhindern.

Fox und Tabby sprachen immer noch über die Hochzeitspläne, als sein Handy in der Hosentasche summte. Er zog es heraus und als er den Bildschirm betrachtete, runzelte er die Stirn. Er suchte Fox' Blick und nickte in Richtung des Flurs, um ihn hinauszuschicken. Sein Bruder warf ihm einen fragenden Blick zu, erhob sich jedoch und nahm sein Telefon in die Hand.

»Tabs? Ich werde dich mit in den Flur nehmen. Dare hat einen Anruf.« Er drückte Dares Schulter, dann ging er hinaus. Dare seufzte. Das war nicht das, was er gemeint hatte, aber es funktionierte.

»Hi, Monica«, meldete sich Dare. Als er hörte, wie Fox im Flur aufstöhnte, unterdrückte er ein Lächeln. Die beiden waren nie miteinander ausgekommen und die gegenseitige Abneigung war nach Nathans Geburt nur noch größer geworden. Und Fox konnte seinen Neffen nicht so gut kennenlernen, wie er es sich gewünscht hätte.

»Dare.« Monica seufzte. Dare bemühte sich, beim Klang ihrer Stimme nicht von Widerwillen oder Ärger überwältigt zu werden. Sie hatte geglaubt, das Beste für ihren Sohn zu tun, und obwohl Dare hasste, was dabei herausgekommen war, wusste er, dass sie eine gute Mutter war. Das sagte er sich oft, damit er nicht als verbitterter alter Mann endete, der seinen eigenen Sohn nicht kennenlernen konnte.

»Was gibt's?«

»Nathan ist auf einer Geburtstagsparty bei einem Freund eingeladen und die findet an deinem Wochenende statt. Kannst du ihn dorthin bringen oder wirst du in deiner Kneipe sein müssen?«

Es gefiel ihm nicht, wie sie das Wort *Kneipe* aussprach, aber letztendlich war es ihm gleichgültig, was sie von seinem Job hielt. Sie hatte gewusst, wer er war, als sie zusammengekommen waren, und obwohl Nathan nicht geplant gewesen war, liebten sie das Kind. Sie mussten lediglich daran arbeiten, im Umgang miteinander zivilisiert zu bleiben. Zur Hölle, Monica war kein schlechter Mensch, er mochte sie nur nicht mehr wirklich, und das war irgendwie traurig. Sie hatten einander genügend lieb gehabt, um ein Kind zu zeugen, und das hätte gut genug sein sollen.

»Doch, das kann ich machen«, sagte er sanft, obwohl er sauer war. Er durfte nicht allzu viel Zeit mit Nathan verbringen und jetzt würde er wegen dieser

Geburtstagsparty kostbare Stunden verlieren. Aber wenn das sein Kind glücklich machte, musste er sich damit abfinden.

»Es sind nur drei Stunden und du wirst nicht bleiben müssen, weil sie genügend andere Eltern haben, um die Kinder zu beaufsichtigen.«

Mit anderen Worten, die Eltern waren in Monicas Steuerklasse und nicht in seiner. *Na und*, dachte Dare. Er besaß zwei Gastronomiebetriebe und schuftete sich zu Tode. Wenn jemand Probleme damit hatte, womit er sich seinen Lebensunterhalt verdiente, dann konnte er ihm den Buckel herunterrutschen.

»Du musst mir nur die näheren Informationen geben und sag Nathan, ich werde ihn heute Abend anrufen und ihm etwas vorlesen.« Zumindest das erlaubte Monica ihm und er zwang sich, Dankbarkeit zu empfinden.

Verdammt, er hasste es, wie sich alles entwickelt hatte, aber er musste aufhören, sich zu beklagen.

»Ich werde es ihm ausrichten.« Sie beendete das Gespräch, ohne Auf Wiedersehen zu sagen, was ihn allerdings nicht überraschte. Sie verschwendete ungern Worte an ihn und er seinerseits hatte auch keine Lust, das Gespräch unnötig auszudehnen.

Monica war ein guter Mensch und eine gute Mutter. Nur das war wichtig. Dass sie einander nicht mehr mochten, lag nur daran, dass sie nicht zueinander passten.

Jemand trat durch die Bürotür hinter ihm und Dare

drehte sich herum. Er erwartete, Fox zu sehen. Aber es war nicht sein Bruder.

»Was kann ich für Sie tun, Rotschopf?«

Kenzie betrachtete ihn mit schmalen Augen und legte eine Hand auf die Hüfte. »Ich wollte die Hauptstraße entlanggehen und die Stadt kennenlernen. Fox hat Ihre Fremdenführerdienste angeboten, aber ich sehe, Sie sind beschäftigt.«

Dare kniff sich in den Nasenrücken. War es zu früh für einen Drink? Wahrscheinlich, aber der heutige Tag steckte voller Überraschungen.

»Fox sagte, ich würde Ihnen die Stadt zeigen?« Natürlich, das sah Fox ähnlich. Das Arschloch mischte sich in alles ein.

»Ich kann auch allein gehen, aber da wir gesagt haben, wir wollten neu beginnen ...«

»Dann betrachten Sie mich als Ihren offiziellen Führer für eine Stadtführung.«

Und offensichtlich war heute auch der Tag der schlechten Entscheidungen. Aber er konnte immerhin herausfinden, wer seine neue Herbergsleiterin war und was genau er ihretwegen unternehmen würde.

Denn obwohl er keine Veränderung wollte und sich ungern damit abgab, was Kenzie aus dem machen würde, was er aufgebaut hatte, so konnte er sich doch nicht dagegen wehren, dass er sie begehrte.

Und das verwirrte ihn maßlos.

Kapitel Vier

Wieder einmal hatte Kenzie keine Ahnung, ob es klug gewesen war, auf Dare zuzugehen, aber sie würde auf keinen Fall einen Rückzieher machen. Obwohl es September war, wechselte das Wetter zwischen drückender Schwüle und Hitze und geradezu frostiger Kälte. Heute jedoch war ein angenehmer Tag, an dem sie weder das Gefühl hatte, gegen eine feuchte Wand anzulaufen, noch eine Jacke brauchte. Die Sonne schien strahlend und über ihr hingen winzige Wölkchen am Himmel – ein wunderschöner Nachmittag.

»Dies ist die Hauptverkehrsstraße der Stadt.« Dare wies auf die Straße. »Sie verläuft ziemlich gerade, außer dort, wo sie in einer Kurve über die Brücke führt. Der Bach darunter wird nur zu einem reißenden Gewässer nach einem Sturm oder wenn die Schneeschmelze in den Bergen beginnt. Aber normalerweise plätschert er vor sich hin und ist ein beliebter Hintergrund für die Selfies von Touristen.«

Kenzie hatte für ihr persönliches Erinnerungsalbum selbst auch ein Selfie vor dem Bach gemacht und daher ignorierte sie den Humor in seiner Stimme. Sie hatte sich gesagt, dass sie beginnen würde, mehr Fotos zu machen, und zu genießen, wo sie sich gerade aufhielt und *wer* sie jetzt war, nachdem sie sich von allem befreit hatte, was sie so lange zurückgehalten hatte.

»Es ist ein wunderschönes Städtchen«, sagte sie schlicht und sie meinte es ehrlich. Alle kümmerten sich großartig um ihre Gebäude und Geschäfte. Es gab Cafés, Teehäuser, Bäckereien, Restaurants, Antiquitätenläden, Bekleidungsgeschäfte und ein paar Dutzend andere Läden, die praktisch jedes Bedürfnis abdeckten. Alles war einzigartig und konnte nur in Whiskey gefunden werden.

Und jetzt war sie ein Teil davon.

»Es ist meine Heimat.« Offensichtlich war Dare heute kein Mann der vielen Worte.

Sie gingen in erdrückendem Schweigen einen weiteren Häuserblock entlang und Kenzie seufzte. Sie hasste es, sich unwohl zu fühlen.

»Sie haben also immer hier gelebt?«

Er blickte auf sie hinab und musterte ihr Gesicht, während sie am Fußgängerüberweg warteten. »Nein, ich habe einige Jahre in Philly gelebt.«

»Große Stadt«, erwiderte sie trocken, bereute es jedoch sofort. Sollten sie jetzt nicht eigentlich Freunde sein? Oder zumindest freund*lich*?

Er schnaufte, dann schob er die Hände in die Taschen. Sie konnte nicht umhin zu bemerken, wie sich dabei seine Unterarme anspannten. Sie sollte weder die Arme des Mannes wahrnehmen noch sollte sie Unterarme für sexy halten.

Sie war für sich allein nach Whiskey gekommen und hatte Männern und Beziehungen abgeschworen. Das bedeutete: keinen Blick mehr auf Dare Collins' Arme und wie er seine Jeans ausfüllte!

»Meine Bemerkung tut mir leid. Wie ich bereits sagte, ich hatte eine schlechte Nacht und lasse es an Ihnen aus.«

»Sie haben sich bereits entschuldigt. Lassen Sie uns zur Gaststätte zurückkehren. Ich weiß, Sie müssen arbeiten, und ich muss Papiere durchsehen.«

Mit angespanntem Kiefer blickte er sie prüfend an. »Beginnen Sie jetzt schon?«

Sie reckte das Kinn in die Höhe, verfluchte sich dann aber selbst, dass sie es schon wieder getan hatte und ausgerechnet vor diesem Mann. Er machte sie kribbelig und sie war sich nicht sicher, ob es daran lag, dass sie ständig aneinandergerieten, oder weil sie ihn gegen ihren Willen attraktiv fand.

»Ich bin hier, um Ihren Eltern zu helfen, Dare, und um einen Job zu erledigen.«

»Das weiß ich.« Er wandte sich von ihr ab, sodass sie sein Gesicht nun im Profil sah. »Und ich bin froh, dass meine Eltern endlich ein wenig zurückschrauben und versuchen, etwas zu entspannen. Ich stehe nur nicht so sehr auf Veränderungen. Ehrlich gesagt hasse ich sie, und Überraschungen hasse ich noch mehr.«

Das konnte sie vollkommen verstehen. »Ich hasse Überraschungen auch. Und was Veränderungen anbelangt? Nun, manchmal können sie gut sein.« War sie nicht der lebende Beweis dafür?

»Das stimmt, aber das heißt noch lange nicht, dass ich Veränderungen gut finden muss.« Er starrte sie an. Sie blinzelte unter seinem intensiven Blick. Da war etwas, dachte sie, eine Hitze, die sie nicht benennen konnte, und das beunruhigte sie. Fühlte er sich zu ihr hingezogen? Oder flackerten seine Augen so, weil sie die Veränderung repräsentierte, für die er nicht bereit war?

In beiden Fällen spielte es keine Rolle. Sie sollte auf keinen Fall diesen Gedankengängen im Zusammenhang mit Dare zu weit folgen.

»Aber ich nehme an, das spielt ohnehin keine Rolle, habe ich recht?«, fuhr Dare fort. »Und was Ihren neuen Job anbelangt? Ich bin in der Nähe, falls Sie Hilfe brauchen. Ich weiß nicht alles, was die Herberge betrifft, weil ich mich um meine eigenen beiden Gastronomiebetriebe kümmern muss, aber ich kann Ihnen zumindest richtungsweisende Hinweise geben. Und wenn Sie die Modernisierung in Angriff nehmen, die Sie erwähnt haben, wenden Sie sich an Lochlan. Ich weiß, er gehört zur Familie, aber er ist verdammt gut in Heimwerker- und Schreinerarbeiten, wenn er sich erst einmal darauf konzentriert. Er hat in der Herberge nicht viel gemacht, da unsere Eltern bisher nicht zu einer Renovierung bereit waren, aber was Lochlan in die Hand nimmt, wird gut.«

Sie überraschte sich dabei, dass sie zustimmend nickte. Sie hatte bereits von ihren neuen Arbeitgebern von Lochlan und seinen Fähigkeiten gehört, und sie war froh, dass die Familie in jedem Fall zusammenhielt.

»Ich werde das im Hinterkopf behalten.«

»Das wäre gut, Rotschopf.«

Sie verdrehte die Augen. »Ich heiße Kenzie.«

»Ich weiß. Aber *Rotschopf* gefällt mir auch. Außerdem macht es mir Spaß zu sehen, wie es Sie aufregt, wenn ich Sie so nenne.«

Und sie fand diesen Mann attraktiv? Sie war wirklich vollkommen daneben. Es musste an dem heißen Wortgeplänkel liegen, das eigentlich überhaupt nicht stattfinden sollte. Aber sobald sie sich erst einmal in ihrem neuen Job und dem neuen Leben eingerichtet hätte, würde sie nicht mehr an Dare und seine sexy Unterarme denken.

Zumindest hoffte sie das.

Vier Tage in ihrem neuen Job und Kenzie hatte das Gefühl, in ihrer Position als Herbergsleiterin etwas mehr Fuß gefasst zu haben. Tagsüber arbeitete sie neben Barb und Bob und an den Abenden widmete sie sich dem Papierkram und den Angebotspaketen für die Herberge, wenn sie nicht gerade unten in der Kneipe oder im Restaurant ein Abendessen zu sich nahm.

Die Herberge erwirtschaftete anständige Einnahmen und hatte wöchentlich gute Buchungen zu verzeichnen, aber sie glaubte, dass sie sich mit der Zeit sogar noch verbessern konnten. Und das Beste daran war, dass dies es dem älteren Collins-Paar leichter machen würde, sich vollständig zur Ruhe zu setzen. Sie hatte ihre ehemaligen Jobs als Herbergsleiterin und sogar als Hotelmanagerin geliebt. Sie hatte Dare die Wahrheit gesagt, als sie ihre Erfahrung erwähnte, und doch hatte sie ihm nicht alles gesagt.

Nachdem sie geheiratet hatte, hatte David nach und nach verhindert, dass sie ihren Pflichten nachging. Zu Anfang nur verhalten, doch am Ende hatte sie ihren Job aufgeben müssen, um ihren Ehemann glücklich zu machen. Damals hatte sie nicht bemerkt, dass er sie manipulierte, und obwohl ihre Therapeutin ihr gesagt hatte, dies wäre Unsinn, gab sie sich immer noch teilweise selbst die Schuld dafür, dass sie einen Job aufgegeben hatte, den sie liebte.

Aber das lag jetzt alles in der Vergangenheit, erinnerte sie sich.

Verärgert, dass sie ihre Gedanken wieder in diese Richtung hatte schweifen lassen, erhob sie sich von dem kleinen Schreibtisch in ihrer neuen Wohnung und ergriff ihre Tasche. Sie hatte noch ein paar Dinge zu erledigen, bevor sie etwas essen und den Abend genießen konnte, aber in Wirklichkeit hatte sie als Herbergsleiterin niemals wirklich frei. Später würden die Collins ihr helfen, jemanden halbtags einzustellen, um Kenzie zu vertreten, wenn diese in Schichten arbeitete, aber das würde noch eine Weile dauern. Sie wollte zuerst alles in den Griff bekommen, und vorerst konnten sie und das ältere Ehepaar alle Aufgaben unter sich aufteilen.

Sie ging in die erste Etage hinunter, wo sie ein kleines Büro hinter der Rezeption hatte. Während sich die Kneipe und das Restaurant im Erdgeschoss befanden, belegte alles, was mit der Herberge in Verbindung stand, die oberen beiden Stockwerke. Es gab ein Treppenhaus im hinteren Gebäudeteil und einen Aufzug, der die Stockwerke miteinander verband.

Alle Gäste hatten für den heutigen Abend bereits eingecheckt, was bedeutete, dass Kenzie lediglich in Rufbereitschaft sein musste, falls jemand etwas brauchte. Bis jetzt schienen die Gäste jedoch gut allein zurechtzukommen.

Gerade wollte sie die Buchungen der nächsten Woche aufrufen, als ihr Telefon piepste. Sie schluckte heftig, als sie die Anzeige sah, nahm das Gespräch jedoch entgegen. Es gab nur eine Nummer, die sie wirklich mied.

»Hallo Jeremy«, meldete sie sich mit vorgetäuschter Fröhlichkeit. Sie liebte ihren Bruder, wirklich, aber es war ermüdend, mit ihm zu reden, und außerdem erinnerte er sie, ehrlich gesagt, an die Vergangenheit, die sie besser vergessen sollte. Während ihrer Kindheit hatten ihr Bruder und sie sich nie wirklich nahegestanden, aber da er nur achtzehn Monate jünger war als sie, waren sie beinahe wie Zwillinge aufgewachsen.

Zwillinge, die so unterschiedlich waren, dass die meisten Menschen sich fragten, ob sie überhaupt miteinander verwandt waren.

»Oh, gut, dein Handy funktioniert. Wenn man David zuhört, sollte man meinen, das verdammte Ding wäre kaputt, da du seine Anrufe niemals annimmst.«

Kenzie seufzte und kniff sich in den Nasenrücken. Es würde also eines jener gewissen Telefongespräche werden. Da hatte sie ja mal wieder Glück gehabt. Wenn sie doch nur ein Glas Wein in der Hand hielte, dann würde sie vielleicht einen Weg finden, es zu überstehen. Sie verfluchte sich und ihre Unfähigkeit, auch die letzte Verbindung zu ihrer Familie zu kappen.

»Was kann ich für dich tun, Jeremy?« Sie versuchte, ihre Stimme freundlich klingen zu lassen, aber sie konnte nichts dagegen tun, dass ihr bei der Erwähnung von Davids Namen der Schweiß ausbrach. Sie war so weit gekommen, aber scheinbar nicht weit genug.

Obwohl sie selbst ihren Bruder mit ihrem Ex-Mann bekannt gemacht hatte, konnte sie immer noch kaum glauben, wie eng die beiden sich während ihrer Ehe angefreundet hatten. Jeremy klammerte sich sogar jetzt noch an den anderen Mann, nachdem Kenzie endlich den Mut gefunden hatte, ihn zu verlassen.

»Du musst Davids Anrufe entgegennehmen, Schwesterherz. Du kannst dich nicht immer vor deinen Problemen verstecken. Du weißt, das hätten unsere Eltern nicht gewollt. Du hast ein Gelübde abgelegt, und das musst du halten. In diesem Sinne wurden wir erzogen.«

Bittere Galle stieg in ihrer Kehle auf, aber sie schluckte sie hinunter. Sie war nicht mehr die Frau, die sich den Anschuldigungen ihres Bruders und seinen lächerlichen Manipulationsversuchen beugte. Sie hätte sich gewünscht, dass er nur ein einziges Mal angerufen hätte, um sich nach ihrem Wohlbefinden zu erkundigen und um einfach über ihrer beider Leben zu reden, anstatt darüber, was sie hinter sich gelassen hatte, oder über seine Forderungen, denn als Kind hatte man ihm niemals etwas abgeschlagen.

»Ich bin geschieden.« Endlich. »Ich schulde David nichts und ich werde seine Anrufe nicht entgegennehmen. Niemals. Also bitte rede nicht mehr mit mir über ihn.«

»Es tut mir leid, dass du ihm gegenüber so empfindest.« Er machte eine Pause und Kenzie biss die Zähne zusammen. Er hörte ihr niemals zu. »Eigentlich rufe ich wegen etwas anderem an. Es tut mir leid, dass ich David erwähnt habe.«

Nein, es tat ihm keineswegs leid, und beide wussten das. Und jetzt wusste Kenzie genau, warum er angerufen hatte. Sie wünschte sich, er hätte ein einziges Mal etwas anderes von ihr gebraucht als ihr Bankkonto. Nur ein einziges Mal.

»Wie viel brauchst du, Jeremy?«, fragte sie resigniert. Irgendwo tief in ihrem Inneren wusste sie, dass ihr

Bruder sie liebte, aber manchmal fiel es ihr schwer, diesen winzigen Funken der Hoffnung am Leben zu erhalten.

»Nur ein bisschen, um mich über Wasser zu halten, Ken«, erwiderte er leise und benutzte den Kosenamen aus ihrer Kindheit, der sie um das trauern ließ, was sie niemals gehabt hatte. »Es ging mir ganz gut für eine Weile und ich habe eine Idee, wie es noch besser laufen kann, aber in ein paar Tagen muss ich meine Miete bezahlen.«

Nichts davon hätte sie überraschen sollen. Es war nicht das erste Mal, dass ihr kleiner Bruder anrief und um Geld bat, weil er ein wenig zu viel getrunken und das Geld verspielt hatte, das er für die Rechnungen hätte beiseitelegen müssen. Und sie hatte unzählige Male erklärt, ihm nie wieder zu helfen und ihn nicht mehr zu unterstützen, aber sie konnte einfach nicht Nein sagen.

»Jeremy«, seufzte sie.

»Nur ein bisschen. Ich verspreche dir, ich zahle es dir zurück. Du weißt, dass ich mein Wort halte.«

Er hielt sein Wort keineswegs, und das wussten sie beide. Aber was konnte sie tun? Er hatte einen Job, aber er verschleuderte seinen Lohn bei Spielen und Wetten, die er sich nicht leisten konnte. Wenn sie ihn abwies, konnte er alles verlieren und sie wiederum um Hilfe bitten. Oder schlimmer noch, es ihr verübeln, dass sie ihn abgewiesen hatte. Und ihr am Ende dennoch die Schuld an allem geben.

Sich selbst würde er niemals die Verantwortung dafür zuschreiben.

»Ich kann nicht«, sagte sie mit brechender Stimme. »Diesmal nicht, Jeremy. Ich habe diesen neuen Job gerade erst angefangen und kein Extrageld herumliegen.« Das war zwar nicht gelogen, aber dennoch nicht der Grund, warum sie Nein sagte. »Ich habe dir schon vor ein paar Monaten geholfen. Ich sollte es nicht noch einmal tun. Wenn du etwas gespart –«

»David hatte recht mit dir, du Schlampe«, stieß Jeremy hervor, bevor er die Verbindung abbrach.

Kenzie schloss die Augen und zwang sich, nicht zu weinen, während sie ihr Mobiltelefon wieder in der Tasche verstaute. Sie hätte den Anruf nicht entgegennehmen sollen. Sie hatte gewusst, dass nichts Gutes dabei herauskommen konnte, sich darauf einzulassen, aber sie hatte die Hoffnung nicht aufgeben können, dass Jeremy sich bessern wollte.

Es tat weh, ihn abzuweisen, aber sie wusste, in ein paar Wochen würde er anrufen und sich entschuldigen und ihr sagen, dass er die bösen Worte nicht so gemeint hätte und dass am Ende alles gut ausgegangen wäre. Kurz darauf würde er noch einmal anrufen, um sie wieder um Geld zu bitten oder um sie auszuschimpfen, dass sie David verlassen hatte. Dabei hatte sie viel zu lange in der Beziehung verharrt, die langsam alles Leben aus ihr gesaugt hatte.

Plötzlich knarrte der Holzfußboden hinter ihr und sie drehte sich herum. Schnell wischte sie sich die Tränen vom Gesicht und riss sich zusammen.

»Lochlan, entschuldigen Sie, kann ich etwas für Sie

tun?« Der älteste der Collins-Brüder hatte breite, muskelbepackte Schultern und an den meisten Tagen zog er ein finsteres Gesicht, außer wenn er seine Tochter anblickte. Bis jetzt hatte sie viel mehr mit Dare und Fox als mit Lochlan geredet, obwohl sie diesen in den letzten Tagen öfter als die anderen gesehen hatte.

Er besaß nicht nur ein Fitnessstudio, sondern gab abends auch Selbstverteidigungsunterricht – in den sie gern einmal hineingeschnuppert hätte, wenn sie den Mut fände. Und wenn er nicht gerade damit beschäftigt war oder sich um Misty kümmerte, werkelte er in der Herberge herum und nahm kleinere Reparaturen vor. Sie wusste, wenn die Zeit käme für grundlegendere Modernisierungen, würde er ihr und seinen Eltern helfen, eine entsprechende Firma zu finden, aber fürs Erste waren seine Hände gut genug.

Sicher, diese Beobachtung warf in ihr die Frage auf, ob Dare gut mit seinen Händen war, und entschlossen schob sie den Gedanken beiseite. Sie war nicht bereit, auf diese Art über Männer nachzudenken, und sie sollte das Schicksal nicht herausfordern und an den Sohn ihres Bosses nicht einmal denken.

Lochlan, der gegen den Türrahmen lehnte, musterte sie einen Augenblick, dann schüttelte er den Kopf. »Ich wollte mir eigentlich nur einen Stift ausleihen. Ich wollte Sie nicht erschrecken. Ist alles in Ordnung, Kenzie?«

Sie nickte und hoffte, dass ihre Tränen getrocknet waren. Eigentlich weinte sie nicht mehr über Dinge, die außerhalb ihrer Kontrolle lagen. »Alles in Ordnung. Hier ist ein Stift.«

»Belästigst du die neue Herbergsleiterin?«, ertönte eine Stimme hinter Lochlan. Und bevor dieser noch antworten konnte, duckte sich eine schlanke Frau mit kastanienbraunem Haar und einem breiten Grinsen unter Lochlans Arm hindurch und stellte sich neben ihn. »Hi, Kenzie. Ich bin Ainsley. Es tut mir leid, dass ich so lange gebraucht habe, um herüberzukommen und Hallo zu sagen. Ich hatte viel Arbeit und seitdem die Schule wieder angefangen hat, weiß ich nicht mehr, wo mir der Kopf steht.«

Ainsley. Die Collins hatten die Frau des Öfteren erwähnt. Sie war eine Freundin der Familie und was am wichtigsten war, Lochlans beste Freundin. Ainsley unterrichtete an der örtlichen Highschool Chemie, Biologie und Physik.

Kenzie schüttelte der anderen Frau lächelnd die Hand. »Ich freue mich, Sie endlich kennenzulernen. Barb und Bob halten viel von Ihnen.«

Falls das noch möglich war, lächelte Ainsley noch breiter. »Gut zu wissen, dass sie meine schlechten Seiten für sich behalten. Ich wollte eigentlich fragen, ob Sie Lust haben, vor dem Abendessen etwas mit mir zu trinken. Um Sie in Whiskey willkommen zu heißen.«

Sie hüpfte beim Sprechen von einem Fuß auf den anderen und lehnte sich dabei leicht an Lochlan. Dieser jedoch stand stocksteif, entzog sich ihrer Berührung nicht, aber kam ihr auch nicht entgegen.

Interessant.

»Oh, das klingt wunderbar.« Und das tat es tatsächlich nach dem unerfreulichen Anruf. Früher hätte sie sich vielleicht oben versteckt, um niemanden sehen zu müssen, aber so wollte sie nicht mehr reagieren.

»Ich lasse euch dann mal allein«, sagte Lochlan barsch und trat einen Schritt zurück. Dann warf er einen Blick auf die Uhr und runzelte die Stirn. »Ich muss Misty abholen. Ich werde das, woran ich gearbeitet habe, morgen zu Ende bringen, Kenzie. Es tut mir leid, dass ich es heute nicht geschafft habe.«

»Sie kümmern sich um hundert verschiedene Dinge. Ich bin so froh über Ihre Arbeit.« Sie wusste nicht, woher Lochlan die Energie nahm, aber sie war dankbar dafür.

»Hast du heute Abend Zeit, bei Misty zu bleiben?«, erkundigte Ainsley sich, während sie Lochlan nicht aus den Augen ließ. »Ich kann später vorbeikommen und auf sie aufpassen, wenn du etwas zu tun hast.«

Er schüttelte den Kopf. »Heute kommen wir zurecht. Du tust genug, Ains.« Er nickte Kenzie kurz zu, dann marschierte er hinaus und ließ Ainsley weit weniger übersprudelnd zurück, als sie es zuvor gewesen war.

»Haben Sie schon einen unserer Whiskeys probiert?«, wollte Ainsley wissen. Jetzt lächelte sie wieder strahlend, aber Kenzie hatte bemerkt, wie es sich ganz leicht verringert hatte, als Lochlan gegangen war.

»Nein, noch nicht. Und da ich in einer Stadt lebe,

die nach dem berühmten Getränk benannt ist, sollte ich diesen Mangel beheben.«

»Das hört sich nach einem Plan an. Aber da es sich um Whiskey und nicht um schlichten Wein handelt, sollten wir Tapas dazu bestellen. Dare arbeitet heute Abend am Tresen und er wird uns gut bedienen.«

Dare. Natürlich musste Dares Name erwähnt werden und ihre Gedanken in eine Richtung schicken, die sie nicht einschlagen wollte. Warum dachte sie überhaupt immer wieder an ihn? Nur weil sie ihn halbwegs attraktiv fand, während sie im Augenblick niemanden als gut aussehend empfand, bedeutete das noch nichts.

Der Mann wurde seinem Namen gerecht. Er war eine Herausforderung.

Eine, die sie nicht annehmen konnte.

Niemals.

Kapitel Fünf

»Dad, schau mal!« Nathan lief zu Dare. Er umklammerte etwas mit seiner winzigen, zusammengeballten Hand und lächelte breit. Sein Kind sah genauso aus wie Dare in diesem Alter, auch wenn er das Haar etwas kürzer trug, da es Monica nicht gefiel, wenn es Nathan ins Gesicht hing. Aber die beiden besaßen die gleiche Augenfarbe, das gleiche Lächeln und wenn man seiner Mutter glauben wollte, die gleiche gebündelte Energie, die sie von einer Seite des Hauses auf die andere springen ließ.

Vielleicht weil Dare nicht so viel Zeit mit Nathan verbringen konnte, wie er es sich wünschte, nahm er es gern mit der überbordenden Energie seines Sohnes auf, solange er nur seinem Sohn nahe sein konnte.

»Was hast du denn da, Nate?«, fragte Dare und ging in die Hocke, um mit dem Vierjährigen auf Augenhöhe zu sein.

Nate öffnete die Hand und zum Vorschein kam ein besonders glatter Stein. »Der ist etwas Besonderes, oder?«

Dare lächelte und fuhr Nathan mit der Hand durchs Haar. »Ja, der ist wirklich etwas ziemlich Besonderes. Soll ich ihn für dich aufbewahren, solange du spielst?«

»Ja, bitte.« Sein Sohn überreichte ihm strahlend den Stein, dann lief er wieder zu seinem Spielzeug in den kleinen Garten. Dare besaß nicht viel, aber er sorgte dafür, dass Nate ein Zuhause hatte, in dem er Zuflucht suchen und das er sein Eigen nennen konnte, wenn er sich nicht bei seiner Mutter aufhielt.

»Dare, hörst du mir zu?«, fragte Monica, die hinter ihm stand. Dare seufzte. Normalerweise setzte sie Nate einfach nur bei ihm ab, aber heute wollte sie ein paar Dinge besprechen und das bedeutete, dass Dare die subtilen, herabsetzenden Bemerkungen hinnehmen musste, deren sie sich gewiss nicht einmal bewusst war, wie Dare glaubte. Sie erwartete mehr von ihm und offensichtlich war er nicht der Mann gewesen, für den sie ihn gehalten hatte ... und daraus konnte er ihr keinen Vorwurf machen.

Und er stand da und hörte zu, denn wenn er es nicht getan hätte, hätte er riskiert, kostbare Zeit mit seinem Sohn zu verlieren.

»Entschuldige, was hast du gesagt?«, fragte er, während er Nathan nicht aus den Augen ließ und den Stein in seine Hosentasche schob.

»Ich hoffe, du hast nicht vor, nach diesem Wochenende Nathan das mit nach Hause nehmen zu lassen. In seinem Zimmer hat er bereits so viele Steine und Muscheln vom Strand gehortet, dass sie jeden Augenblick in den Flur quellen können.«

Endlich drehte Dare sich herum und blickte Monica an. Sie sah so aus wie immer, solange er sie kannte. Lange, dunkle Haare, große, grüne Augen und ein Stirnrunzeln im Gesicht, wenn sie seiner ansichtig wurde.

Seufz.

»Ich werde dafür sorgen, dass alles hier in seinem Zimmer bleibt.« Er verzichtete darauf, Nates Schlafzimmer in seinem Haus als *zu Hause* zu bezeichnen – zumindest vor Monica. Denn das hätte es für alle Beteiligten nur unangenehm gemacht. Sein Sohn wusste, dass er ihn liebte, und das war alles, was eine Rolle spielen sollte.

Monicas Mund verzog sich zu einem Lächeln. »Bald wirst du dann auch Steine und Muscheln in deinem Flur haben.«

Dare zuckte mit den Schultern. »Entweder wird sich diese Neigung verwachsen oder er wird am Ende Geologe. So ist es eben mit Kindern.«

»Das ist wahr«, stimmte Monica sanft zu. »Also, ich wollte mit dir über Weihnachten reden.«

Stirnrunzelnd drehte Dare sich herum. »Was ist mit Weihnachten? Dieses Jahr bin ich an der Reihe, richtig?« Gemäß der Besuchsrechtsregelung verbrachte Nathan die Feiertage abwechselnd bei Monica und bei ihm und er wollte nicht auf seine Zeit mit Nate verzichten.

Monica biss sich auf die Lippe. »Sieh mal, Auggies Arbeitgeber will ihn über die Feiertage zu einer Konferenz nach Paris schicken und er möchte gern seine Familie bei sich haben. Es wird eine große Veranstaltung geben, mit Spielen und Partys für die Kinder. Es wäre wirklich gut für Auggies Position in der Firma, wenn wir bei ihm wären.«

Dares Kiefer spannte sich an. »Er ist mein Sohn, Monica. Auggie ist ein guter Stiefvater, aber ich bin Nates Vater.«

Sie stieß den Atem aus und begann, auf und ab zu schreiten. »Ich verstehe dich, Dare. Aber Nathan verbringt mehr Zeit mit Auggie als mit dir.«

»Und wessen Schuld ist das?«, stieß Dare bitter hervor. »Halt mir nicht vor, ich würde nicht genügend Zeit mit Nathan verbringen, denn schließlich bist du diejenige, die ihn von mir fernhält.«

»Das Gericht hat zu Nathans Bestem entschieden, Dare.«

»Zum Teufel damit«, flüsterte er, denn er wollte nicht, dass Nathan ihn hörte. »Komm mir nicht damit. Und wenn du willst, dass dein Mann gut vor seinen großen Bossen dasteht, dann kannst du ihn ja begleiten. Aber Nathan bleibt dieses Jahr über Weihnachten bei mir, wie wir es vereinbart haben. Ich bin an der Reihe. Meine Eltern planen bereits eine große Familienfeier und bis dahin vergehen noch Monate. Streite nicht mit mir über dieses Thema. Nimm mir nicht meinen Sohn weg.«

In ihren Augen flammte es auf und sie verzog die

Lippen. Doch dann hatte sie sich wieder in der Gewalt und verbarg ihre Gefühle, so wie immer. »Wir werden sehen.«

Und damit ging sie zu Nathan und küsste ihn auf den Scheitel, bevor sie ohne ein weiteres Wort aus Dares Garten marschierte.

»Mein Gott«, murmelte Dare. Wieder einmal ärgerte er sich darüber, wie sein Leben sich entwickelt hatte. Er mochte zwar kein Polizist mehr sein und nicht mehr sein Leben riskieren, aber scheinbar war er immer noch nicht gut genug, um ein Vollzeit-Dad zu sein.

Er war vier Jahre lang Polizist gewesen, als er einen Schuss in die Schulter abbekam und in derselben Nacht seinen Partner verlor. Monica war damals im dritten Monat schwanger gewesen und hatte ihm während seiner Genesung und seiner Trauer nicht zur Seite gestanden. Seine Brüder und die Leute, mit denen er auf dem Revier zusammengearbeitet hatte, hatten ihr niemals verziehen und zur Hölle, er war sich nicht sicher, ob er es konnte. Ja, sie hatte seinen Job gehasst und das, was er aus ihrer Beziehung gemacht hatte, aber sie hatte ihn verlassen und Nathan mitgenommen. Mithilfe ihrer wohlhabenden Familie und einem einflussreichen Anwalt hatte sie bekommen, was sie für das Beste für ihren gemeinsamen Sohn hielt, und ihn verlassen. Er war mit beinahe nichts zurückgeblieben, an das er sich während der Genesung hätte klammern können.

Er würde sich niemals verzeihen – und Monica auch

nicht –, was aus seiner Beziehung zu seinem Kind geworden war.

»Daddy?«, fragte Nathan an seiner Seite. »Bist du traurig?«

Dare unterdrückte die Gedanken an sein Versagen und an alles, was Monica sonst noch mit sich brachte, und schüttelte den Kopf. »Nein, nicht wirklich.« Er wollte Nathan nicht belügen, aber manchmal musste er vorsichtig sein mit dem, was er sagte, um den kleinen Kerl nicht unabsichtlich zu verletzen. »Ich mache mir nur Sorgen über Kleinigkeiten. Das sollte ich aber nicht tun, wenn ich mit dir spielen kann.«

Nate strahlte und zog an Dares Hand und bald waren die beiden in einen Wasserpistolen-Kampf zwischen Monstern und Aliens verwickelt. Alle Gedanken an das, was hätte sein können, waren vergessen.

»Was möchtest du zu Mittag essen, mein Sohn?«, fragte Dare, während er Nate in eine der Tischnischen in der Kneipe setzte. Misty saß mit Ainsley auf der anderen Seite. Ihr Malbuch lag aufgeschlagen vor ihr auf dem Tisch und sie holte ihre Stifte hervor, um mit Nate zu malen. Dare prägte sich Bilder wie diese gut ein und wusste, er würde alles dafür tun, mehr von diesen Erinnerungen zu bekommen.

»Hotdogs!«, rief Nate und Dare seufzte.

»Nicht so laut, Nate.« Er zwinkerte, als Nate errötete und auf seinem Sitz hin und her rutschte. »Du kannst einen Hotdog haben, aber dann gibt es dazu zwei Apfelstückchen.«

»Okay. Wenn es sein muss.« Nathan seufzte dramatisch auf und Dare bemühte sich, nicht zu lachen und den kleinen Stinker noch zu ermutigen.

»Ich mag Äpfel«, sagte Misty schmeichlerisch.

»Aber natürlich«, erwiderte Ainsley und lehnte sich zurück. »Obst ist eine Nachspeise, die du immer essen darfst. Ihr bekommt jetzt also wirklich eine Nachspeise zum Hauptgericht.« Sie blickte lächelnd zu Dare auf. »Wirst du unsere Bestellung an Rick weitergeben oder soll ich zu ihm gehen? Ich möchte Shelly und Kayla nicht belästigen, da sie so beschäftigt sind.«

Dare warf einen Blick über die Schulter und sah sich in der vollen Kneipe um. An jedem Tisch saßen Familien oder Singles und eine Gruppe wartete sogar auf einen Tisch, was sein Geschäftsinhaber-Herz höherschlagen ließ. Kayla und Shelly hatten zwar viel zu tun, liefen aber nicht wie verrückt herum. Falls sie ihn brauchten, würden sie es ihm sagen. Beim letzten Mal, als er an seinem freien Nachmittag eingesprungen war, hatten sie ihn beiseitegeschoben und ihn einen Mikro-Manager genannt. Er hatte dazugelernt. Irgendwie.

»Ich werde die Bestellung an Rick weitergeben«, sagte er schließlich, während er den Tresen im Auge behielt. »Ich arbeite zwar gerade offensichtlich nicht, aber ich komme gern herein und sehe kurz nach dem

Rechten, weißt du?« An den Wochenenden, an denen Nathan bei ihm war, arbeitete er nicht. Er vertraute Rick und dem restlichen Personal, dass sie die Lokale während der zwei Abende im Monat allein schafften.

»Danke!« Ainsley erklärte ihm, was sie bestellen wollte, dann lehnte sie sich zu Misty hinüber, um ihr einen Stift zu reichen. Sie ging so gut mit dem kleinen Mädchen um und Dare fragte sich manchmal, warum sie nicht mit Lochlan zusammen war, auch wenn sie beste Freunde waren. Er hatte geglaubt, es steckte mehr dahinter, aber was wusste er schon.

Als er gerade in die Tischnische zurückkehren wollte, kam Kenzie in die Kneipe, mit einem Stapel in Leder eingebundener Aktenordner auf dem Arm und einer Lesebrille auf der Nasenspitze. Ihr Haar ergoss sich über ihre Schultern und den Rücken hinunter. Ihm wurde bewusst, dass er sie nach dem ersten Abend in der Kneipe jetzt zum ersten Mal wieder mit offenen Haaren sah. Und er musste sagen, so gefiel es ihm besser. Er konnte sich vorstellen, wie er es sich um die Hand schlang, während er …

Okay, genug davon.

Er mochte sie vielleicht attraktiv finden, aber keinesfalls würde er dementsprechend darauf reagieren. Sie arbeiteten zusammen – jedenfalls in gewisser Hinsicht – und fanden gerade heraus, wie sie sich verhalten mussten, um sich nicht unwohl und merkwürdig in der Nähe des anderen zu fühlen.

»Kenzie!«, rief Ainsley. »Komm her zu uns.« Mittlerweile duzten sie sich alle mit der Herbergsleiterin.

Dare sah, wie Kenzies Miene kurz Überraschung ausdrückte, bevor sie sich wieder im Griff hatte und ihnen freundlich zulächelte. Er nahm Nates und sein Getränk vom Tresen und ging neben ihr zum Tisch.

»Hey, Kenzie.«

»Dare, ich dachte, du hättest heute frei.«

»Das habe ich auch, aber ich esse gern hier zu Mittag, wenn Nate bei mir ist.« Er stellte die Getränke auf dem Tisch ab und wies auf seinen Sohn. »Nate, sag Kenzie Guten Tag. Sie ist unsere neue Herbergsleiterin. Kenzie, das ist Nate, mein Sohn.«

»Hi«, sagte Nate schnell, bevor er sich wieder seiner Malerei mit Misty zuwandte.

»Hallo, ihr beiden«, sagte Kenzie und verlagerte ihr Gewicht von einem Fuß auf den anderen, da sie immer noch die dicken, ledergebundenen Aktenordner auf dem Arm trug.

»Lass mich dir die mal abnehmen«, meinte Dare und nahm ihr die Akten vom Arm. Dabei berührte sich ihre Haut und er bemühte sich, keine Reaktion zu zeigen. Die Anziehungskraft, die sie auf ihn ausübte, war gefährlich und lenkte ihn ab.

»Danke«, erwiderte sie lächelnd.

»Setz dich, Kenzie«, forderte Ainsley sie auf und rutschte ein wenig zur Seite. »Hier gibt es genügend Platz, denn der Tisch ist eigentlich für sechs Personen gedacht. Wir haben uns nur dafür entschieden, weil er sich ganz hinten in der Ecke und nicht in der Nähe eines großen Fensters befindet. So bleiben die besseren Tische für die Touristen.«

»Oh, ich kann nicht«, erwiderte sie und trat einen Schritt zurück. Dare legte ihr die Hand ins Kreuz, um sie zu stabilisieren.

Ein Fehler.

»Komm schon, hier ist noch Platz und du bist doch nicht ohne Grund heruntergekommen, oder?«, wandte Dare leise ein.

Kenzie schüttelte den Kopf. »Ich wollte mich eigentlich an den Tresen setzen und während des Essens ein bisschen Papierkram nachholen.«

»Dann setz dich her und tu es bei uns«, drängte Ainsley sie. »Komm schon, lern den Rest der Familie Collins kennen.«

Misty lehnte sich um Ainsley herum und reichte Kenzie einen Stift. »Du kannst uns helfen, das Bild auszumalen, wenn du möchtest. Aber Nate mag gern Blau, also musst du den grünen nehmen.«

»Blau ist die schönste Farbe«, erklärte Nate, der sich über seine Seite beugte, sein kleines Gesicht vollkommen konzentriert. »Aber Rosa gefällt mir auch. Das ist sehr schön.«

»Rosa ist nämlich keine Farbe für Mädchen. Das ist nur das, was die Medien uns erzählen, und wir sollen das glauben.« Das sagte Misty so überzeugend, dass Dare einen Augenblick brauchte, um zu verstehen, dass sie etwas Wort für Wort wiederholt haben musste, was jemand anderes gesagt hatte. Natürlich stimmte er vollkommen mit dieser Auffassung überein, aber er hatte das Gefühl zu wissen, wer Misty diesen Satz beigebracht hatte.

Dare und Kenzie lachten beide, als sie sich an entgegengesetzte Enden des Tisches setzten und Ainsley errötete.

»Das ist wahr«, stimmte Kenzie zu. »Und ich bin froh, dass du so denkst.«

Misty strahlte. »Ainsley bringt mir viele Dinge bei.«

»Das glaube ich dir gern«, murmelte Dare und Ainsley warf ihm einen Blick zu. »Weiß Lochlan, dass seine Tochter eine gestandene Feministin ist?«

»Aber sicher. Er ist selbst auch eine.« Ainsley zwinkerte, bevor sie sich an Kenzies Schulter lehnte. »Und? Wie gefällt dir Whiskey jetzt, da du dich ein wenig eingewöhnt hast?«

Dare wusste nicht, wann die beiden sich angefreundet hatten, aber er war froh darüber. Nicht nur Kenzie besaß jetzt eine Freundin hier, sondern auch Ainsley hatte endlich eine. Dare war sich nicht sicher, ob Ainsley aufgrund ihrer Arbeit und Misty viele Freunde hatte außer Lochlan und dem Rest der Familie.

»Ich gewöhne mich immer noch ein, aber Whiskey ist ein wunderbares Städtchen«, meinte Kenzie leise. »Ich fühle mich wie zu Hause, wisst ihr?« In ihrer Stimme lag eine gewisse Wehmut und Dare fragte sich, was dahinterstecken mochte. Er wusste nicht genau, wer diese Frau war, aber er wusste, sie hatte Geheimnisse.

Zur Hölle, hatten sie nicht alle ihre Geheimnisse, die sie andere besser nicht wissen ließen? Aber Kenzie? Dare hatte das Gefühl, sie hatte schwerwiegendere Gründe. Wenn er noch Polizist gewesen wäre, wäre er dem mit Sicherheit nachgegangen, aber da er das nicht mehr war, ermahnte er sich, ihr ihren Freiraum zu lassen. Sie hatte das Recht, für sich zu behalten, was sie wollte und musste. Und zur Hölle, wer war er, ihr hinterherzuspionieren? Er sagte sich, es musste Grenzen geben.

Kenzie streifte mit einem Bein zufällig seins und beide versteiften sich. Dann zwang sich Dare, sich zu entspannen. Ainsley blickte mit hochgezogener Braue von einem zum anderen. Dare räusperte sich.

»Äh, was möchtest du essen? Ich werde es für dich bestellen.«

»Ich werde Hotdogs bekommen«, erklärte Nate und blickte von seinem Malbuch auf. »Aber ich muss Äpfel dazu essen anstatt Pommes frites.«

Kenzie lächelte Nate an und beugte sich vor. »Ich mag Hotdogs auch gern, aber ich glaube, heute nehme ich den Salat.« Schnell warf sie einen Blick auf die Speisekarte. »Ich glaube, bei deinem Dad gibt es einen Salat mit Äpfeln, richtig?«

Er nickte. Auf seinem Gesicht breitete sich langsam ein Lächeln aus. »Ja, das ist richtig. Ich werde es unserer Bestellung hinzufügen. Gib mir eine Sekunde.«

Dare erhob sich hastig, wobei er vorsichtig vermied, Kenzie noch einmal zu berühren. Dann ging er zum Tresen, um Kenzies Bestellung aufzugeben. Er wusste nicht, was mit ihm los war, wenn sie in der Nähe war, aber er verlor dann seine Fähigkeit zu sprechen. Er klang durcheinander und brummte eher, als dass er Wörter benutzte – und das war ihm so unähnlich, dass es nicht mehr lustig war.

Er musste sich auf die Arbeit und auf seinen Sohn konzentrieren und auf nichts anderes. Seine Familie brauchte ihn und die Hochzeit seiner Schwester stand bevor. Unanständige Gedanken über die neue Herbergsleiterin taten ihm nicht gut.

Gleichgültig wie sexy sie mit offenen Haaren auch aussehen mochte.

Kapitel Sechs

Kenzie stöhnte und wölbte sich dem Mann entgegen, der auf ihr lag, als dieser den Kopf neigte, um eine ihrer Brüste in den Mund zu nehmen. Er leckte mit der Zunge über ihren Nippel, bevor er vorsichtig hineinbiss und eine Schockwelle durch ihren Körper sandte. Sie schlang ihm die Beine um die Hüften und zog ihn so noch näher an sich heran. Sie war so nahe dran, so nahe dran, endlich zu kommen, und doch würde er sie nicht füllen, nicht dehnen und in sie hineinpumpen, bis sie beide kämen und den Namen des anderen schreien würden.

Ihr Liebhaber saugte an ihrer anderen Brustwarze, dann hob er den Kopf, um ihren Mund mit seinem zu nehmen. In diesem Augenblick wurde sie sich seines Gesichtes gewahr. Es dauerte einen Moment, bis sie es ganz erfasst hatte, doch dann stöhnte sie auf und presste ihre Brüste fest an ihn.

Sie kannte diese Gesichtszüge.

Kannte diesen Mann.

Und deshalb musste es ein Traum sein.

Aber sie wachte nicht auf. Stattdessen hielt sie Dare noch fester. Ihre Lippen teilten sich, als er langsam, Zentimeter für Zentimeter in sie eindrang. Schon bald klammerten sie sich leidenschaftlich aneinander und versuchten, einander noch näher zu kommen, bis sie den Höhepunkt erreichten, mit vor Schweiß glitschigen und schmerzenden Körpern.

Doch als sie versuchte, die Augen zu öffnen, um noch einmal sein Gesicht zu betrachten, war er fort. Und sie stand in der Mitte ihres Wohnzimmers. Nein, dies war nicht *ihr* Wohnzimmer. Nicht mehr. Das waren nicht ihre dunkelbraunen Vorhänge. Das war nicht ihr Teppich mit dem ausgefransten Rand, der so viele Tränen verursacht hatte.

Dies war nicht mehr ihr Zuhause.

Aber *er* war trotzdem da.

Als sich Hände um ihre Oberarme schlangen, schrie sie auf.

Kenzie fand sich aufrecht im Bett sitzend wieder. Schweiß lief zwischen ihren Brüsten hinunter und die Decke knüllte sich um ihre Taille. Ihre Brust hob und senkte sich mit schweren Atemzügen, während sie Atem schöpfte und versuchte, ihren Albtraum zu verstehen und warum sie ihn überhaupt geträumt hatte.

David hatte nur ein einziges Mal aus Wut Hand an sie gelegt. Denn eigentlich war er dazu zu klug gewesen, bis eines Tages der Jähzorn mit ihm durchgegangen war und er ihren Willen gebrochen hatte. Zuvor hatte er sie mit Worten und Schmähungen in kleinen Schritten immer kleiner gemacht. Aber nur ein einziges Mal hatte er sie an den Armen gepackt und geschüttelt. Er hatte sie nur dieses eine Mal geschlagen.

Aber das hatte ihr gereicht.

Endlich.

Sie wusste nicht, warum sie jetzt davon träumte. Es lag ziemlich lange zurück und sie hatte gehofft, dass sie sich neben der Therapie und der Entfernung genügend Zeit zum Heilen gegeben hatte. Doch sie meinte zu wissen, warum der Traum sie jetzt wieder heimsuchte und warum er vielleicht niemals verschwinden würde.

David hatte sie einmal wütend angefasst, aber Dare hatte sie noch nie aus irgendeiner Emotion heraus berührt. Hier und da eine leichte Berührung, wenn sie im selben Gebäude arbeiteten oder am selben Tisch aßen, aber das war es auch schon. Und das war alles, was jemals sein konnte.

Erstens war er der Sohn ihres Bosses. Zweitens arbeiteten sie im selben Gebäude. Und drittens war er viel zu gefährlich für sie. Sie hatte die Düsternis in seinen Augen gesehen, als seine Brüder erwähnten, womit er vor dem Kauf der Kneipe sein Geld verdient hatte. Um sicher zu sein, wirklich sicher, durfte sie diese Düsternis nicht berühren, egal wie sehr es in ihr glühte und ihre innere Stimme darum bettelte.

Kenzie fuhr sich mit der Hand durch ihr langes Haar

und fluchte, dass sie es am Abend zuvor nicht wenigstens gebürstet hatte. Nun musste sie es wieder waschen, weil es so verfilzt war. David hatte es stets gefallen, wenn ihr Haar stufig geschnitten war und ihr nur bis zur Schulter reichte oder sogar noch kürzer war. Aber sie hatte das nie gemocht. Irgendwie hatte er sie davon überzeugt, es so zu tragen, wie es ihm gefiel, denn was war schon ein kleiner Haarschnitt, wenn sie damit ihren Ehemann glücklich machen konnte? Doch als sie dann versuchte, es lang zu lassen, als es dank ihrer Genetik viel zu schnell wuchs, manipulierte er sie erneut, bis sie es wieder auf die von ihm bevorzugte Länge schneiden ließ.

Sie konnte immer noch seine Argumente hören: »Kein Mann in meiner Position kann seiner Frau erlauben, wie eine Prostituierte auszusehen, Kenzie ... Nur Frauen, die wirklich nach Sex gieren, müssen ihre Haare so lang tragen, dass es aussieht, als hätten sie sie künstlich verlängern lassen ... An dir darf nichts Unechtes sein, Kenzie. Du musst wie Porzellan wirken, aber echt.«

Sie hatte geweint, als er ihr eines Nachts im Schlaf die Haare abgeschnitten hatte. Als sie aufwachte, lagen die abgeschnittenen Strähnen neben ihren Wangenknochen. Ihr Haar hatte flach und leblos an ihr hinuntergehangen, aber sie hatte einen Weg gefunden, es zu frisieren, damit David nicht wieder wütend wurde.

Aber jetzt flossen ihr die Haare den Rücken hinunter und waren beinahe nicht zu zähmen. Sie hatte viel zu viel für einen Fön ausgegeben, der ihr Haar in weniger als zehn Minuten bändigen konnte, und alles, was von ihrem Lohn nicht aufs Sparkonto ging, wanderte in Haarpflegeprodukte.

Aber es waren *ihre* Haare.

Kenzie stieß den Atem aus und glitt aus dem Bett. Sie streckte die Arme über dem Kopf in die Höhe, während sie zum Schreibtisch ging. Unterwegs zog sie ihr Handy aus dem Ladegerät auf ihrem Nachttisch. Es war kurz nach fünf und es dauerte nur noch zwanzig Minuten, bevor der Weckalarm sich melden würde. Es sah also so aus, als würde sie heute früh in den Tag starten.

Für den heutigen Tag standen ein paar Check-ins auf dem Kalender, ein Gespräch mit Lochlan über kleinere Reparaturen und was man bezüglich einer größeren Renovierung tun konnte, sowie ein Treffen mit Barb und Bob, die eine Assistentin für sie einstellen wollten. Letzteres entlockte ihr vor Erleichterung ein Lächeln. Die beiden konnten die Herberge auch allein betreiben, obwohl sie im Laufe der Zeit einige Assistentinnen eingestellt hatten. Die meisten von ihnen hatten gekündigt, um in größere Städte zu ziehen oder weil sie Familien gegründet hatten und nicht weiter in der Position arbeiten wollten. Kenzie konnte beide Gründe gut verstehen, aber für sie selbst war vorerst die Herberge ihr Arbeitsplatz und ihr Zuhause.

Sie würde hierbleiben und jetzt, da sie verstand, was Dare an ihrem ersten Tag empfunden hatte, wusste sie, dass niemand wollte, dass sie ging.

Es war ein merkwürdiges Gefühl – gewollt zu werden, gebraucht zu werden.

Sie hoffte nur, sie würde die Collins nicht enttäuschen.

Später am Abend saß Kenzie am Schreibtisch in ihrem Büro und sah die Akten der beiden Bewerber durch, die Bob und Barb als perfekt für die Assistentenstelle ansahen. Da beide sowohl großartige Qualifikationen besaßen als auch wahrscheinlich wunderbar in die Herberge passen würden, hatte das ältere Paar die Entscheidung Kenzie überlassen, da sie mit der Person arbeiten und sie anlernen würde. Sie trug also eine schwere Verantwortung und sie war ehrlich gesagt begeistert und gleichzeitig etwas ängstlich.

Gerade wollte sie sich noch eine Tasse Kaffee holen, als jemand an den Türrahmen klopfte. Ihr Herzschlag beschleunigte sich angesichts der plötzlichen Störung und als sie sich herumdrehte, um zu sehen, um wen es sich handelte, begann ihr Puls, noch mehr zu rasen – auf eine Art, die nicht gerade wünschenswert war.

»Jeremy. Was tust du hier?« *Wie hast du mich gefunden?* Allerdings hatte sie ja nicht ihren Namen geändert. Die Scheidung mochte zwar endgültig sein, aber sie war nicht vollkommen untergetaucht. David und Jeremy konnten sie jederzeit finden, und dies war der Beweis.

Oh Gott, sie hoffte, David würde nie hier auftauchen.

Das durfte nicht sein.

Das durfte einfach nicht sein.

»Darf ich meine große Schwester nicht besuchen?«, fragte er stirnrunzelnd. »Nette Bude. Obwohl ich nicht weiß, warum du hinter anderen Leuten herräumen willst, obwohl du es bei David besser haben könntest.«

Kenzie machte ein böses Gesicht und ging an ihm vorbei, dann schob sie ihn in ihr Büro und schloss die Tür hinter ihm. »Jeremy«, zischte sie. »Ich arbeite hier. Pass auf, was du sagst. Ich möchte nicht, dass die Gäste dich hören.«

»Ja, ja.« Er zuckte mit den Schultern und blickte sich in ihrem kleinen Büro um. Bisher hatte es nicht so klein gewirkt, aber jetzt, da die lebendige Erinnerung an ihre Vergangenheit darin stand, kam es ihr viel kleiner vor. Verdammt.

»Was willst du?« Sie hielt die Stimme gesenkt und versuchte, sich ihre Ungeduld nicht anhören zu lassen. Jeremy konnte so gemein wie David werden, wenn er wollte.

Er verengte die Augen zu Schlitzen. »Wir haben unser Gespräch nicht beendet. Im letzten Monat bin ich zurechtgekommen, aber in diesem wird es zu eng.«

Sie reckte das Kinn in die Höhe und stählte sich. »Nein, Jeremy. Ich habe dir gesagt, dass ich dir nicht helfen kann. Du bist jetzt erwachsen und ich muss aufhören, dich zu unterstützen. Du kannst einen Job annehmen und deine Miete zahlen. Niemand zwingt dich, dein Geld zu verspielen und zu vertrinken. Du kannst Hilfe bekommen.«

»Ich bitte dich um Hilfe.« Er trat näher an sie heran, aber sie wich nicht zurück.

»Ich kann dir nicht die Hilfe geben, die du brauchst.«

Er packte sie so heftig an den Oberarmen wie der Mann in ihrem Traum. Sie erstarrte. »Du Schlampe.«

»Was zum Teufel ist hier los?«

Jeremy ließ sie hastig los und trat zurück, als hätte er sie nicht gerade bedroht. Kenzie war zu geschockt, um etwas zu sagen, als Dare mit Zorn in den Augen um ihren kleinen Bruder herumging. Sie versuchte, zu Atem zu kommen, aber die Worte kamen einfach nicht.

»Wer zur Hölle sind Sie und warum haben Sie Kenzie angefasst?« Dare war viel größer als Jeremy, aber ihr kleiner Bruder gab nicht klein bei. Er hatte noch niemals mit jemandem gekämpft und niemals etwas verloren außer Geld. Er hatte keinen Grund, Angst zu haben. Niemand hatte ihm in seinem Leben jemals wehgetan.

Und sie würde nicht zulassen, dass Dare dies nun tat. Nicht weil Jeremy es etwa nicht verdient hätte, sondern weil Dare es nicht verdiente, noch mehr Düsternis auf sich zu laden, egal wo diese herkam.

»Dare«, stieß sie hervor. Ihre Hände waren eiskalt. »Dies ist mein Bruder. Er wollte gerade gehen.«

Das musste ihn überrascht haben, denn Dare hielt abrupt in der Vorwärtsbewegung inne und blickte sie über die Schulter an. »Bruder?«

Sie nickte heftig. »Und er geht jetzt.« Sie warf Jeremy einen vielsagenden Blick zu, woraufhin ihr

Bruder ohne einen Blick zurück aus dem Raum stapfte, dabei jedoch irgendwie einen Weg fand, im Vorbeigehen Dare mit der Schulter zu rammen.

Als Dare sich bewegte, als wollte er hinter ihm her, legte Kenzie ihm eine Hand auf den Arm. »Bitte nicht.«

»Was war hier los?«, fragte er. Seine Stimme klang wie ein Knurren. »Was hat er getan?«

»Es war nur ein Missverständnis.«

»Kenzie. Ich war Polizist. Ich weiß Bescheid.«

»Er hätte nicht ... er konnte nicht ...« Sie stieß den Atem aus. »Er hat mich noch niemals zuvor grob angefasst und dass er mich so an den Armen gepackt hat, hat mich erschreckt. Und deshalb bin ich nicht aus dem Weg gegangen.« Das stimmte sogar teilweise. »Danke, dass du hereingekommen bist. Ich glaube zwar, dass ich auch ohne dich mit dem fertiggeworden wäre, was auch immer er vorhatte, aber ... ich danke dir.«

Dare hob die Hand, als wollte er ihre Wange umfassen. Sie wich zurück. Sie wusste nicht, ob sie in diesem Augenblick eine Berührung von ihm verkraften konnte – und das nicht nur wegen des Zorns, der zuvor in der Luft gehangen hatte.

Ihr entging nicht, dass in Dares Augen kurz eine gewisse Verletztheit aufflackerte, die er schnell verbarg.

Verdammt.

»Ich bin froh, dass mit dir alles in Ordnung ist, aber wenn ich ihn noch einmal die Treppe hinaufgehen sehe, werfe ich ihn hinaus. Hast du mich verstanden?« Er machte keine Anstalten, sie zu berühren, aber allein sein Blick war wie eine Inbesitznahme.

»Ich habe dich verstanden«, erwiderte sie seufzend. »Es tut mir leid, dass du auf diese Art mitbekommen hast, was für schmutzige Wäsche in unserer Familie gewaschen wird.« Und er hatte noch nicht einmal das Schlimmste gesehen.

»Du hast mitbekommen, wie ich mich bei unserem ersten Treffen zum Arschloch der Familie gemacht habe. Schon gut, Kenzie. Es ist nicht deine Schuld.«

Sie starrten einander einen Augenblick lang an und eine peinliche Stille senkte sich auf sie hinab.

»Oh, du wolltest doch bestimmt etwas, als du heraufgekommen bist«, sagte sie in dem Versuch, das Schweigen zu unterbrechen.

Dare wirkte zuerst verwirrt, dann schüttelte er den Kopf. »Ainsley ist unten und meine Brüder sind unterwegs hierher. Sie wollen eine Whiskeyprobe machen und zusammen essen. Ich muss am Tresen arbeiten, weil Rick freihat, aber sie wollten dich einladen, dich ihnen anzuschließen. Misty ist heute Nacht bei Mom und Dad, da sie Lochlan zwingen wollen, sich zu sozialisieren.« Er lächelte, als er über seine Familie sprach, und Kenzie konnte nicht umhin, ein wenig Wehmut zu empfinden.

Sie hatte einen Berg Arbeit zu erledigen und ihre Hände zitterten immer noch, wenn sie daran dachte, was hätte geschehen können, wenn Dare nicht rechtzeitig in ihrem Büro aufgetaucht wäre, aber einen Abend auszuspannen klang nach etwas, das sie verzweifelt brauchte.

»Das klingt nach Spaß«, erwiderte sie lächelnd.

Dare musterte prüfend ihr Gesicht, als suchte er nach Antworten, die sie ihm nicht geben wollte. Er nickte kurz, dann verließ er das Büro. Sie blieb allein zurück. Sie hatte das Gefühl, wieder einmal an einer Wegkreuzung zu stehen, ohne es genauer definieren zu können.

»Einen Schritt vorwärts«, erinnerte Kenzie sich. Einen Schritt vorwärts. Und hoffentlich ... keinen Schritt zurück.

―――

»Also dies ist eine Bourbon-Probe«, erklärte Fox. »Whiskey ist ein weitläufiger Begriff für viele Typen, aber die wichtigsten zwei, die ihr kennen müsst, sind –«

»Scotch und Bourbon. Ich weiß.« Kenzie lachte, als Lochlan, der neben Fox saß, die Augen verdrehte.

»Der Kerl ist ein Reporter. Er verdient seinen Lebensunterhalt damit, anderen Leuten etwas zu erklären.« Ainsley rutschte auf ihrem Hocker hin und her und deutete auf jedes Glas auf dem Holztablett vor ihr. »Heute Abend trinken wir nur amerikanischen Whiskey, also keinen Scotch, was mir recht ist.«

»Das ist ein Sakrileg«, wandte Lochlan ein und zwinkerte seiner besten Freundin zu.

Ainsley zeigte ihm den Mittelfinger als Antwort und hielt ein Glas in die Höhe. »Wir beginnen mit *leicht* und enden mit *vollmundig*. Einen Schluck nehmen und erst dann herunterschlucken. Whiskey muss genossen und nicht wie Tequila hinuntergekippt werden.« Sie zog die Brauen zusammen, als die beiden Männer sich Blicke zuwarfen. »Aber nicht so, wie man es mit dem macht, von dem die Männer einem erzählen, dass sie es lieben, wenn man es herunterschluckt, weil man damit seine Liebe beweist. Wenn man es so macht, spuckt man den Whiskey wieder aus.«

Kenzie warf den Kopf in den Nacken und lachte. Die Jungs stimmten mit ein. Mein Gott, sie liebte diese Leute und war verdammt froh, dass sie sie heute Abend eingeladen hatten. Sie wusste nicht, ob sie in ihrem Leben jemals so viel Spaß gehabt hatte.

»Erzählen dir die Männer das wirklich?«, wollte Fox wissen, während er sich eine Träne aus dem Augenwinkel wischte. »Denn, Liebling, ich weiß, dass du nicht so gutgläubig bist.«

»Verdammt richtig«, erwiderte Ainsley mit hochgezogener Braue. »Warum siehst du mich so an?«, fragte sie Lochlan. Kenzie drehte sich herum, um zu sehen, was der Mann tat.

Er blickte nur stirnrunzelnd zu ihnen hinüber und schüttelte den Kopf. »Lass uns einfach nur unseren Whiskey trinken und nicht über solchen Unsinn reden.«

Ainsley schnaufte. »Was? Stellst du dir nicht gern vor, wie ich mit einem Schwanz im Mund aussehe?«

Fox verzog das Gesicht und nahm Ainsley das Glas aus der Hand. »Und du hast jetzt genügend Alkohol intus.«

Angesichts der Tatsache, dass sie bereits die zweite Runde ihrer Whiskeyprobe vornahmen, die jeweils mindestens fünf Gläser beinhaltete, konnte Kenzie dem nur zustimmen.

»Im Ernst. Ihr beide sprecht doch mehr über Schwänze als ich.« Ainsley schrie zwar weder herum noch redete sie laut, aber sie waren auch nicht allein in der Kneipe.

»Ich bringe dich nach Hause«, sagte Lochlan entschlossen und glitt von seinem Hocker. »Es ist ohnehin schon spät.«

Kenzie sah die Streitlust in Ainsleys Augen und wusste, sie musste einschreiten. »Ich bin müde«, sagte sie, und das war nicht gelogen. »Wir können die zweite Testrunde ein anderes Mal machen. Was haltet ihr davon? Wir müssen ja nicht alles an einem Tag durchziehen.«

Ainsley blickte sie mit schmalen Augen an, dann seufzte sie. »Gut. Aber ich kann zu Fuß nach Hause gehen.«

»Nicht allein.« Lochlan verschränkte die Arme vor der Brust und wirkte so ganz wie der Mann, dem ein Fitnessstudio und eine Sicherheitsfirma gehörten.

»Die Dame braucht deine Hilfe nicht«, ertönte plötzlich eine lallende Stimme hinter ihnen. »Ich sollte sie dir aus den Händen nehmen.«

Kenzie erstarrte und warf einen Blick über die Schulter. Drei definitiv betrunkene Männer näherten sich ihrem Ende des Tresens.

»Mist«, flüsterte Fox und schob Kenzie vorsichtig hinter sich.

»Okay, Jungs, wir hängen heute Abend nur ein wenig mit unseren Freunden ab«, bemerkte Fox. »Dies ist ein erstklassiges Lokal, lasst uns keinen Streit anfangen.«

»Vielleicht suchen wir aber Streit«, erwiderte der andere Mann lallend und seine Augen verdunkelten sich.

»Danke für das Angebot, aber ich komme zurecht«, sagte Ainsley jetzt, nicht den kleinsten Hauch von Alkoholdunst in den Augen.

»Gibt es ein Problem?«, fragte Dare und kam hinter dem Tresen hervor. »Warum setzen wir uns nicht und lassen jeden den Abend genießen?«

»Warum fickst du dich nicht selbst?«, bellte der erste Betrunkene zurück, bevor er eine Faust in Fox' Richtung schwang.

Fox duckte sich und riss Kenzie mit sich. Sie fiel auf die Knie und klatschte mit den Handflächen auf den Holzboden.

»Mist«, knurrte Dare, zog sie hoch und schwang sie hinter sich. »Bleib, wo du bist«, befahl er und mischte sich unter die sich prügelnden Männer.

Ainsley ergriff Kenzie am Handgelenk und drückte es. »Lass die Männer das allein aushandeln, diesmal. Sie werden schneller mit den Kerlen fertig, wenn wir uns ihnen nicht in den Weg stellen. Lochlan hat mir beigebracht, mich selbst zu verteidigen, aber als Erstes habe ich gelernt, mich nicht unter Männer zu begeben, die größer sind als ich und die ihre Fäuste fliegen lassen.« Sie machte eine Pause. »Es war nicht meine Absicht, eine Schlägerei zu verursachen.«

Kenzie schüttelte den Kopf. Erinnerungen an geschriene Worte und Fäuste überwältigten sie. »Es ist nicht deine Schuld.«

»Normalerweise gibt es solche Prügeleien hier nicht. Diese Art Kneipe sind wir nicht, weißt du«, flüsterte Ainsley. Aber Kenzie hatte nur Augen für Dare.

Drei betrunkene Männer stürzten sich auf die Collins-Brüder, hatten aber keine Chance. Im Bruchteil einer Sekunde hatte Lochlan einen der Männer in die Knie gezwungen, während Fox den zweiten am Nacken gepackt hatte und Dare den dritten unter seinem Stiefel zu Boden drückte. Alles war so schnell vorbei, dass Kenzie das meiste nicht mitbekommen hatte … aber sie hatte es gehört.

Wieder stieg ihr die Galle in der Kehle hoch. Als Dare sich herumdrehte, um sie anzublicken, fluchte er.

»Lochlan, bringst du diese Kerle für mich nach draußen? Fox, geh mit ihm.« Schnell wandte er sich an die anderen Gäste in der Kneipe. »Entschuldigen Sie bitte. Wir mussten nur den Müll rausbringen. Ich spendiere eine Runde für alle.«

Die Gäste jubelten und genossen weiter den Abend, als sähen sie täglich eine solche Prügelei. Allein Kenzie konnte immer noch nicht wieder zu Atem kommen.

»Ich werde mit ihnen gehen«, sagte Ainsley hastig.

»Und dann lasse ich mich von Lochlan und Fox nach Hause bringen. Es tut mir leid, Dare.«

Er hob die Hand. »Es war nicht deine Schuld. Nicht im Geringsten.« Lochlan erschien auf der Türschwelle und verzog finster das Gesicht, obwohl Kenzie die Sorge in seinen Augen gesehen hatte, als der Mann Ainsley angemacht hatte. »Geh, bevor der große Bruder böse wird.«

»Zu spät«, murmelte Ainsley. Sie drückte Kenzie zum Abschied die Hand und verließ die Kneipe mit dem massigen Mann, der Ainsley nun an sich zog und sie kurz umarmte, bevor er sie schnell wieder losließ. Kenzie verstand die Art von Beziehung nicht, die die beiden miteinander hatten, aber so wie es aussah, hatte sie Schwierigkeiten, klar zu denken, weil vor ihren Augen schwarze Punkte tanzten.

»Mist. Kenzie?« Dare umfasste ihr Gesicht. Sie blinzelte heftig. »Ich bringe dich nach oben. Du siehst aus, als würdest du gleich in Ohnmacht fallen.«

Sie entzog sich ihm – schon zum zweiten Mal an diesem Tag – und stieß die Luft aus. »Es geht mir gut, wirklich. Ich kann allein in mein Zimmer gehen. Danke.«

Er blickte ihr einen Moment prüfend ins Gesicht, dann trat er einen Schritt von ihr zurück. Sie wusste nicht, ob es ihr gefiel oder nicht, dass er ihr ihren Freiraum ließ. »Ich werde beobachten, ob du gut oben ankommst, nur für den Fall.«

»Du hast eine Kneipe zu führen«, widersprach sie.

»Die kann sich eine Minute lang selbst führen. Komm.« Sie folgte ihm ins Treppenhaus und ließ ihn am Fuß der Treppe zurück, als sie in ihr Zimmer hinaufging. Ihre Hände zitterten immer noch ein wenig. Sie hasste es, dass sie so auf erhobene Stimmen reagierte. Aber die Prügelei zusätzlich zu dem Vorfall mit Jeremy früher am Tag hatte ihre Nerven blank gelegt.

Sie zwang sich, Dare nicht mehr anzublicken, als sie oben angekommen war und sich ihrem Zimmer zuwandte. Sie war sich nicht sicher, was sie sagen würde, wenn sie sein Gesicht noch einmal sähe.

Als sie die Tür hinter sich schloss und sich gegen das massive Holz lehnte, wusste sie, dass sein Gesicht sie heute Nacht wieder bis in ihre Träume verfolgen würde.

Und es gab nichts, was sie dagegen tun konnte.

Kapitel Sieben

Dare lehnte sich gegen die Duschkabinenwand und umfasste seinen Schwanz mit einer Hand. Er musste sich beeilen, denn er war bereits spät dran, aber sein verdammter Schwanz war schon den ganzen Tag lang hart gewesen. So hart, dass er glaubte, der Reißverschluss musste sich so in sein Fleisch gepresst haben, dass die Abdrücke nie wieder verschwinden würden.

Wasser strömte über seinen Bauch und seine Hand, als er seine Hoden umfasste und mit dem Schwanz in seine Hand hineinstieß. Er hatte nur einen einzigen Menschen im Kopf, als er sich streichelte, und das war die eine Frau, an die er dabei nicht denken sollte.

Aber er konnte nicht anders, als sich vorzustellen, wie sich Kenzies Lippen um seine Männlichkeit schlossen, während er in ihren Mund hinein und hinaus glitt. Er schlang sich ihr langes Haar um die Hand und erst kurz bevor er zum Orgasmus kam, zog er sich zurück, um sie an den Hüften zu fassen. Er stellte sich vor, wie er in ihre feuchte Hitze stieß und sie fickte, während sie ihm bei jedem Stoß heftig entgegenkam. Und dann kamen sie zusammen, unter dem kühlenden Wasserstrahl der Dusche.

Seine Hand drückte fester zu, als er daran dachte, wie sich ihre strahlenden Augen vor Lust verdunkeln würden, und dann kam er zum Höhepunkt. Seine Säfte hinterließen eine schmale Spur im Wasser zu seinen Füßen und verschwanden dann wirbelnd im Abfluss.

»Mist«, schimpfte er. Er war ein verdammter Narr. Schnell wusch er sich mit dem restlichen warmen Wasser, bevor er den Hahn zudrehte. Seufzend öffnete er die Glastür und griff nach seinem Handtuch, um sich abzutrocknen.

Er hatte einen langen Morgen in der Kneipe hinter sich, während dessen er den üblichen Papierkram erledigt hatte. Und da er in Gedanken bei Kenzie und ihrer Reaktion nicht nur auf ihren Bruder, sondern auch auf den Zwischenfall am Abend zuvor gewesen war, war er nur langsam vorangekommen. Und nun kam er zu spät zum Mittagessen mit der Familie und würde Entsprechendes zu hören bekommen.

Das bedeutete, er würde diese Mahlzeit aussitzen müssen, mit einer Familie, die ihn liebte, die aber nicht vollständig war, weil er zu viele Fehler gemacht hatte.

Und dann war da noch ein weiteres Problem, nämlich dass er auf diese gewisse Art an Kenzie dachte.

Er musste damit aufhören, oder er würde alles noch mehr vermasseln, als er es ohnehin schon getan hatte. Sie war mehr als einmal vor seiner Berührung zurückgeschreckt, obwohl es eher zufällig geschehen war. Und das bedeutete, er sollte an sie nicht auf sexuelle Weise denken.

Entschlossen, die verlockenden Gedanken an sie zu verdrängen, kleidete er sich hastig an, fuhr sich mit einem Kamm durchs kurze Haar und schnappte sich seine Sachen, um zu seinen Eltern zu fahren. Eigentlich hätte er auch dorthin joggen können, aber der Wetterfrosch hatte Regen angesagt, daher fuhr Dare die wenigen Minuten im Wagen zu dem Haus, in dem er aufgewachsen war und in dem seine Eltern immer noch wohnten.

Als Kind hatte er das Haus geliebt und jetzt liebte er es sogar noch mehr. Es besaß eine breite Veranda mit großen Bäumen davor und war groß genug für eine stetig wachsende Familie mit drei wilden Jungs und einem zuckersüßen kleinen Mädchen gewesen. Er wusste, seine Eltern hätten es gern bald mit mehr Enkelkindern gefüllt, und das Gefühl ließ ihn nicht los, dass Tabby und Alex ihnen dabei helfen würden, den Wunsch zu erfüllen – auch aus der Ferne in Denver.

Bevor er noch die Stufen hinaufgehen konnte, öffnete seine Mutter die Tür, ein zaghaftes Lächeln auf dem Gesicht. »Dare. Du bist gekommen.«

Und jetzt fühlte er sich wie ein Schuft. Er hatte zuerst ein wenig Distanz gehalten, während er versuchte, mit den Veränderungen klarzukommen – worin er niemals sehr gut gewesen war –, und dann war er mit seiner Arbeit und Nate beschäftigt gewesen. Ja, er war verletzt gewesen, weil seine Eltern ihre Pläne für sich behalten hatten, aber als er ein bisschen Abstand gewonnen und darüber nachgedacht hatte, war ihm bewusst geworden, dass sie nur hatten vermeiden wollen, dass sich eines ihrer Kinder um die Einzelheiten Sorgen machen musste. Natürlich machten sie sich alle trotzdem Sorgen, aber das würde er seinen Eltern nicht erzählen.

Und so waren die Tage nach ihrer Ankündigung vergangen und Dare hatte sich zwar beruhigt, aber nicht gewusst, wie er das Thema ansprechen sollte. Also hatte er es und sie gemieden und sich in seiner Arbeit vergraben – und in Träumen von Kenzie.

Nicht dass Letzteres etwas zu bedeuten hatte. Er würde es nicht noch einmal tun, aber er konnte das doch jetzt nicht einfach so unter den Teppich kehren, richtig? Nicht nach dem, was er vor weniger als zwanzig Minuten unter der Dusche getan hatte.

Aber das war jetzt nicht wichtig. Seine Mutter wartete darauf, dass er etwas sagte, und er hasste es, dass sie seinetwegen so zaghaft lächelte. Dare musste das wieder in Ordnung bringen und das Einzige, was ihm einfiel, war, zu seiner Mutter zu gehen und sie in die Arme zu schließen.

Sie roch nach Braten und ein wenig nach Kiefer, wahrscheinlich hatte sie vor seiner Ankunft gekocht und geputzt. Er zog sie eng an sich und sie seufzte überrascht auf, bevor sie ihm ihre Arme um die Taille schlang und ihn fest drückte.

»Du hast mir gefehlt, Mom.« Obwohl sie alle schlecht im Kommunizieren waren, standen sich alle Familienmitglieder so nahe, dass kleine Auseinandersetzungen sie einander nicht entfremden konnten, und Dare musste einfach nur über seinen Schatten springen.

Sie tätschelte ihm den Rücken und hielt ihn weiter umschlungen. »Du hast mir auch gefehlt. Es tut mir leid, Baby.«

Er schüttelte den Kopf und löste sich von ihr, um ihr ins Gesicht zu schauen. »Entschuldige dich nicht. Wir haben jetzt alles hinter uns. Du wirst Zeit für dich selbst und Dad haben und Kenzie leistet hervorragende Arbeit in der Herberge. Ihr habt mich lediglich vollkommen überrascht, das ist alles. Und jetzt ist alles in Ordnung.«

Seine Mom stellte sich auf die Zehenspitzen, um ihm die Wange zu tätscheln, als wäre er noch ein kleines Kind und nicht ihr erwachsener, bärtiger Sohn. »Gut. Und jetzt mach, dass du ins Haus kommst. Du bist zu spät und ich verhungere.«

Leise vor sich hin lachend folgte er seiner Mutter ins Haus. Fox stand mit einem Bier in der Hand neben der Kücheninsel und lachte über etwas, das sein Vater gesagt hatte. Lochlan trug Misty auf dem Rücken und fütterte sie von der Vorspeisenplatte, während sie sich kichernd wand.

Dies war seine Familie. Zumindest ein Teil davon. Bald schon würden sie nach Denver reisen, um Tabby und Alex anlässlich ihrer Hochzeit zu besuchen, und dann wären sie alle zusammen. Sie versuchten, einmal im Monat ein Mittagessen mit der Familie abzuhalten, und für gewöhnlich brachte Lochlan Ainsley mit, obwohl sie nicht miteinander gingen.

»Es tut mir leid, dass Ainsley nicht kommen konnte«, sagte seine Mutter gerade und sprach damit das aus, was er dachte. Das war merkwürdig und er war sich ziemlich sicher, dass sie Gedanken lesen konnte, so wie sie behauptete, es gekonnt zu haben, als er noch ein Kind war. Offensichtlich war das typisch für Mütter.

»Sie gibt Zensuren«, schmollte Misty. Dann blickte sie zu ihrer Großmutter hinüber und klimperte mit den Wimpern. »Ich habe einen goldenen Stern bekommen.« Dares Nichte strahlte und er grinste. Fox stellte sich neben ihn und reichte ihm ein Bier.

»Sie wird nächstes Mal kommen«, erklärte Lochlan schlicht und kniete sich hin, sodass Misty von seinem Rücken springen konnte. »Geh und begrüße deinen Onkel, kleiner Käfer!«

»Onkel kleiner Käfer!«, rief Misty lachend und rannte gegen Dares Beine.

Dare verdrehte die Augen, als Fox grinsend ein Foto schoss. Fox hielt ständig ihre Erinnerungen fest. Aber diesmal wusste Dare nicht, ob das Foto für ihr gemeinsames Cloud-Album gedacht war oder ob Fox einfach der Name *Onkel kleiner Käfer* gefiel und er sich daran erinnern wollte.

»Du bist der Käfer, kleiner Käfer.« Dare schnappte

sich Misty und warf sie sich über die Schulter. Sie stieß einen schrillen Schrei aus.

»Lass sie nicht fallen, Onkel kleiner Käfer«, sagte Fox lachend.

Später, wenn seine Eltern nicht hinschauten, würde er Fox eine verpassen müssen.

»Hör auf, so grob mit deiner Nichte herumzualbern«, schimpfte seine Mutter. »Du bringst ihr schlechte Manieren bei.«

»Tabby hat ihre Brüder ebenso grob behandelt, wie die beiden es untereinander getan haben«, warf sein Vater ein. Er hob die Hände, als seine Frau ihm einen strafenden Blick zuwarf. »Oder balgt euch doch einfach draußen?« So eine Beziehung, wie seine Eltern sie führten, hatte Dare sich immer gewünscht, wenn er früher ans Heiraten gedacht hatte, aber er war sich nicht sicher, ob er das jemals haben würde als der Mensch, zu dem er geworden war.

Dare schob diese seltsamen Gedanken beiseite und stellte Misty lachend auf ihre Füße. Sie umarmte seine Beine ein zweites Mal, und dann die von Fox, bevor sie zu ihrem Dad lief und ihm auf den Schoß hopste. Lochlan hatte sich an den großen Tisch gesetzt und stöhnte erstickt auf, als Misty sprang.

Ja, Dare hatte Nathans Knie auch schon auf diese Art zu spüren bekommen. Kinder waren grob, aber zur Hölle, wie sehr er seine Familie liebte! Eines Tages, wenn Monica nachgeben und das Gericht es erlauben würde, könnte er mehr solcher Erlebnisse mit seinem Sohn haben. Und die gestohlenen Wochenenden und zaghaften Versprechen würden der Vergangenheit angehören.

»Okay, kommt her und helft mir, all die Speisen auf den Tisch zu bringen. Und dann lasst uns essen«, begann seine Mutter. »Es gibt Lasagne, Alfredo, Salat, Vorspeisen und tonnenweise Brot. Und außerdem habe ich diese Pilzdinger gemacht, die du so gern magst, Dare.«

Sein Magen knurrte und er trank schnell einen Schluck Bier, bevor er die Flasche an seinen Platz auf den Tisch stellte und ging, um seiner Mutter zu helfen. Seine Eltern konnten beide kochen und hatten Gott sei Dank ihre Künste an all ihre vier Kinder weitergegeben. Er war wahrscheinlich der Letzte in der Rangfolge, was Kochkünste anbelangte, aber für ihn reichte es, und Nate musste an den Wochenenden, die er bei Dare verbrachte, auch niemals Hunger leiden.

Dare saß neben Fox, der immer wieder versuchte, ihm das Brot zu stibitzen, während dieser die ganze Zeit die Aufmerksamkeit auf sein Handy richtete anstatt auf die Unterhaltung. Seine Mutter hatte versucht, Mobiltelefone am Tisch zu verbieten, aber da Dare vierundzwanzig Stunden am Tag für die Kneipe und das Restaurant in Rufbereitschaft sein musste, für Lochlan für sein Geschäft das Gleiche galt und Fox immer über die lokalen und nationalen Nachrichten auf dem Laufenden sein musste, war das natürlich ausgeschlossen.

Wenn sie dann alle zu Tabbys Hochzeit in Denver

wären, würden sie entweder implodieren oder sich entspannen. Aber was von beiden eintreffen würde, konnte er sich ehrlich nicht vorstellen.

Sie sprachen fröhlich dem Essen zu, erzählten einander die Neuigkeiten aus ihrem Alltag und lachten, als hätten sie sich wochenlang nicht gesehen anstatt erst vor ein paar Stunden, wie es bei einigen der Fall war. In Zeiten wie diesen vermisste Dare seine jüngere Schwester, und obwohl er froh war, dass sie ihren Verlobten und dessen Familie gefunden hatte und nicht allein war, war es einfach nicht dasselbe ohne sie. Sicher, sie rief jeden zweiten Tag an und war mit mindestens zwei von ihnen gleichzeitig ständig über SMS in Kontakt, aber sie würde jetzt eine Montgomery werden, und das war ihm immer noch ein wenig fremd.

Sein Telefon summte gerade in dem Augenblick, als sie sich der Nachspeise widmeten – ein Pudding, den seine Mutter selbst gemacht hatte und für den sie eine Goldmedaille verdiente. Er blickte auf den Bildschirm und runzelte die Stirn.

»Wer ist es?«, fragte Lochlan leise, während die anderen sich unterhielten. Lochlan hätte nicht gefragt, wenn Dare nicht die Stirn gerunzelt hätte, da sein Bruder sich normalerweise nicht in seine Angelegenheiten einmischte und Dare es andersherum ebenso hielt.

Aber es bestand kein Grund zu lügen, da sein Bruder seine Vergangenheit kannte. »Jesse.«

»Mist.« Eine Pause. »Wirst du das Gespräch entgegennehmen?«

Die letzten drei Male hatte er nicht reagiert, weil er ein Feigling war, aber er war sich nicht sicher, ob er sich noch länger davor drücken konnte. Es war nicht so, als hätte er niemals mit ihr gesprochen, aber manchmal wollte sein Gehirn einfach nicht funktionieren und er bekam kein Wort heraus, wenn die Witwe seines ehemaligen Partners ihn anrief.

Dare nickte und erhob sich, während er sich meldete. »Eine Sekunde«, sagte er schnell ins Telefon, denn er wollte sich außer Hörweite der Familie begeben. Sobald er draußen auf der hinteren Veranda war, seufzte er. »Entschuldige, Jesse.«

Er wusste nicht, wofür er sich entschuldigte. Weil er sie den kurzen Moment hatte warten lassen? Weil er ihre Anrufe nicht angenommen hatte? Weil er sie abgewiesen hatte, als er zu ihr hätte stehen müssen? Weil er weggegangen war, als sie ihn zuvor als Erste aus ihrem Leben verstoßen hatte?

Oder, ganz ehrlich, weil ihr Mann tot war und er immer noch lebte und atmete?

»Du bist rangegangen«, sagte sie leise, ihr leichter kolumbianischer Akzent kaum ein Flüstern.

»Ich hätte schon früher antworten sollen.« Er rieb sich die Schläfe und lehnte sich gegen einen der Verandapfosten.

»Ich weiß, dass du es nicht konntest. Kurz nachdem es geschehen war, habe ich auch nicht jeden Anruf von dir entgegengenommen. Manchmal können wir eben nicht reden, Dare, und ich verstehe das. Es fällt uns schwer und weckt Erinnerungen, die vielleicht besser begraben bleiben sollten, aber jedes Mal, wenn ich meinem kleinen Mädchen ins Gesicht blicke, kann ich nicht mehr vergessen, was ich verloren habe. Ich werde dich also immer wieder anrufen, auch wenn du nicht rangehst. Ich weiß, dass du mich zurückrufst, wenn du in der Lage dazu bist.«

Er schämte sich und die Scham nistete sich wie ein vertrauter, eisiger Weggefährte in seinem Magen ein. »Wie geht es Bethany?«

Er hörte ihr zu, als sie über ihre Tochter redete, die ihren Vater niemals kennengelernt hatte, und nickte vor sich hin, während sie ihm von ihrem Leben erzählte. Als das Gespräch beendet war, stieß er den Atem aus. Seine Hände zitterten. Und anstatt ins warme, von Gelächter erfüllte Haus zurückzukehren, ging er ums Haus herum zu seinem Wagen und schickte Lochlan eine SMS, um ihm mitzuteilen, dass er wegführe. Seine Brüder würden den anderen erklären, warum er hatte gehen müssen, ohne sich zu verabschieden, und sie würden ihn verstehen.

Dare brauchte nämlich einen Augenblick für sich, um Atem zu schöpfen, und er wusste nicht, ob er das unter den Augen seiner Familie konnte.

Wieder einmal lief er vor seinen Problemen davon, aber zumindest dachte er diesmal darüber nach, anstatt sie so tief in sich zu vergraben, dass sie in ihm verrotteten und er als ein Schatten seiner selbst zurückblieb.

Anstatt nach Hause zurückzukehren, wo er ein Bier

trinken und grübeln würde, fuhr er zur Kneipe. Es war glücklicherweise nicht viel los an diesem Abend und Rick und Claire hatten alles im Griff, daher zog er sich in sein Büro zurück, um Papierkram zu erledigen. Er wollte jetzt nicht allein zu Hause sein, ohne sein Kind, aber mit all seinen Erinnerungen. Aber er wollte sich auch nicht mit Fremden oder seinem Personal abgeben.

»Dare?«

Beim Klang von Kenzies Stimme blickte er vom Schreibtisch auf, überrascht, dass sie sich immer noch unten aufhielt. »Was ist los?«

Sie blickte ihn stirnrunzelnd an, dann trat sie vollends in sein Büro und schloss die Tür hinter sich. »Mit mir ist alles in Ordnung ... Warum ist das deine erste Frage?«

Er schüttelte den Kopf und lehnte sich auf seinem Stuhl zurück. »Reine Gewohnheit, nehme ich an. Ich war zu lange Polizist und jetzt bin ich Gastwirt. Da glaubt man immer, es wäre etwas geschehen.«

Kenzie musterte sein Gesicht, bevor sie sich an den Schreibtisch lehnte. »Ich neige auch dazu, die Welt auf diese Art zu betrachten, glaube ich.«

Er runzelte die Stirn und lehnte sich auf seinem Stuhl zurück, wobei er auf den zweiten Stuhl deutete. »Möchtest du dich setzen?«

»Ich habe den größten Teil des Tages gesessen, um Papiere durchzugehen und zu planen. Ich habe Samantha nach vorn geschickt.«

Er erinnerte sich daran, dass Samantha die Assistentin war, die seine Eltern endlich vor ein paar Tagen eingestellt hatten. Und da die Frau noch eingearbeitet wurde, hätte er wetten können, dass Kenzie die Frau nicht allzu lange allein gelassen hatte.

Sie zuckte mit den Schultern, als er dies erwähnte. »Ja, das ist wahr. Sie ist clever und lernt schnell, aber obwohl ich sie nicht überwachen will, so ist doch noch keiner von uns bereit dazu, ihr vollständig die Verantwortung zu übertragen.«

»Du hast dich viel schneller eingearbeitet«, bemerkte er.

Kenzie lächelte sanft. »Ich habe mehr Erfahrung und deine Eltern haben noch nicht alles aus der Hand gegeben. Sie sind immer noch da.«

»Das stimmt, aber nicht mehr so oft, und dafür bin ich dankbar.«

Sie schnaufte. »Weil sie sich deshalb nicht mehr so sehr in dein Geschäft einmischen können?«

»Das stört mich nicht, auch wenn es manchmal so aussieht.« Er lachte kurz auf. »Ich meinte die Tatsache, dass meine Eltern meist hier übernachten und dann von *Urlaub* reden. Es ist viel zu lange her, dass sie sich wirklich freigenommen haben, weißt du?«

Da lächelte sie und ihm stockte der Atem. Er hatte gewusst, dass sie schön war, denn das konnte er kaum übersehen. Aber wenn sie lächelte und die Düsternis aus ihrem Blick wich? Dann war sie atemberaubend.

Der Gedanke an die gewisse Düsternis erinnerte ihn

an die Prügelei in der Kneipe. »Hat die Schlägerei dich belastet?«

Ihr Gesicht verschloss sich und zeigte wieder die Eiseskälte, die er zu Anfang wahrgenommen hatte und von der er gedacht hatte, sie wäre geschmolzen. »Schlägerei?«

Er vermasselte es gerade und er wusste nicht warum, aber er konnte jetzt nicht mehr aufhören, da er mehr über sie erfahren wollte, auch wenn er sich das nicht wünschen sollte. Anstatt also auf seine innere Stimme zu hören, die ihm riet, das Gespräch zu beenden, stand er auf und ging zu ihr, bis er über ihr aufragte, kaum einen Atemzug von ihr entfernt.

»Du weißt, wovon ich rede. Diese Kerle in der Kneipe, die vollkommen daneben und sturzbetrunken waren. Du warst wie zu Eis erstarrt und wirktest, als wäre dir jeder andere Ort lieber als der, an dem du gerade warst. Ich wünschte, ich hätte sie früher rauswerfen können, und es tut mir leid, wenn es dich verletzt hat. Oder Erinnerungen geweckt hat, die du lieber vergessen hättest.«

»Es geht mir gut, Dare.« Sie blickte ihm in die Augen, dann wandte sie mit ausdrucksloser Miene den Blick ab. »Die Dinge sind nicht immer so wie sie scheinen. Jetzt geht es mir gut. Aber so war es nicht immer. Aber wie du habe ich nach vorn geblickt.«

Er fluchte vor sich hin und sie versteifte sich. Anstatt das zu tun, was er hätte tun sollen – was sie beide hätten tun sollen –, umfasste er ihr Gesicht und zwang sie, ihn anzublicken.

»Es tut mir immer noch leid, dass es dich so sehr aufgeregt hat. Ich mag es nicht, wenn du nicht du selbst bist. Oder zumindest die Frau, die ich kennengelernt habe.«

Sie blinzelte zu ihm auf und leckte sich die Lippen, was seine Aufmerksamkeit auf die geschwungene Linie ihres Mundes zog. Er war sich nicht einmal sicher, ob ihr überhaupt bewusst war, was sie getan hatte.

»Es belastet mich nicht mehr.«

Er atmete ihren Duft ein und versuchte, sich zu beruhigen, aber sein Herz raste immer noch. »Darf ich dich küssen?«

Er wusste nicht, warum er gefragt hatte, außer dass er sie wirklich schmecken wollte. Jede andere Frau hätte er einfach geküsst, weil er an ihrer Körpersprache und dem Ausdruck ihrer Augen hätte ablesen können, ob sie es wollte. Er hätte nicht erst fragen müssen. Aber Kenzie? Er konnte sie nicht lesen, obwohl er dachte, es vielleicht eines Tages zu können. Daher hatte er gefragt. Er hatte sich vor ihr die Blöße gegeben und gefragt.

Sie erschrak weder, noch blinzelte sie. »Du willst mich küssen?«

»Ja«, erwiderte er geduldig. »Ich will dich küssen.«

»Wir sollten das nicht tun.«

Das war kein Nein, aber trotzdem rührte er sich nicht. »Nein, das sollten wir wahrscheinlich nicht. Aber ich will es trotzdem. Wirst du mich lassen?«

Sie schluckte heftig und er konnte spüren, wie ihr Kiefer dabei arbeitete. »Ich ... wir können das nicht ... okay.«

Er blinzelte. »Okay?«

»Okay ... wenn du es immer noch willst.«

Er lachte leise vor sich hin. »Wir klingen, als wären wir in der Mittelschule und versuchten herauszufinden, wie man sich küsst.«

Sie lächelte wieder und bevor sie noch etwas sagen konnte, neigte er den Kopf und nahm ihre Lippen zwischen seine. Sie keuchte in seinen Mund, aber er vertiefte den Kuss nicht, noch nicht. Er wusste, er musste sich mit ihr Zeit lassen, ihnen beiden zuliebe.

Sie schmeckte nach Kaffee und Süße, eine berauschende Kombination, die ihn kribbelig machte. Als sie ihm zaghaft die Hände auf die Hüfte legte, stöhnte er, ohne sie jedoch heftiger zu küssen. Stattdessen schmeckte er ihren Mund, erkundete, wie sie sich anfühlte, und prägte sich diesen Kuss für immer in sein Gedächtnis ein – und hoffentlich auch in ihres, für immer.

Und als er sich von ihr löste, waren beide außer Atem.

»Ich muss gehen«, flüsterte sie. »Ich kann nicht denken.«

Er schluckte heftig und lehnte seine Stirn gegen ihre. »Ich kann niemals denken, wenn du in der Nähe bist.«

Als sie erstickt auflachte, lehnte er sich zurück, um sie anzublicken.

»Du musst aufhören, so etwas zu sagen. Wir mögen uns nicht, erinnerst du dich? Wir bleiben auf Abstand.«

Er schob ihr eine Haarsträhne hinters Ohr. »Ich glaube nicht, dass wir jemals Feinde waren, Kenzie. Das war nur eine Lüge, die wir uns eingeredet haben, um nicht zu tun, was wir gerade getan haben.«

»Ich sollte gehen.« Sie löste sich von ihm und er ließ seine Hände an den Seiten hinunterfallen. »Ich …« Sie sagte nichts mehr und marschierte aus dem Büro. Er blieb allein mit seinen Gedanken zurück und mit der Hoffnung, gerade nicht alles total vermasselt zu haben.

Er hatte sie nicht küssen, sie nicht darum bitten wollen.

Aber nun, da er es getan hatte? Nun war er sich sicher, dass er nicht genug von ihr bekommen hatte.

Nicht annähernd genug.

Kapitel Acht

Kenzie hatte ein neues Ziel im Leben. Sie wollte nicht mehr so viele Fehler machen wie in der Vergangenheit. Aber nun dieser Kuss am vergangenen Abend mit Dare ... nun, sie war sich nicht so sicher, ob das ihrem Ziel dienlich war. Was um alles in der Welt hatte sie sich dabei gedacht, sich von Dare auf diese Art küssen zu lassen? Was hatte sie sich dabei gedacht, den Kuss zu erwidern?

Sie hatte überhaupt nicht gedacht, das war die einzige Antwort.

Sie hatte sich bereits gesagt, dass sie sich von Dare Collins fernhalten musste. Er war der Sohn ihres Bosses. Das war das Erste. Zweitens arbeitete er so viel, als hätte er zwei Vollzeitjobs und wahrscheinlich so viele Stunden wie sie – wenn nicht mehr –, was bedeutete, dass sie sich niemals sehen würden, außer auf der Arbeit. Es war ebenfalls klar, dass er ebenso viele Probleme aus der

Vergangenheit mit sich herumschleppte wie sie, die sie beide noch nicht verarbeitet hatten. Sie mochte zwar weder wissen, was ihn bewogen hatte, den Polizeidienst zu verlassen, noch warum seine Augen sich verdunkelten, wann immer jemand das auch nur flüchtig erwähnte, aber sie wusste, wann ein Mann Geheimnisse verbarg.

Geheimnisse, die sie aus gutem Grund nichts angingen.

Außerdem besaß Dare einen Sohn, den er für seinen Geschmack nicht oft genug sah. Sie hatte gesehen, wie Dares Augen sich aufhellten, wenn er Nathan erblickte, und es brachte sie beinahe um, dass sie in dieser Hinsicht nichts für ihn tun konnte. Seine Ex hatte das alleinige Sorgerecht und obwohl Dare scheinbar ein guter Vater war, hatte er definitiv nicht viele Stunden mit seinem Sohn zugesprochen bekommen.

Sie kannte die Gründe dafür nicht, aber sie hatte das Gefühl, all diese Verletzungen hatten etwas miteinander zu tun, und da sie selbst ebenfalls genügend Narben mit sich herumtrug, wusste sie, dass sie nicht riskieren durfte, noch eine hinzuzufügen.

»Miss?«

Kenzie zwang sich, das gefährliche Labyrinth ihrer Gedanken zu verlassen, die sich um Dare drehten, und lächelte Mrs. Roberts an, die für die nächsten zwei Nächte ihr Gast sein würde.

»Hallo, Mrs. Roberts, was kann ich für Sie tun?«

Die ältere Frau lächelte Kenzie an und tätschelte sich gönnerhaft die Haare. »Äh ... wir scheinen ... nun, wir haben ein Problem in unserem Badezimmer.« Als sie errötete, hatte Kenzie so eine Ahnung, dass die Toilette verstopft sein musste. Wenn sie das Problem nicht lösen konnte, musste sie Lochlan anrufen, da er sich mit allem ein wenig auskannte, einschließlich der Klempnerei, aber sie hoffte, es selbst tun zu können.

»Ah, verstehe. Das tut mir leid. Ich werde mit Ihnen nach oben gehen und sehen, was ich tun kann.«

Mrs. Roberts errötete noch heftiger. »Sehen Sie ... äh ... nun ... die Toilette ist verstopft«, flüsterte sie.

»Ich verstehe. Ich werde mich gern darum kümmern.« Arme Frau. Sie konnte verstehen, wie peinlich das an einem öffentlichen Ort sein musste, auch wenn es ein relativ normales Problem war.

»Sie verstehen nicht«, flüsterte sie und blickte über die Schulter, als könnte jemand lauschen. Im Flur war niemand und bei all den Möbeln und Tapeten trugen die Stimmen nicht sehr weit. »Nun, die Toilette ist nicht mit dem Gewöhnlichen verstopft, wissen Sie.«

Kenzie bemühte sich, ihre Miene ausdruckslos zu halten. »Ach nein?«

Jetzt begann die Frau, die in den Sechzigern sein musste, hastig zu reden. »Mr. Roberts und ich sind hier anlässlich unseres Hochzeitstages. Wir wollten unsere Ehe ein wenig würzen, wissen Sie, und es hat sich herausgestellt, dass keiner von uns beiden besonders wild auf die essbare Unterwäsche ist, die wir mitgebracht haben. Sie schmeckt nicht gerade gut, obwohl es im Katalog so behauptet wurde. Und da so viel davon übrig war, haben wir die Reste in der Toilette hinunterspülen wollen, da wir sie nicht im Abfalleimer lassen wollten, wo die Putzfrau oder Sie sie hätten finden können. Es tut mir so leid.«

Kenzie lachte nicht. Sie lächelte nicht einmal. Stattdessen nickte sie und bemühte sich, die Bilder aus ihrem Kopf zu vertreiben, wie das ältere Ehepaar essbare Unterwäsche benutzte.

Aber das schien ihr nicht zu gelingen.

Nun, das war nicht die peinlichste Geschichte, die sie anlässlich ihres Jobs im Hotel- und Herbergsmanagement gehört hatte, aber sie stand immerhin ganz oben auf der Liste.

»Wissen Sie was? Warum gehen Sie und Mr. Roberts nicht zum Abendessen aus, wie Sie es geplant haben. Ich weiß, Sie haben zwei Karten für das Theater hier in unserer Stadt und die wollen Sie doch nicht verfallen lassen. Während Sie unterwegs sind, werden wir uns um Ihr Badezimmer kümmern, sodass Sie sich bei Ihrer Rückkehr keine Sorgen mehr darum zu machen brauchen.«

Mrs. Roberts nickte; die Erleichterung war ihr anzusehen. »Ich danke Ihnen sehr. Oh, wirklich, vielen Dank.«

»Nicht der Rede wert. Dazu bin ich hier.«

Und als das Ehepaar das Haus verließ, mied Mr. Roberts Kenzies Blick. Sie stieß den Atem aus und machte sich daran, einen Klempner zu organisieren. Dies war schließlich das Leben, das sie sich ausgesucht hatte – einschließlich des nicht so glamourösen Teils.

»Danke für deine Hilfe«, sagte Kenzie zwei Stunden später zu Ainsley. Die beiden saßen nebeneinander am Tresen und tranken Whiskey. »Das war wirklich ein Job für zwei Personen.«

Ihre neue Freundin schauderte, bevor sie einen Schluck aus einem der drei Gläser von dem Probiertablett nahm, das die beiden sich teilten. Sie hatten die Angewohnheit angenommen, verschiedene Whiskeys und Mixgetränke desselben auszuprobieren, und glücklicherweise gab es Mini-Proben für diejenigen, die am Schluss nicht in ihre Zimmer taumeln wollten. Heute war außerdem Whiskey-Mittwoch am Tresen und in den sozialen Medien, daher gab es alles zum halben Preis. Das war ihrer Meinung nach ein großer Zugewinn.

»Danke, dass ich danach nicht nur duschen durfte, sondern dass du mir auch noch Kleidung geliehen hast.« Ainsley zupfte am Ärmel der wallenden Tunika, die Kenzie so sehr liebte, und grinste. »Die muss ich dir vielleicht klauen.«

Kenzie zog die Brauen zusammen, aber ihre Lippen zuckten. »Wage das und ich werde dich jagen. Ich kann auf hohen Absätzen schnell laufen, weißt du.«

»Ich kann nur in vernünftigen Schuhen laufen, nicht auf solchen Stelzen, wie du sie trägst.« Sie beäugte

Kenzies Beine und seufzte. »Es ist nicht fair, dass deine Beine immer so gut aussehen, auch wenn du flache Schuhe trägst wie jetzt.«

Kenzie blickte auf ihre hübschen, flachen Schuhe hinab, die mit schwarzen und rosafarbenen Blumen bedruckt waren, und lächelte. »Das sind meine Lieblingsschuhe.« Sie hatte einen Tick für Schuhe, daran konnte sie nichts ändern.

»Wenn deine Kleidergröße doch nur nicht eine halbe Nummer kleiner wäre als meine«, sagte Ainsley sehnsüchtig.

»Irgendwie habe ich das Gefühl, dass ich meinen Kleiderschrank abschließen muss«, erwiderte Kenzie grinsend. Sie hatte noch niemals zuvor eine Freundin gehabt, mit der sie Kleider teilen oder die sie um Hilfe bitten konnte, wenn es darum ging, eine mit essbarer Unterwäsche verstopfte Toilette zu reinigen.

Das war echte Freundschaft.

»Ich bin froh, dass wir ein Mini-Tablett bekommen haben, weil ich nach Hause gehen und noch ein wenig arbeiten muss. Ich hätte wahrscheinlich noch nicht einmal diese drei kleinen Schlucke nehmen dürfen, aber nach dem, was wir gerade getan haben? Hoch die Gläser!«

»Heißt es nicht eher *Hoch die Tassen*?«, korrigierte Kenzie stirnrunzelnd. »Ich bin wirklich nicht gut im Reden und ich habe nur diese beiden Schlucke getrunken.«

»Nächstes Mal teilen wir uns einfach einen Whiskey

pur zum Feierabend«, meinte die andere Frau lachend. »Und jetzt sollte ich wirklich gehen. Ich schwöre, der Stapel Blätter wird jedes Mal höher, wenn ich ihn betrachte.«

»Auf meinem Schreibtisch sieht es genauso aus.« Und obwohl sich beide beklagten, wusste sie, dass Ainsley wie sie selbst ihren Job liebte und ihn gegen nichts in der Welt getauscht hätte. Obwohl sie wahrscheinlich auf das Notenvergeben gern verzichtet hätte.

Da sie die Gläser beinahe geleert hatten, kippte sie den Rest des Whiskeys hinunter, den sie am liebsten mochte, und bezahlte die Rechnung, bevor sie die Treppe hinaufging, um zu sehen, ob sie noch etwas tun konnte, bevor sie Feierabend machte.

Und wenn sie ehrlich zu sich selbst war, bemühte sie sich, es zu vermeiden, Dare zu sehen, wenn er hier auftauchte, wie er es gewöhnlich an den Abenden tat, an denen er nicht arbeiten musste. Der Mann hatte mehr von einem Workaholic als sie, und das wollte etwas heißen. Sie wusste weder, was sie ihm sagen würde, noch was sie ihm sagen konnte, wenn sie ihn das nächste Mal sah.

Also schien es die beste Lösung zu sein, ihn zu meiden.

Und die feigste, aber sie hatte niemals behauptet, mutig zu sein.

Gerade war sie an ihrem Schreibtisch angelangt, als ihr Telefon summte. Da sie Whiskey getrunken hatte und an Dare dachte, nahm sie das Gespräch entgegen, ohne auf den Bildschirm zu blicken.

»Kenzie. Das wurde aber auch Zeit, dass du meinen Anruf entgegennimmst. Du warst immer schon nutzlos, aber ein einziges Mal hast du getan, was du tun solltest, und bist an dein verdammtes Telefon gegangen.«

David. Wie hatte sie so dumm sein können? Seit der Scheidung hatte sie seine Stimme nicht mehr gehört und seine SMS, ohne sie zu lesen, für ihren Anwalt gespeichert. Warum sollte sie seine Stimme hören, wenn diese sie bis in ihre Träume verfolgte?

Sie sagte kein Wort, sie drückte das Gespräch einfach weg. Ihre Hände zitterten und die Handflächen waren feucht.

»Kenzie? Was ist los?«

Dare zog sie in seine Arme, bevor sie noch protestieren oder ihre Gedanken ordnen konnte. Und so sehr sie sich auch von ihm lösen und allein ihr Gleichgewicht wiederfinden wollte, sie konnte es nicht. Stattdessen schmiegte sie sich an ihn, ließ sich von seiner Stärke trösten und hasste sich selbst umso mehr dafür.

Er fuhr mit den Händen durch ihr Haar und sie bemühte sich, nicht in Tränen auszubrechen. Gott sei Dank brannten ihre Augen nicht, weil sie sich sagte, dass sie wegen Davids Worten und Drohungen nicht mehr weinen würde. Er bedeutete ihr absolut nichts.

Okay, das war eine Lüge, aber sie weigerte sich, ihre Handlungen und Gefühle weiterhin von dem Hass auf ihren Ex-Mann bestimmen zu lassen.

»Kenzie?« Dares Bart schrubbte über ihren Scheitel, als er sie eng an sich drückte. Sie schloss die Augen und genoss es, in seinen Armen zu sein und sich von ihm berühren zu lassen, auch wenn sie sich sagte, das wäre falsch.

»Es geht mir gut«, log sie, immer noch mit geschlossenen Augen.

Dare sagte nichts, aber sie konnte seine Enttäuschung an der Art ablesen, wie er den Atem ausstieß. Sie wusste nicht, warum sie sich diesem Mann so verbunden fühlte. Und sie konnte ihn immer noch auf ihren Lippen schmecken, obwohl sie sich bemüht hatte, es zu vergessen.

Und sie ließ sich von ihm in den Armen halten, obwohl sie immer geglaubt hatte, das niemals mehr einen Mann tun zu lassen.

»Es war mein Ex-Mann«, sagte sie nach einem Moment mit hölzerner Stimme.

Dares Hand auf ihrem Hinterkopf erstarrte, doch dann begann er erneut, sie zu streicheln, als versuchte er, mit seiner einfachen Liebkosung alles besser zu machen. Aber es war nicht so einfach.

Schließlich löste Kenzie sich von ihm, sodass sie ihre Gedanken ordnen und in Worte fassen konnte. »David und ich sind jetzt seit beinahe einem Jahr geschieden, aber er scheint nicht zu verstehen, dass das bedeutet, dass ich nicht mehr mit ihm reden will. Nie wieder.«

Dares Kiefer spannte sich an, aber er schwieg, als wüsste er, dass sie Zeit brauchte, um zu sagen, was sie sagen musste, bevor sie auch nur eine seiner Fragen beantworten konnte.

»Ich habe David kennengelernt, als ich neunzehn Jahre alt war. Er war ein paar Jahre älter als ich, aber zu jener Zeit kümmerte mich das nicht. Ich dachte, ich wüsste, was ich tat. Er war so charmant, so liebevoll. Er hatte eine gehobene Position in einem riesigen Unternehmen und wurde nach einiger Zeit Hauptgeschäftsführer. Tatsächlich ist er das heute noch. Er ist einflussreich und dessen ist er sich bewusst.«

»Kenzie ...«

Sie schüttelte den Kopf, denn sie musste alles loswerden. »Ich habe nicht erkannt, dass er alles kontrollierte, was ich tat, bis es zu spät war.« Sie machte eine Pause. »Ich hätte sagen können *beinahe* zu spät, aber in Wahrheit war es zu spät für mich, wieder zu der Kenzie zu werden, die ich war, bevor ich ihn kennengelernt hatte. Dieser Mensch werde ich nie wieder sein.«

»Hat er dir wehgetan?«, stieß Dare knurrend, aber leise hervor. »Hat er dich, verdammt noch mal, angefasst?«

Sie blickte ihm in die Augen und reckte das Kinn in die Höhe, wie sie es immer tat, wenn sie sich ihren Ängsten stellte. »Nur ein einziges Mal. Er hat mich nur einmal geschlagen und daraufhin habe ich ihn verlassen. Oder es versucht. Ich brauchte eine Weile, um dort herauszukommen und herauszufinden, wie ich ich selbst sein konnte, ohne seine Frau zu sein. Aber Misshandlung muss nicht immer mit Fäusten stattfinden.« Sie presste die Lippen aufeinander und sammelte sich wieder einmal. Sie hatte es ausgesprochen und jetzt gab es kein Zurück mehr.

»Was hat er getan, Kenzie? Du kannst es mir erzählen, außer du willst aufhören, einen Kaffee mit mir trinken und dich über etwas Belangloses unterhalten. Du musst es mir nicht verraten, nur weil du glaubst, ich müsste es wissen. Tu es nur, wenn du es willst.«

Und genau deshalb würde sie ihm von ihrer Vergangenheit erzählen. Je mehr sie sie in sich verschlossen hielt, desto mehr versteckte sie es vor ihrem gegenwärtigen Leben und desto mehr Bedeutung gewann es. Ihr Lebenspfad wurde nicht über einen einzigen Augenblick definiert und nicht durch ihre Heirat vorgegeben. Sie definierte sich nicht über ihn, David.

Ihr Leben gehörte ihr selbst – sie konnte es leben, wie sie wollte, und innerlich reifen und erblühen.

Und deshalb wollte sie auch, dass Dare mehr über sie wusste. Denn es war ihre eigene Wahl, und keine Verkettung von Umständen.

»Ich habe David sechs Monate nach unserem Kennenlernen geheiratet. Ich habe ihn kein einziges Mal für meinen Märchenprinzen gehalten, denn ich glaube nicht an Märchen. Aber ich glaubte, wir würden für immer glücklich zusammenbleiben, wobei ich wusste, dass das harte Arbeit bedeutet. Zu Beginn war alles okay, wie das eben normalerweise der Fall ist.«

»Daran ist nichts Normales«, bemerkte Dare leise. »Misshandlung ist nicht normal.«

Wieder einmal erkannte sie den Polizisten in ihm. Er hatte mehr gesehen, als sie sich jemals träumen lassen konnte – nicht dass er ihr über seine Zeit im Polizeidienst jemals etwas erzählt hatte. Aber sie waren ja nicht zusammen, oder? Sie wussten nichts voneinander, außer dem, was sie mit der Zeit erfuhren. Warum erzählte sie ihm dies? Warum empfand sie das Bedürfnis? Sie hatten sich geküsst, sie hatten sich gestreichelt und es gab da eine gewisse Verbindung zwischen ihnen, aber sie war sich nicht sicher, was das alles bedeutete. Und da etwas in ihr ihr sagte, sie sollte fortfahren, tat sie es.

»Er manipulierte ganz langsam meine Arbeitsweise und sorgte dafür, dass ich öfter für ihn zu Hause war. Er machte mich herunter, sagte mir, ich sei fett oder hässlich oder nicht fürsorglich genug. Er sagte, ich könne niemals seine Bedürfnisse befriedigen. Aber zu Anfang hat er niemals wirklich geschrien oder gedroht. Es waren die vielen kleinen Dinge, die sich zu einer großen Sache summierten.« Sie blickte ihm in die Augen und schnappte nach Luft. »Ich weiß, anderen erging es schlimmer. Ergeht es schlimmer.«

»Stopp.« Er streckte langsam die Hand aus, um ihr Gesicht zu umfassen, und sie wich nicht zurück. Ein Fortschritt. »Vergleiche deinen Schmerz nicht mit dem von anderen. Es ist dein Schmerz und allein das ist wichtig.«

Sie schluckte heftig. »Ich hasste mich, weil ich mich so behandeln ließ. Ich gab es auf, mich mit meinen Freundinnen zu treffen.« Als sie dann schließlich die

Stadt verließ, hatte sie keine mehr. »Ich gab es auf, ich selbst zu sein. Ich arbeite daran. Ich habe daran gearbeitet. Ich mag zwar immer noch bei einem lauten Geräusch erschrecken oder ausflippen, wenn in einer Kneipe zwei Männer zu kämpfen beginnen, aber ich breche bei solchen Gelegenheiten nicht mehr zusammen, wie ich es früher getan habe. Ich habe schon einen langen Weg hinter mir.«

Dare strich ihr mit dem Daumen über die Wange und sie musste all ihre Kraft aufwenden, um nicht ihr Gesicht in seine Hand zu schmiegen. »Zur Hölle, ja, das kann man wohl sagen.« Er machte eine Pause. »Er hat dich heute angerufen.« Das war keine Frage, da sie es ihm zuvor erzählt hatte, aber die Worte brachten sie zurück in die Gegenwart, anstatt länger in der Vergangenheit zu verweilen.

Sie wandte sich von Dare ab. Das taube Gefühl von zuvor verwandelte sich in Zorn. »Er ruft an, seitdem wir geschieden sind. Normalerweise ignoriere ich ihn, aber heute habe ich nicht auf den Bildschirm geschaut, bevor ich das Gespräch angenommen habe. Ich habe an so viele andere Dinge gedacht.« *An dich*, dachte sie, aber das sagte sie nicht.

Er zog die Brauen zusammen, als hätte sie etwas gesagt, bei dem ihm plötzlich ein Licht aufging. »Er war derjenige, der dich während deines ersten Mittagessens hier in der Kneipe angerufen hat.«

Das hatte sie beinahe vergessen. Nicht weil es sie nicht gestört hätte, sondern weil David so oft anrief, dass es ihr schwerfiel, sich an jeden einzelnen Anruf zu erinnern. Aber sie konnte sich sehr wohl lebhaft daran erinnern, wie Dare zu ihr gekommen war, um sich zu vergewissern, dass mit ihr alles in Ordnung war. Sie hatte sich so sehr in ihm getäuscht. So sehr.

»Ich speichere die Sprachnachrichten für meinen Anwalt, mehr kann ich nicht tun.«

»Und du hast kein Kontaktverbot beantragt?« Er fuhr sich nervös mit der Hand durchs Haar, aber bewegte sich nicht auf sie zu.

Sie schüttelte den Kopf und ballte die Hände zu Fäusten. »Er hinterlässt niemals Nachrichten, die gegen ihn verwendet werden könnten. Er schreit nur herum und bedroht mich, wenn es nicht aufgenommen wird. Er lässt die Welt nicht sehen, wer er in Wirklichkeit ist, und deshalb greifen das System und dessen rechtliche Möglichkeiten in meinem Fall nicht.« Sie zuckte mit den Schultern, aber was sie sagte, war ihr alles andere als gleichgültig.

»Ich war Teil des Systems. Und ich weiß, dass es tatsächlich öfter versagt als es sollte. Zur Hölle, Kenzie, das tut mir so leid.«

»Es geht mir viel besser. Ich schwöre es. Ich bin nicht mehr die Frau, die ihn einst geheiratet hat. Ich bin auch nicht mehr die Frau, die ihn schließlich verlassen hat«, sagte sie ehrlich. Sie konnte nicht zulassen, dass Dare sie für schwach hielt. Sie wollte nicht die schwächliche Imitation der Frau sein, die sie sein konnte. »Es geht mir viel besser«, wiederholte sie.

Dare musterte ihr Gesicht. »Das glaube ich, Rotschopf. Du bist verdammt stark, wenn du dazu stehen und mir das hier erzählen kannst. Du hättest nicht gezwungen sein dürfen, so etwas durchzumachen, und du solltest nicht das Gefühl haben, mir mehr erzählen zu müssen, wenn du es nicht willst. Du schuldest mir nichts. Aber die Tatsache, dass du dich geöffnet hast? Dass du mir vertraust? Das bedeutet wahnsinnig viel.« Er machte eine Pause und legte die Stirn in Falten. »Und dein Bruder? Du hast gesagt, du wärst von allen abgeschnitten gewesen, aber ich habe deinen Bruder gesehen.«

Diesmal runzelte sie die Stirn. »Er ist immer noch mit David befreundet.«

»Machst du Witze?«

Sie schüttelte den Kopf und war dankbar, dass Dare ein bisschen näher kam. Er hatte keine Angst, ihr nahe zu sein. Die Erwähnung ihres Bruders rief in ihr heftige Gefühle hervor, aber keine Furcht. Der Gegensatz zwischen ihrer Vergangenheit und ihrer Gegenwart war ihr noch niemals so bewusst gewesen.

»Jeremy ...« Sie seufzte. »Er ist mein kleiner Bruder.« Als Dare nichts darauf sagte, fuhr sie fort: »Meine Eltern haben ihn zu ihren Lebzeiten maßlos verwöhnt. Und ich ebenfalls. Aber er war ja auch mein kleiner Bruder«, wiederholte sie. »Meine Eltern und ich, wir liebten ihn, aber er ist zu einem Mann herangewachsen, den ich nicht wiedererkenne. Er hat das Gefühl, die Welt schulde ihm etwas, nur weil er atmet. Jeremy möchte wie David sein. Er will das Geld und die Macht und verdrängt die Tatsache, dass ich seine direkte Verbindung zu David durch die Scheidung gekappt habe.«

»Mein Gott.«

Jetzt schnaufte sie. »Das kannst du laut sagen. Was du in diesem Büro mitbekommen hast, war das erste Mal, das er Hand an mich gelegt hat.« Sie reckte ihr Kinn in die Höhe. »Und das letzte Mal. Ich werde mit beiden keinen Kontakt mehr haben, wenn ich es vermeiden kann. Ich bin nicht mehr wie früher und ich möchte nicht in eine Vergangenheit hineingezogen werden, die ich lieber vergessen möchte, nur weil die beiden mich nicht zu verstehen scheinen.« Sie fuhr sich mit den Händen durchs Haar und lachte schroff auf. »Und ich habe keine Ahnung, warum ich dir das alles erzähle. Ich habe es bis jetzt nur meiner Therapeutin erzählt. Zur Hölle, ich habe es noch nicht einmal Ainsley erzählt, obwohl ich seit meinem Umzug hierher mit ihr mehr geredet habe als mit dir.«

Dare näherte sich ihr und diesmal zögerte er nicht, ihr mit der Hand durchs Haar zu fahren. »Ich bin froh, dass du es mir erzählt hast. Dass du mir vertraust.« Er beugte sich vor und lehnte seine Stirn gegen ihre. »Ich weiß, es war nicht leicht, und ich würde diese beiden Männer am liebsten verprügeln, Männer, die dich eigentlich hätten beschützen müssen, aber natürlich werde ich das nicht tun. Es tut mir so leid, dass du das durchmachen musstest, aber du musst wissen, dass du verdammt stark bist, weil du hier stehen und mir das alles erzählen kannst. Weil du weiterlebst. Weil du mit deinen Freunden lachst. An jedem Tag, an dem du hier arbeitest, knüpfst du neue Kontakte und lernst hier in Whiskey neue Leute kennen. Du versteckst dich nicht. Du sozialisierst dich prächtig und blühst geradezu auf. Ich weiß nicht, wie du das machst.«

Sie blickte ihm in die Augen und leckte sich die Lippen. »Einen Tag nach dem anderen. Das ist das Einzige, was ich mir sage.«

Er lehnte sich zurück und fuhr mit dem Finger die Konturen ihres Kinns entlang, was ihr ein Schaudern die Wirbelsäule hinunter sandte. »Ein Tag nach dem anderen«, wiederholte er.

»Willst du mich küssen?«, platzte es aus ihr heraus. Sie waren beide überrascht. »Ich meine ...«

Er blinzelte. »Ich dachte nicht, dass unser Gespräch in diese Richtung geht.«

»Ich weiß. Aber ich will nicht mehr über die Vergangenheit reden. Ich will nicht in ihr leben. Ich möchte mich um die Zukunft und das Jetzt sorgen. Also, wirst du mich küssen? Willst du mir helfen, einfach nur im Jetzt zu leben?« Sie konnte kaum glauben, dass sie sich das von ihm erbat, und doch wusste sie, dass es das war, was sie brauchte. Sie mochte zwar nicht wissen, was als Nächstes kam, und das war wahrscheinlich ein Fehler, aber es war ihr eigener Fehler.

Statt einer Antwort senkte er den Kopf und nahm ihre Lippen zwischen seine.

Gott. Sei. Dank.

Er leckte und saugte und erweckte eine Sehnsucht in ihr, die sie zwang, die Beine zusammenzupressen, um die Spannung zu mildern. Weil sie von niemandem überrascht werden wollten, unterbrachen sie den Kuss gerade so lange, wie sie brauchten, um in ihr kleines Apartment zu gelangen. Als sie schließlich dort ankamen und Kenzie den Schlüssel ins Schloss gesteckt und die Tür hinter ihnen geschlossen hatte, waren sie beide außer Atem. Kenzie erlaubte sich nicht, über das nachzudenken, was sie jetzt tun würde, denn dann hätte sie vielleicht einen Rückzieher gemacht, Fehler hin oder her.

»Was gefällt dir?«, flüsterte er an ihren Lippen und zog sie mit den Händen auf ihrem Hintern näher an sich heran. Seine starke Erektion presste sich gegen ihren Bauch. Er beugte sich hinunter und fuhr mit den Zähnen leicht über ihr Ohr.

»Du«, stöhnte sie und legte den Kopf in den Nacken. »Halte ... halte nur meine Arme nicht zu fest. Alles andere gefällt mir. Alles.«

Sie wusste, er schluckte seinen Zorn hinunter, als er daran dachte, warum sie nicht zu fest an den Armen gehalten werden wollte. »Das geht klar.« Und dann wurden nicht mehr viele Worte gesprochen, denn das war nicht nötig.

Er zog sie in ihr Schlafzimmer und bald schon stand sie mit den Beinen gegen das Bett gepresst und er ließ seine Lippen über ihren Hals wandern. Er saugte und leckte und sie kam bereits jetzt ihrem Höhepunkt so nahe, nur mit seinem Mund auf ihrer Haut, dass sie wusste, sie würde explodieren, sobald sie sich ihrer Kleidung entledigt hätten.

Er senkte den Kopf und küsste ihre Brüste durch ihre Bluse hindurch. Sie wand sich in seinen Armen. Sie sehnte sich nach mehr Hautkontakt, also löste sie sich von ihm und begann, langsam ihre Bluse aufzuknöpfen. Ihre Hände zitterten, aber sie ließ ihn nicht aus den Augen, denn er musste wissen, dass sie voll und ganz mit ihm in dies eintauchte und nicht aus Angst weglaufen würde.

Sie würde nie wieder Angst haben.

Er ließ den Blick zu ihrer Hand hinunterwandern, als sie alle Knöpfe geöffnet hatte und die Bluse zu Boden fallen ließ. Als er ihre spitzenumhüllten Brüste erblickte, schluckte er heftig und leckte sich die Lippen. In Sekundenschnelle hatte er sich das T-Shirt über den Kopf gezogen und seinen Mund wieder auf ihrem Hals. Verdammt, wie sie es liebte, wenn er ihren Hals küsste! Und so wie es schien, liebte er es ebenso sehr.

Als er ihre Brüste wieder küsste, diesmal über der Spitze, die die Nippel bedeckte, stöhnte sie auf.

»Deine Titten sind so verdammt sexy, Rotschopf. Ich würde sie auf der Stelle ficken, wenn ich nicht wüsste, dass ich dann sofort abspritzen würde. Ich will aber in dir sein.«

Sie bebte. »Du würdest gern meine Brüste ficken? Ich dachte, das machen nur die Männer in Pornofilmen.«

Er umfasste mit einer seiner großen Hände ihren

Hinterkopf und spielte mit ihrem Haar. »Ich werde dir genau zeigen, was mir gefällt. Und deine Titten? Auf die stehe ich.« Er glitt mit den Fingern unter ihren Rock und liebkoste ihre Haut, woraufhin sie zu keuchen begann. Dann umfasste er ihren Hintern und ließ einen Finger unter ihren Tanga und in die Spalte zwischen ihren Pobacken gleiten. »Und dein Hintern? Ja, ich glaube, den werde ich vielleicht noch lieber ficken.«

»Dann wirst du mich nackt sehen müssen, um dir sicher sein zu können.« Er grinste sie wollüstig an.

»Ja?«

»Aber sicher. Und ich muss dich auch vollkommen nackt sehen. Zum Vergleich.«

»Dann sollten wir uns vielleicht endlich ausziehen, denn ich muss deine Muschi lecken. Jetzt auf der Stelle.«

Innerhalb von Sekunden lag sie auf dem Rücken und hatte die Beine über seine Schultern gelegt, während er ihr den Rock grob nach oben schob und seinen heißen Atem über ihr Höschen blies. Bevor sie noch protestieren konnte – nicht dass sie das wirklich vorgehabt hätte –, hatte er den Tanga beiseitegeschoben und seinen Mund auf ihre Muschi gepresst.

Gütiger. Gott.

Er verschlang sie wie ein Verhungernder, der sich an einem Festmahl labt. Er arbeitete gleichzeitig mit seinem Mund und seinen Fingern und brachte sie bis an den Rand des Orgasmus, bevor er sich schnell wieder zurückzog, gerade als sie explodieren wollte. Sein Bart kratzte über ihre Innenschenkel und das ließ sie noch feuchter werden. Sie war sich bewusst, dass ihre Haut am ganzen Leib feucht war. Überall.

Als er an ihrer Muschi brummte, kam sie. Sie zitterte am ganzen Körper, während er mit den Fingern immer wieder in sie hineinstieß. Ihre inneren Muskeln krampften sich um seine Finger zusammen, was ihm ein Stöhnen entlockte. Das Beben seiner Lippen an ihrer Klitoris erregte sie nur noch mehr.

Als er sich schließlich erhob, waren seine Lippen nass von ihrem Saft. Er grinste. »Du schmeckst wie Honig.«

»Wirklich?«, fragte sie und spreizte die Beine weiter auseinander, sodass er sich zwischen sie stellen konnte.

Statt einer Antwort nahm er einen Finger, wischte sich ihren Saft vom Mund und rieb ihn dann auf ihre Lippen. Sie ließ ihre Zunge hervorschnellen und stöhnte.

»Süß.«

»Ich werde dich hart in die Matratze ficken, Kenzie. Wenn du findest, dass ich zu grob bin oder dir keine Bewegungsfreiheit gebe, sag es mir, okay?«

Sie nickte und langte hinter ihren Rücken, um den BH zu öffnen. Ihre Brüste fühlten sich schwer an und schmerzten. Ihre Nippel waren harte, kleine Kiesel und als Dare seine Hose öffnete und sie sich über die Hüften hinunterschob, kniff sie ihre Brustwarzen zusammen. Er beobachtete sie und beide stöhnten auf.

»Mach das noch einmal«, knurrte er und umfasste seinen Schwanz. Er war hart und dick und an seinem Ende glitzerte ein winziger Tropfen.

Sie rollte ihre Brustwarzen zwischen den Fingern und sog scharf die Luft ein.

»Ich brauche ein Kondom. Gib mir eine Sekunde.« Er ging zu seiner Jeans und holte eins aus seiner Brieftasche. Dann öffnete er die Verpackung und rollte es blitzschnell über seinen Schaft. »Ich hatte dies nicht geplant und habe nur eins, also sollten wir es ausnutzen.« Er schluckte heftig. »Ich hätte wahrscheinlich besser vorher einmal kommen sollen, um nicht sofort abzuspritzen, sobald ich in dir bin.«

Sie liebte seine Fürsorglichkeit, liebte es, dass er sich nicht zurückhielt nach dem, was sie ihm erzählt hatte. Nein, er würde sie nicht niederdrücken oder ihr etwas von ihrer Bewegungsfreiheit nehmen, aber er würde sie auch nicht wie eine zarte Blume behandeln.

Sie war nämlich keine zarte Blume, verdammt. Sie war nicht aus Zucker. Sie war eine echte Frau, die Bedürfnisse hatte und die sich seit Ewigkeiten nur selbst hatte befriedigen können. Und jetzt hatte sie einen Mann, der sie nicht einfach nur ohne Gegenleistung egoistisch nehmen, sondern dafür sorgen würde, dass sie auch auf ihre Kosten kam.

Sie würde ihn nehmen, wie er war, und sie wusste verdammt gut, dass es andersherum ebenso war.

Und dies war der Grund, warum sie heute Abend alle Vorsicht in den Wind schlug und dies geschehen ließ. Und auch wenn sie einen Fehler begehen mochte, so war es doch ihrer und nicht der eines anderen.

»Ich brauche dich in mir«, sagte sie schließlich, ihre Stimme ein kehliges Schnurren.

»Kein Problem, Rotschopf.« Er kniete sich zwischen ihre Beine aufs Bett. »Ich habe davon geträumt, dass du deine langen Beine um mich schlingst, während ich dich ficke.« Er schenkte ihr ein übermütiges Grinsen. »Sicher, ich habe auch davon geträumt, wie du mich so heftig reitest, dass deine Brüste auf und ab hüpfen, und ich mich nur zurücklehne und dich alle Arbeit tun lasse, also ...«

Sie lachte und kniff ihn in die Hüfte. Sie hätte nie gedacht, dass sie beim Sex einmal wieder würde lachen können. Zur Hölle, sie hätte nie gedacht, überhaupt noch einmal Sex zu haben.

Und nun lag sie hier und hatte den besten Sex ihres Lebens, mit dem Sohn ihres Bosses, und er hatte sie bis jetzt noch nicht einmal seinen Schwanz berühren lassen. Was für ein Abend.

»Komm schon. Ich will dich in mir haben«, neckte sie.

Er grinste und brachte sich vor ihrem Eingang in Position. »Das kann ich tun.« Dann drang er in sie ein, mit einer vorsichtigen Bewegung, und zog sich ebenso langsam wieder zurück, immer wieder. Beide begannen zu keuchen. Er war so dick, so verdammt groß, dass sie befürchtete, ihn nicht ganz in sich aufnehmen zu können, aber sie war andererseits so feucht, dass er leicht in sie hinein und wieder hinaus glitt.

Er hielt Blickkontakt, bis er sich bis zu den Hoden in

ihr vergraben hatte. Dann schloss er die Augen und stöhnte. »Du bist so wunderbar eng.«

Sie zog ihre inneren Muskeln zusammen und er stützte sich auf einen seiner Unterarme, während er den anderen Arm zwischen sie gleiten ließ. Er öffnete die Augen und ließ seine Finger über ihre Klitoris schnellen. Sie sog scharf die Luft ein.

Dann bewegte er sich.

Er schwebte über ihr, nahm ihre Lippen, spielte mit ihren Brüsten, ihrer Klitoris und ihren Hüften, aber kein einziges Mal drückte er sie auf die Matratze oder gab ihr das Gefühl, gefangen zu sein. Stattdessen fühlte sie sich geachtet und gebraucht.

Sie wölbte sich ihm entgegen, denn sie sehnte sich ebenso sehr nach ihm, wie er sich nach ihr zu verzehren schien. Und als sie wieder kam, beschleunigte er sein Tempo, bevor er tief in ihr seine Erlösung fand und das Kondom stoßweise füllte.

Dann umfasste er ihr Gesicht und küsste sie so zärtlich, dass ihr die Tränen über die Wangen liefen, aber er leckte jede einzelne der Reihe nach auf.

Kenzie hatte keine Ahnung, was gerade mit ihnen geschah, aber sie wusste, sobald sie es herausgefunden hätten, könnte sich alles als ein schrecklicher Fehler herausstellen.

Und doch konnte sie sich nicht darum sorgen. Nicht jetzt. Nicht solange er ihr die Tränen wegküsste und sie sich menschlicher und weiblicher fühlte als jemals zuvor.

Dare war ein gefährlicher Mann. Doch das hatte sie bereits gewusst, als sie ihn zum ersten Mal erblickt hatte.

Aber erst als er sie in die Arme schloss und beide versuchten, zu Atem zu kommen, wurde ihr annähernd bewusst, wie gefährlich er wirklich war.

Für ihr Herz.

Kapitel Neun

Dare wusste, er war ein selbstsüchtiger Hurensohn, und was er mit Kenzie am Abend zuvor gemacht hatte, bewies es einmal mehr. Er konnte einfach nicht aus dem Kopf bekommen, wie sie sich unter ihm angefühlt hatte. Es war beinahe greifbar, als könnte er sie immer noch unter sich spüren. Als könnte er immer noch ihre Süße auf seiner Zunge schmecken.

Er hätte am liebsten auf etwas eingeschlagen, als sie ihm von ihrem Ex-Mann und ihrem Bruder erzählt hatte. Als Polizist hatte er die dunkelsten Seiten der Menschheit gesehen und doch überraschten ihn die Auswüchse der Zivilisation immer aufs Neue. Es missfiel ihm, dass er nach all der Zeit immer noch geschockt sein konnte, dass er kein abgebrühter, alter Polizist war, der alles schon einmal gesehen hatte.

Obwohl er gemerkt hatte, dass Kenzie etwas mit sich

herumschleppte, so hatte er doch nicht gewusst, welch weiten Weg sie bereits zurückgelegt hatte. Sie war verdammt stark; ihr Kampf und ihre Reise beeindruckten ihn. Jetzt, da er es wusste, konnte er sich auch ihre eiskalte Miene erklären, wenn sie sich bedroht fühlte. Oder warum sie ihr Kinn in die Höhe reckte, wenn sie sich beherrschen und Kraft sammeln musste.

Kenzie Owen war so viel mehr als die Einzelheiten, die ihre Vergangenheit ausmachten, und wieder einmal empfand er großen Respekt. Er war weder die Frau wert, die sie vor alledem gewesen war, noch die, zu der sie geworden war, nachdem sie all das durchgemacht hatte.

Dare saß auf der Bettkante, die Stille seines leeren Hauses betäubte ihn. Nicht ohne Grund hatte er das gemeinsame Sorgerecht für seinen Sohn nicht bekommen können. Nicht ohne Grund hatte Monica niemals mehr von ihm gewollt als die dünne Verbindung, die sie gehabt hatten. Sie hatte ihren gemeinsamen Sohn genommen und ihr Glück mit einem anderen Mann gefunden, der ihrer Meinung nach weit besser war als Dare, und dem konnte Dare sogar zustimmen ... auch wenn es ihm nicht gefiel.

Kenzie war durch die Hölle gegangen und sie verdiente weit mehr als einen Mann wie ihn.

Ja, er war so selbstsüchtig und wollte mehr von ihr. Er wollte sie zum Lachen bringen. Wollte sehen, wie die Düsternis aus ihren Augen verschwand, wenn sie lernte, wieder im Jetzt zu leben. Und doch, wie konnte er das sehen wollen, während seine Augen von seiner eigenen

Düsternis erfüllt waren, während er daran dachte, warum er kein Polizist mehr war?

Er schluckte heftig und setzte sich aufrechter hin, um den geöffneten Brief auf seinem Bett besser sehen zu können. Das Schicksal hatte den richtigen Zeitpunkt gewählt und ihm den Brief an diesem Morgen geschickt, nachdem er am Abend zuvor in Kenzie hineingeglitten war und sich bemüht hatte, die Welt zu vergessen. Aber das Leben wusste, dass er nicht der Mann war, den Kenzie brauchte, und wollte ihn daran erinnern.

Er sollte das niemals vergessen.

Der Brief neben ihm bewies es.

Mit Bedauern streckte er die Hand aus und nahm den fragilen Papierbogen vom Bett, der bereits ein wenig zerknittert war, weil er ihn in seiner Faust gehalten hatte. Er hätte das verdammte Ding nicht öffnen sollen. Zur Hölle, es hätte nicht einmal bei ihm eintreffen sollen. Die gewisse Person dürfte eigentlich seine Postadresse nicht kennen, aber alles war anders als früher und jemanden sicher zu verbergen und dem öffentlichen Auge zu entziehen war nicht immer leicht.

Das war niemals leicht, nicht wirklich.

Du hast meinen Dad getötet. Du verdienst es nicht, aus dem Gefängnis entlassen worden zu sein. Warum darfst du frei herumlaufen, obwohl mein Dad gestorben ist? Warum geht es dir gut, obwohl du ihn getötet hast? Wenn mein Dad jemanden getötet hätte, wäre er im Gefängnis. Aber jetzt ist er tot und du bist frei.

~~Ich hoffe, du stirbst auch.~~

Ich hasse dich.
Ich hasse dich.
Ich hasse dich.

Der Brief war nicht unterschrieben. Aber er wusste auch so, von wem er stammte. Er kannte das Kind, das jetzt ein Teenager war. Er hatte es niemals kennengelernt, aber Fotos von ihm gesehen. Der kleine Junge hatte die Augen seines Vaters.

Augen, in denen kein Leben mehr war, wegen der Entscheidungen, die dieser Mann und Dare und sein Partner getroffen hatten.

Dare ballte wieder einmal die Hand zur Faust und zerknüllte das Papier darin. Er würde es aufbewahren und zu seiner alten Abteilung senden müssen. Das war die Vorgehensweise, und die Tatsache, dass es für diese Art von Vorfall einen Plan gab, machte ihn krank.

Das war einer der Gründe, warum er froh war, dass Nathan nicht bei ihm war.

Bei Dare zu sein war nicht sicher für seinen Sohn.

Es würde niemals sicher sein.

Sein Telefon summte in seiner Tasche und er hob die Hüfte an, um es herausholen zu können. Als er den Namen auf dem Bildschirm sah, nahm er das Gespräch an.

»Jesse.«

»Hast du auch einen Brief bekommen?«, fragte sie sehr leise. Er hasste es, dass sie flüsterte, als könnte jemand sie hören, als würden die Briefe in ihren Händen ihr Leben bedrohen.

Schnell stand Dare auf und der Zorn übermannte ihn, wenn er daran dachte, dass jemand Jesse und ihrem kleinen Mädchen solch einen Brief geschickt hatte, den er heute in seiner Post vorgefunden hatte. Niemand durfte Jesse dafür angreifen, was in Ausübung ihrer Pflicht geschehen war. Niemand.

»Ja, ich habe einen bekommen«, knurrte er. »Woher wusstest du das? Was steht in deinem? Willst du, dass ich komme?«

»Mach mal langsam, Dare. Ich bin in Sicherheit. Bethany ist oben und spielt. Sie weiß nichts davon, dass etwas nicht in Ordnung ist.« Pause. »Und eigentlich ist doch alles in Ordnung, Dare. Nichts wird geschehen. Dieses Kind, dieser Junge leidet, weil er seinen Vater vermisst, und er lässt es an dir aus. Und da er es gern auch an Jason auslassen würde und der nicht mehr hier ist, schickt er den Brief an mich. Ich weiß nur deshalb, dass du auch einen Brief bekommen hast, weil es in meinem erwähnt wird.«

»Ich werde vorbeikommen, ihn mitnehmen und ihn aufs Revier bringen.« Er wollte verhindern, dass sie an den Ort gehen musste, an dem Jason gearbeitet, gelacht und seine letzten Stunden vor seinem Tod verbracht hatte.

»Ich könnte heute Abend zum Essen bei dir vorbeikommen und Bethany mitbringen. Wie wäre das?« Sie sagte nichts mehr und er hätte sich in den Hintern treten können, dass er sie so unsicher gemacht hatte, dass er es ihrer Stimme anhören konnte.

»Wäre dir achtzehn Uhr recht?«, fragte er. Jetzt war es sechzehn Uhr und heute Abend musste er ohnehin arbeiten.

»Achtzehn Uhr passt gut. Es wird guttun, dich zu sehen.«

In diesen Worten lag eine ganze Welt voller Bedeutung. Und als das Gespräch beendet war, wusste er, dass sich nach dem heutigen Abend etwas würde ändern müssen, und er hoffte inständig, dass sich alles zum Besseren kehren würde.

In der Kneipe herrschte reges Treiben, als er hereinkam und die Probleme des Tages besprach. Claire hatte das Restaurant gerade so weit vorbereitet, dass es öffnen konnte, und es gab genügend Reservierungen für den Abend. Er musste lediglich einige wenige Dinge mit ihr besprechen, bevor er in die Kneipe zurückkehren konnte. Er war verdammt froh, dass er Claire gefunden hatte, und er hatte das Gefühl, ihr bald eine Gehaltserhöhung zu geben, falls ihr Umsatz so bliebe.

Die Arbeit war das einzig Sichere und Gesunde in seinem Leben. Nein, das war nicht wahr. Es war seine Familie, die ihn dazu befähigte, etwas zu tun und weiterzuatmen. Seine Familie. Sein Sohn. Und seine Kneipe.

Aber die Gedanken an den Brief, den er heute mit der Post bekommen hatte, kehrten immer wieder in seinen Kopf zurück und erinnerten ihn daran, dass er zwar für das, was er jetzt hatte, gekämpft haben mochte, dass er aber mehr nicht verdiente.

»Hey, da bist du ja«, begrüßte Kenzie ihn und näherte sich ihm in ihrem makellosen, eleganten Herbergsleiterinnen-Outfit, komplett mit hochhackigen Schuhen.

Die Schuhe gefielen ihm wirklich sehr gut.

Sie machte keine Anstalten, ihn zu berühren, und er wusste, sie tat es deshalb nicht, weil sie noch nicht miteinander geredet hatten, seitdem er ihr Zimmer verlassen hatte. Keiner von beiden wusste, wie sie nun zueinander standen, und die Tatsache, dass seine Vergangenheit in wenigen Augenblicken in die Kneipe kommen würde, erinnerte ihn daran, dass er sich zurückziehen und Kenzie erklären sollte, dass sie nichts für ihn war.

Aber er tat es nicht.

Er konnte es nicht.

»Ich habe heute Abend Schicht«, sagte er und ging näher an sie heran. Er berührte sie nicht, da sie beide arbeiteten und er keine Ahnung hatte, wie er damit umgehen sollte, aber er wollte ihr trotzdem nahe sein.

»Ah, ich erinnere mich.« Sie blickte ihn befremdet an und er seufzte.

»Entschuldige, ich habe heute Abend den Kopf voll, aber ich freue mich wirklich, dass du hier bist.« Sie leckte sich die Lippen und er tat das Gleiche, als er es sah, und hielt ein Stöhnen zurück.

Das zauberte ein Lächeln auf ihr Gesicht. »Das freut mich. Ich hatte vor, hier etwas zu essen, anstatt mir etwas zu kochen. Ich bin faul geworden, seitdem ich hiergezogen bin.«

»Wir haben gutes Essen. Da fällt es schwer, selbst zu kochen. Mir ergeht es ebenso. Willst du am Tresen essen?«

»Das hört sich gut an. Ich habe noch ein paar Dinge zu erledigen, bevor das Personal von der Abendschicht anfängt, aber ich habe dich kommen sehen.«

»Ich freue mich, dass du hergekommen bist.« Und da er sich nicht beherrschen konnte, strich er ihr eine verirrte Haarsträhne hinters Ohr. »Dann bis gleich?«

»Bis gleich.« Sie wandte sich bereits zum Gehen, doch dann drehte sie sich noch einmal um. »Ich denke, wir sollten herausfinden, was wir tun werden und ob wir es auch in der Öffentlichkeit zeigen, was meinst du?«

Er schnaufte und schüttelte den Kopf. »Ja. Ja, das müssen wir zuallererst besprechen.«

Sie stieß erleichtert den Atem aus. »Gott sei Dank.« Er beobachtete sie, als sie davonging, bevor er sich beim Klang einer vertrauten Stimme herumdrehte.

»Jesse. Du bist gekommen.« Er lächelte die hübsche Frau an. Sie hatte hellbraune Haut und ihr Gesicht wurde von dunklen Locken eingerahmt. An der Hand hielt sie ein kleines Mädchen mit schwarzem, lockigem Haar und einer Haut, die einen leicht dunkleren Braunton zeigte. Das Mädchen besaß die Augen, das Kinn und das Lächeln ihres Vaters.

Immer wenn er die beiden sah, traf es ihn wie ein

Schlag in die Magengrube, und heute Abend war es nicht anders.

»Es ist gut, dich zu sehen, gleichgültig aus welchem Grund«, sagte Jesse. »Sag deinem Onkel Dare guten Tag, mein Mädchen.«

»Hi«, sagte Bethany lächelnd und zog den Kopf ein.

»Hallo.« Er räusperte sich. Er wünschte, Nathan wäre hier, und er versprach sich selbst, dass die Kinder sich besser kennenlernen sollten. Er würde dafür sorgen, dass auch Misty Bethany kennenlernte. Wenn irgendjemand einen zum Lachen bringen konnte, dann war es seine Nichte. »Habt ihr Lust auf Abendessen?«

»Wir sind praktisch am Verhungern. Nicht wahr?«

Bethany lächelte, dann wich sie Dares Blick aus und kicherte.

»Okay. Dann lasst uns mal zum Tresen gehen.«

Sie verließen gerade den geschäftigeren Eingangsbereich, als Kenzie die Treppe hinunterkam und beim Anblick von Dare und seiner neuen Begleitung stehen blieb. Sie sah ihn befremdet an und er unterdrückte einen Fluch, als ihm einfiel, wonach dies aussehen könnte.

»Jesse, dies ist Kenzie, unsere neue Herbergsleiterin, und ... nun ... dies ist Kenzie.« Wo war nur seine Wortgewandtheit geblieben? »Kenzie, dies sind Jesse und Bethany.« Er versuchte, seiner Stimme einen beiläufigen Klang zu geben, und hoffte, sich sein Leben nicht zu verkomplizieren mit dieser schlichten Vorstellung, die alles andere als einfach war.

Jesse streckte die Hand aus. »Hallo. Ich war mit Jason verheiratet.« Als Kenzies Miene ausdruckslos blieb, blickte sie Dare mit hochgezogener Braue an, bevor sie fortfuhr: »Dares ehemaliger Partner. Und dies ist unsere Tochter Bethany.«

Jetzt leuchtete in Kenzies Augen Verstehen auf und sie lächelte, aber er wusste, es war ein angestrengtes Lächeln. Er hatte ihr nicht erzählt, warum er den Polizeidienst verlassen hatte, und das war ein Versäumnis. Sie hatte sich ihm anvertraut, aber er hatte es andersherum nicht getan.

»Freut mich, dich kennenzulernen.« Sie beugte sich zu Bethany hinunter. »Und hallo. Schön, auch dich kennenzulernen.«

Bethany versteckte sich hinter den Beinen ihrer Mutter, winkte aber. Er hatte nicht gewusst, dass das kleine Mädchen so schüchtern war. Zur Hölle, er hätte es wissen sollen. Er hätte ihnen mehr unter die Arme greifen müssen und nicht nur mit Geld. Er war ein verdammter Idiot und zu sehr daran gewöhnt, sich vor seinen Problemen zu verstecken.

Das musste er ändern.

»Ich weiß, du musst bald hinterm Tresen stehen, aber wie wäre es, wenn wir uns alle zusammen in eine Tischnische setzen und gemeinsam essen?« Jesse lächelte erst Dare und dann Kenzie an. Dare unterdrückte ein Stöhnen. Sie war immer schon eine Kupplerin gewesen und scheinbar hatte sie sich kein bisschen verändert.

»Oh, ich wollte nicht stören. Ich wollte mich gerade zum Essen an den Tresen setzen.«

Dare schüttelte den Kopf. »Nein, komm und iss mit uns. Ich hätte es auch gern.«

Kenzie schaute von einem zum anderen und dann zu dem kleinen Mädchen, das mit weit aufgerissenen Augen zu den Erwachsenen aufblickte. »Na gut.«

Es war nicht gerade das unangenehmste Abendessen in der Geschichte gewesen, aber auch nicht das lockerste. Da Kenzie und er noch nicht über ihre Beziehung geredet hatten, hatte er nicht gewusst, wie er sie vorstellen sollte, und ab dem Punkt war alles schiefgelaufen. Sie hatten eine höfliche Unterhaltung in Gang gehalten und nicht einmal erwähnt, warum Dare und Jesse nicht mehr viel Kontakt miteinander hatten und warum Bethany so schüchtern schien. Aber zumindest war es ein Anfang gewesen. Was für einer wusste er nicht.

Nur als Jesse ihm wortlos ihren Brief gereicht hatte, hatte Kenzie ihm einen merkwürdigen Blick zugeworfen. Nach dem Abendessen waren sie ihrer Wege gegangen und Kenzie hatte ihm versprochen, sich nach seiner Schicht mit ihm zu treffen. Offensichtlich hatten sie eine Menge zu besprechen.

Und jetzt schlossen Rick und Shelly die Kneipe und das Restaurant, während Dare vor Kenzies Apartment stand, die Hände zu Fäusten geballt und mit schmerzendem Magen.

Er musste ihr von Jesse erzählen und warum er kein Polizist mehr war und warum sie mit dem aufhören mussten, was auch immer sie gerade haben mochten. Und trotzdem hatte er das Gefühl, dass er zum letzten Teil nicht kommen würde. Immerhin war er ein selbstsüchtiger Hurensohn.

Schließlich klopfte er und Kenzie öffnete umgehend die Tür.

»Ich dachte schon, du wolltest für immer hier draußen stehen bleiben.« Als er fragend eine Braue in die Höhe zog, deutete sie auf den Fußboden vor seinen Füßen. »Ich habe die Bretter unter deinen Füßen knarren hören.« Sie runzelte die Stirn. »Das werde ich auf die Aufgabenliste für Lochlan setzen.«

»Das wird ihm gefallen«, sagte er trocken. Sein Bruder war ein komischer Kauz. Aber Dare war noch ein seltenerer Vogel. Er musterte ihr Gesicht, aber wonach er suchte, wusste er nicht. »Darf ich hereinkommen?«

Ohne ein Wort trat sie zurück und er folgte ihr in das kleine Apartment. Es war das einzige Zimmer hier oben, das eine eigene Küche und einen Wohnbereich besaß. Es war für die vorherige Herbergsleitung gedacht gewesen, aber seine Eltern hatten niemals wirklich hier gewohnt. Seit ihrem Einzug hatte Kenzie der kleinen Wohnung ihren eigenen Anstrich gegeben, was Dare am gestrigen Abend nicht aufgefallen war, als er tief in ihr versunken war.

Er verdrängte diesen Gedanken aus seinem Kopf und bemühte sich, nicht von einem Fuß auf den anderen zu treten. Sie waren hier, um darüber zu reden, was nach dem gestrigen Abend werden sollte, und er musste ihr erklären, warum er mit Jesse und Bethany zum Abendessen verabredet gewesen war. Er war nicht hier, um seinem Schwanz das Denken zu überlassen.

»Also ...«, sagte Kenzie und stieß den Atem aus. »Ich bin nicht so gut in so etwas, weißt du. Vor David hatte ich nur einen einzigen festen Freund, und das war noch auf der Highschool. Also zu wissen, wie ich mich am Morgen – oder am Tag – danach verhalten soll, nachdem ich mit jemandem geschlafen habe, liegt so weit außerhalb meiner Erfahrung, dass es nicht mehr lustig ist.«

»Da bist du nicht die Einzige«, murmelte er. »Ich habe ehrlich keine Ahnung, was ich hier tue, Rotschopf. Und ich habe das Gefühl, jeder meiner Schritte ist falsch, weißt du? Dass ich immer wieder alles vermassle.«

»Also sind wir zumindest was das anbelangt auf einer Schiene«, sagte sie mit einem gezwungenen Grinsen. »Wir hätten wahrscheinlich miteinander reden sollen, bevor wir miteinander geschlafen haben, richtig?«

Er streckte die Hand aus und umfasste ihre Wange, denn er konnte den Drang, sie zu berühren, nicht länger unterdrücken. »Ich dachte, ich hätte dich zumindest erst einmal ausführen sollen.«

»Wir machen es eben rückwärts. Das Dumme ist nur, ich weiß nicht einmal, was dieses *es* überhaupt ist.«

Er senkte den Kopf und küsste sie sanft, dann löste er sich wieder von ihr. »Ich weiß es auch nicht, außer dass wir wahrscheinlich damit aufhören sollten.«

Sie blickte ihm in die Augen. »Weil ich für deine Eltern arbeite und es kompliziert werden könnte.«

»Und keiner von uns beiden auf der Suche nach etwas Ernstem ist. Also sollten wir dafür sorgen, dass wir die Situation nicht noch schlimmer machen, als sie es ohnehin schon ist.«

»Dem stimme ich zu.« Sie machte eine Pause. »Aber wir können die Hände nicht voneinander lassen.«

Er trat zurück und tigerte auf und ab. »Ich kann meinen Drang, dich berühren zu wollen, scheinbar nicht unterdrücken, Kenzie, obwohl ich weiß, dass es für uns beide nicht gut ist.«

»Und wie wäre es, wenn wir uns bemühen, es nicht wichtig zu nehmen?« Er drehte sich stirnrunzelnd herum. »Ich meine, die Ernsthaftigkeit nicht wichtig zu nehmen. Ich meinte nicht uns beide persönlich. Ach, ich habe keine Ahnung, was ich da sage.« Sie warf die Hände in die Luft und begann, auf und ab zu gehen, wie er es zuvor getan hatte. »Ich bin nicht bereit für etwas Ernstes. Das hast du gesagt und wir wissen beide, dass es wahr ist. Aber ich bin es leid, mein Leben zu leben und ständig Angst zu haben, etwas Neues auszuprobieren, sodass ich dabei alles verpasse.«

»Du willst also noch einmal mit mir schlafen?«, fragte er, während sein Schwanz schon wieder in Alarmbereitschaft stand.

Sie errötete, wich aber seinem Blick nicht aus. Sie war verdammt sexy. »Ja. Und so wie dein Schwanz die Jeans ausbeult, bin ich nicht die Einzige.«

»Dann werde ich dich ausführen, Kenzie. Ich werde nicht verstecken, was auch immer wir miteinander haben, nur weil es vielleicht einfacher erscheint. Ich will keine Geheimnisse.«

»Ich auch nicht.« Wieder blickte sie ihm direkt in die Augen und er wusste, er musste ihr mehr über seine Vergangenheit erzählen.

»Bevor wir irgendetwas anderes tun, sollte ich dir mehr über Jesse ... und Jason erzählen.«

»Das musst du nicht, Dare. Wenn es dir zu schwerfällt, musst du wirklich nicht deine Seele entblößen. Haben wir nicht gerade gesagt, dass dies nichts Ernstes ist?«

»Ich kann nicht der Mann sein, der dich berührt, ohne dir zu erklären, warum ich dieser Mann nicht sein sollte.«

»Dann erklär es mir. Du kannst nicht so schlecht sein, wie du denkst, gemessen daran, wie deine Familie dich ansieht. Und wie die Stadt auf dich schaut.«

»Ich bin nicht der Mann, für den du mich hältst.«

»Dann erklär mir, wer du bist. Wenn du so denkst, dann erklär es mir.«

»Ich habe einen Mann getötet«, stieß er stöhnend hervor. Wie er es hasste, dass sich ihre Augen für einen kurzen Augenblick weiteten, bevor sie ihre Gesichtszüge wieder unter Kontrolle hatte.

»In Ausübung deiner Pflicht, nehme ich an.«

»Du sagst das so, als wäre es eine Pflicht, ein Leben auszulöschen.« Es gab seiner tiefen Überzeugung nach nichts, was ihm die Schuld nehmen konnte für das, was er getan hatte.

»Das meinte ich nicht, und das weißt du«, erwiderte sie scharf. »Aber erzähl mir, was geschehen ist. Warum denkst du, du bist nicht der Mann, für den ich dich halte oder der du meiner Meinung nach sein könntest?«

Er griff in seine Gesäßtasche und zog seine Brieftasche hervor, der er dann ein Foto entnahm, das neben einem von seiner Familie und Nate gesteckt hatte. Er hätte sie natürlich auch in seinem Handy speichern können, wie es normale Leute heutzutage tun, aber er bevorzugte Erinnerungen, die er in der Hand halten konnte.

Bevor er es ihr jedoch zeigen konnte, ergriff Kenzie seine Hand und führte ihn zur Couch, sodass sie sich setzen konnten. Sie blickten einander an. Sie sagte nichts, nahm nur das Foto entgegen, das er ihr reichte. Wieder einmal hatte sie richtig reagiert und wieder einmal wurde er daran erinnert, dass er nicht gut genug für sie war.

»Dies ist ... war Jason«, sagte er und deutete auf den dunkelhäutigen Mann auf dem Foto. »Jesse hast du bereits kennengelernt. Jason hat Bethany niemals kennengelernt. Unsere Frauen waren zur selben Zeit schwanger, aber nur einer von uns hat mitbekommen, wie sein Kind geboren wurde.«

Kenzie ergriff seine Hand und beruhigte ihn dadurch etwas, sodass er fortfahren konnte.

»Jason war etwas älter als ich, aber nicht viel. Diese wenigen Jahre gaben ihm jedoch einen Vorsprung an Erfahrung im Einsatz, weshalb ich mich von ihm führen ließ. Er war ein guter Mann. Ein ehrlicher Mann. Und er starb, weil ein Drogenhändler den harten Weg wählte, um sich aus einer Zwangslage zu befreien. Er schoss Jason in den Hals, bevor ich ihm beistehen und den Kerl ausschalten konnte. Es war das einzige Mal, dass ich meine Waffe außerhalb des Schießstandes und des Trainings abgefeuert habe. Und es war das letzte Mal. Kurz danach traf Verstärkung ein, aber ich war ohne Bewusstsein, da eine Kugel mich so getroffen hatte, dass ich wahnsinnig viel Blut verlor. Ich konnte Jason neben mir hören, wie er während einiger schmerzhaft langer Augenblicke gurgelnd um Atem rang, aber ich konnte mich nicht bewegen, um die Blutung zu stoppen. Später wurde mir gesagt, dass ich eine starke Gehirnerschütterung hatte, weil ich mit dem Kopf auf dem Boden aufgeschlagen war, als Jason gegen mich geschleudert wurde, aber ich weiß nicht, ob ich das glauben kann. Nicht, wenn ich zurückblicke. Mir wurde auch gesagt, dass ich nichts für den Mann hätte tun können, der buchstäblich mein Bruder war, obwohl wir nicht miteinander verwandt waren.«

Er weinte nicht und seine Stimme verriet nicht mehr Emotionen als normalerweise. Dies war seine Bürde, seine Schuld, und er konnte nichts daran ändern. Kenzie beobachtete ihn. Sie hielt das Foto in der einen und seine Hand in der anderen Hand. Sie sagte nichts, aber er sah Kummer und Mitgefühl in ihren Augen.

»Jesse kam heute Abend zu mir, weil sie einen Brief von dem Sohn des Mannes erhalten hat, den ich getötet habe. Derselbe Mann, der ihren Ehemann und meinen Partner erschossen hat. Auch ich habe einen Brief bekommen. Und morgen werde ich mich um beide kümmern. Aber was Jesse anbelangt? Ich sehe sie nicht oft. Ich schaffe es nicht. Vor etwas mehr als vier Jahren, als Jason getötet worden war, wollte sie mich überhaupt nicht mehr sehen. Ich weckte zu viele schlechte Erinnerungen in ihr. Und ich drängte sie nicht. Ich konnte es nicht. Aber jetzt möchte sie, dass ihr Kind mich kennenlernt, weil ich auch ein Teil von Jason bin, aber es fällt uns schwer, verstehst du? Es erinnert mich an unseren Verlust und an die Tatsache, dass ich immer noch hier bin und Jason nicht.«

»Oh, Dare ...«

Er schüttelte den Kopf. »Ich habe überlebt. Jason nicht. Und der Mann, den ich erschossen habe, hat auch nicht überlebt.«

»Es war nicht deine Schuld.« Sie drückte seine Hand fester und er unterbrach sie nicht. »Es ist eine Tragödie und mein Herz schmerzt für Jesse und ihre Tochter, aber auch für dich und Nate. Du hast so viel durchgemacht, Dare, aber du bist auf der anderen Seite wieder aufgetaucht. Ich weiß nicht, warum du glaubst, dass ich dich wegen all dem, was du mir erzählt hast, nicht mehr haben will ... zumindest nicht für was auch immer für eine Beziehung wir uns entscheiden.« Pause. »Auch wenn diese Beziehung als Freundschaft endet oder als eine, in der wir lediglich zusammen arbeiten und uns nie wieder berühren.«

Er schüttelte den Kopf. »Das sollten wir wollen. So sollte es sein. Und doch ...«

»Und doch ... Wir machen einen Fehler, oder?«

Er schluckte heftig und erinnerte sich wieder einmal an all die Gründe, warum er mit »Ja, wir machen einen Fehler« antworten und dann weggehen sollte. Warum er sich erneut fragen sollte, wer dieses Stadtmädchen war und warum sie sich in seinem Gebäude aufhielt. Stattdessen beugte er sich vor, nahm ihr das Foto aus der Hand und legte es vorsichtig neben seine Brieftasche vor sich auf den Tisch.

»Wahrscheinlich.«

»Warum gehen wir dann nicht getrennte Wege?«

»Weil wir Idioten sind?«

»Das ... das klingt, als wäre es die Wahrheit.«

»Wollen wir wieder all unsere Probleme vergessen? Denn das könnte ich jetzt wirklich gebrauchen.«

Dare nickte. »Das ist unser Plan. Wir verlieren uns ineinander, dann verlieren wir uns in nichts anderem.« Wenn er bei Kenzie war, spürte er zwar die einsetzende Düsternis, die niemals zu verschwinden schien, aber er musste sie nicht wirklich fühlen. Er würde nehmen und geben und wenn die Zeit gekommen wäre, würde er gehen, weil er nicht wusste, was er sonst hätte tun können.

Er wollte nicht an die Briefe denken, die er auf seinem alten Revier abgeben musste. Er wollte weder an den Schmerz in seiner Schulter noch an die Tatsache denken, dass Jesse Bethany nun allein aufziehen musste. Er wollte nicht daran denken, dass Nate sich gerade in seinem wahren Zuhause aufhielt und er selbst später in ein leeres Haus zurückkehren würde. Er wollte nicht an den endlosen Papierkram und den Stress denken, der damit einherging, dass er zwei Gastronomiebetriebe gleichzeitig führte, obwohl Betriebswirtschaftslehre nur sein zweites Fach gewesen war, da er seinen Abschluss in Strafrechtspflege gemacht hatte. An nichts von alledem wollte er denken.

Also beugte er sich wieder zu ihr hinunter und küsste sie, diesmal zärtlich und langsam, wobei er jeden Zentimeter ihrer Haut genoss. Er wäre am liebsten in ihrem Geschmack ertrunken, hätte sich gern in sie hineinsinken lassen, um niemals wieder aufzutauchen. Und obwohl ihn das hätte ängstigen müssen, konnte er nicht von ihr lassen. Aber hier auf der winzigen Couch in ihrem Wohnzimmer, die sie beide kaum aufnahm, konnte er nicht weitermachen.

»In dein Schlafzimmer. Sofort.«

Sie löste sich keuchend und mit geweiteten Augen von ihm. »Okay.«

Er musste ein Grinsen unterdrücken, denn zur Hölle, er wusste, dies war falsch, aber er würde auf keinen Fall aufhören. Und in Windeseile waren die beiden in ihrem Schlafzimmer und schlossen die Tür hinter sich. Wenn er nicht bereits seine Lippen auf ihre gedrückt und sie an sich gepresst hätte, hätte er sich ein wenig im Zimmer umgesehen, aber im Augenblick interessierte ihn das wenig.

Er wollte nichts weiter, als Kenzie zu schmecken und sie dann auszufüllen, bis sie beide ohnmächtig werden würden.

Genau das wollte er in diesem Augenblick und so wie Kenzie ihm mit den Fingernägeln durch das T-Shirt über den Rücken fuhr, wünschte auch sie sich nichts sehnlicher.

Dare führte sie tiefer ins Schlafzimmer hinein, ohne ihre Lippen loszulassen und ohne dass die beiden ihre Hände vom Körper des anderen genommen hätten. In einer Ecke stand eine kleine Chaiselongue, die seine Fantasie beflügelte und ihm köstliche Ideen eingab.

»Hier?«, fragte sie und stieß ein dunkles Lachen aus, das ihm direkt in den Unterleib fuhr. Er stand hinter ihr und presste ihren Rücken gegen seine Vorderseite, während er seine Hüften leicht gegen sie stieß.

»Hier.«

»Wie hättest du mich gern?«, fragte sie und drehte sich herum, um ihm ins Kinn zu beißen. »Soll ich mich wie eine schüchterne Prinzessin mit meinem Rock um die Hüften gebauscht auf die Chaiselongue drapieren und so tun, als würde ich dich teilnahmslos ertragen? Oder soll ich mich über die Lehne beugen?«

Er stöhnte und ballte einen Zipfel ihres Rocks in der Faust zusammen. »Du willst also spielen?«

»Ja, lass uns spielen.«

Sie zogen sich gegenseitig die Kleidung aus, viel langsamer als beim ersten Mal, und leckten und streichelten sich dabei. Bald waren sie beide nackt und Dare beugte sie über die Chaiselongue, kniete sich hinter sie und leckte und saugte ihre Muschi. Er liebte es, eine Frau oral zu befriedigen, liebte es, Kenzies Geschmack auf der Zunge zu haben. Sie presste ihm ihren Hintern entgegen und drängte ihn keuchend zu mehr. Also spreizte er ihre Pobacken und fickte sie hart mit seiner Zunge.

Und als sie kam und seinen Namen schrie – nicht allzu laut, weil die Gäste sie hätten hören können –, erhob er sich, rollte sich das Kondom über, das er mitgebracht hatte, und drang mit dem nächsten Atemzug in sie ein.

Sie war so verdammt eng. So eng, dass er bis zehn zählte, während er an nichts anderes dachte als an ihre süße Muschi, die sich eng um seinen Schwanz schloss.

»Ich werde zu Beginn langsam machen müssen, andernfalls werde ich nicht lange durchhalten.« Er stöhnte, als sie sich auf seinem Schwanz mit einem Ruck gegen ihn bewegte, so heftig, dass er Sterne sah. Da ergriff er ihre Hüften, aber nicht zu fest, weil sie gesagt hatte, dass es sie nervös machte, wenn jemand sie zu fest an den Armen packte, und er in diesem Augenblick nichts riskieren wollte. Er sollte verflucht sein, wenn er ihr wie ihr verdammter Ex wehtun würde.

»Schnell. Langsam. Das ist mir egal. Aber beweg dich.«

Er grinste angesichts der Verzweiflung in ihrer Stimme, da er das Gleiche empfand. Und weil seine Dame darum gebeten hatte – nein, nicht *seine* Dame, sondern *die* Dame –, bewegte er sich. Zuerst langsam, dann schneller. Sie bewegte sich mit ihm und kam ihm bei jedem heftigen Stoß entgegen, als er sie von hinten fickte. Und obwohl es sich so gut anfühlte, wie sie sich um ihn schloss, so wollte er doch ihr Gesicht sehen, wenn sie kam.

»Eine Sekunde«, knurrte er und zog sich ganz aus ihr zurück.

Dann setzte er sich mit seinem nackten Hintern auf die Chaiselongue, die antik war, wie er wusste, weil seine Familie sie einst gekauft hatte, und zog Kenzie auf seinen Schoß, sodass sie über seinem Schwanz schwebte.

»Reite mich, Rotschopf.«

Sie leckte sich die Lippen, umfasste den Ansatz seines Schwanzes und ließ sich dann langsam auf ihn hinabsinken. »Wir entweihen dieses Sofa«, bemerkte sie. Dann hob sie ihren Unterleib, um ein Stück seines Schaftes freizugeben, um sich dann wieder langsam an ihm hinunterzulassen.

»Ich würde sagen, da sind wir nicht die Ersten, aber da ich meinen Schwanz in dir habe, lass uns das für uns behalten«, erwiderte er durch zusammengebissene Zähne, da er jetzt bis zu den Hoden in ihr steckte und kurz vor dem Höhepunkt stand.

»Okay, Cowboy, los geht's.«

»Ich dachte, in dieser Fantasie wäre ich ein Prinz«, neckte er sie stöhnend.

»Du bist ein Cowboy, der die englische Regentschaft besucht und eine entzückende Debütantin findet, die zu Ausschweifungen bereit ist.« Sie zwinkerte und er lachte, denn es gefiel ihm, wie sehr sie bei der Sache war. Wie sehr sie auf ihn stand.

Sie bewegte sich auf seinem Schwanz auf und ab, wobei ihre Brüste hüpften und er sich kaum noch zurückhalten konnte. Er hielt mit einer Hand ihre Hüfte, um sie im Gleichgewicht zu halten, damit sie nicht von ihm herunterfiel, und mit der anderen umfasste er ihren Hinterkopf, damit sie ihm in die Augen blickte.

Er wusste, es war ein Fehler, wusste, es war zu intim, als sie zusammen kamen, aber in der Hitze des Augenblicks war ihm alles gleichgültig.

Als sie einander wild flüsternd bei ihren Namen riefen, wusste er, dass er von ihr lassen musste, bevor alles noch komplizierter wurde.

Aber er würde es nicht tun.

Noch nicht.

Denn wie er es sich bereits eingestanden hatte, war er ein selbstsüchtiger Hurensohn.

Kapitel Zehn

»Jetzt beweg mal deinen Hintern von der Couch und hol dir ein Bier«, sagte Dare brummig zu Fox. Seine Laune war bereits im Keller gewesen, als er vor einer Stunde bei Fox eingetroffen war, und seitdem war sie offensichtlich nur noch schlechter geworden.

Fox knuffte ihn in die Schulter und starrte auf ihn hinab. »Was? Spar dir dein Geschrei für das Fernsehen und Mario Kart auf, und benimm dich in meinem Haus. Ich weiß nicht, welche Laus dir über die Leber gelaufen ist, aber du kannst auch gern gehen.«

»Es könnte daran liegen, dass wir alle über dreißig sind und Mario Kart spielen«, knurrte Dare und ärgerte sich über sich selbst. Er spielte gern Mario Kart, er suchte einfach nur Streit, weil er keinen Weg fand, gegen alles andere anzukämpfen. Den dreien standen dreihundert Spiele der verschiedensten Art und Schwierigkeitsstufe zur Verfügung, aber um ihren seltenen gemeinsamen freien Nachmittag zu beginnen, hatten sie sich für etwas Lustiges entschieden, das viel schneller als jedes andere härtere Spiel dazu geführt hatte, dass sie fluchten und sich gegenseitig mit Gegenständen bewarfen.

»Könnte es sein, dass du ausflippst, weil du mit der Herbergsleiterin schläfst?«, stichelte Lochlan, der auf dem Ledersessel saß. Er hatte seine Aufmerksamkeit auf den Bildschirm vor sich gerichtet, da er gerade einen Fahrer und ein Fahrzeug wählte. Lochlan war ein ernsthafter Spieler, auch wenn es nur um ein Spiel aus ihrer Kindheit ging.

Fox setzte sich gerade hin und schnappte Dare die Spielkonsole aus der Hand. Dare starrte seinen älteren Bruder nur schweigend an. »Du schläfst mit Kenzie? Seit wann?«, wollte Fox wissen.

»Ich dachte, du wärst der Reporter«, wandte Lochlan ein und nahm Fox die Fernbedienung ab, um die Lautstärke zu drosseln. »Solltest du solche Dinge nicht vor mir wissen?«

»Ich war seit über einer Woche nicht mehr in der Kneipe, da der Abgabetermin für die Spezialausgabe kurz bevorsteht und zwei meiner Redakteure und mein Sportreporter wegen eines Virus ausgefallen sind.« Fox blickte zu Lochlan hinüber, bevor er sich wieder an Dare wandte: »Und Kenzie und du? Ich wusste, dass ihr umeinander herumschnüffelt, aber ich wusste nicht, dass es so ernst geworden ist.«

»Es ist nicht ernst.« Seine Brüder starrten ihn nur

an. »Es darf nicht sein.« Das war die Wahrheit, auch wenn er das Gefühl hatte, dass keiner seiner Brüder ihm glaubte. Zur Hölle, er war sich nicht einmal sicher, ob Kenzie und er es glaubten, aber er sollte verflucht sein, wenn er es ernst werden ließe.

Fox hielt einen Finger in die Höhe. »Erstens, Sex ist stets etwas Ernstes, wenn es um dich geht. Auch wenn du dir seit Monica einredest, ein freier Mann zu sein, ist es ernst. Zur Hölle, du warst praktisch mit ihr verheiratet, auch wenn ihr kein Stück Papier hattet, egal was sie auch sagen mag.«

»Und gibt es noch ein Zweitens bei deiner Tirade?«, fragte Dare. »Und mit dem, was du gerade gesagt hast, irrst du dich.« Er war froh, dass er gerade keine Spielkonsole in der Hand hielt, denn er hätte sie wahrscheinlich Fox an den Kopf geworfen oder in der Hand zerbrochen.

»Ich irre mich niemals. Zweitens«, sagte Fox und zeigte ihm den Mittelfinger, anstatt zwei Finger hochzuhalten, »wärst du nicht so übellaunig und brummig und würdest mir nicht so auf die Nerven gehen, wenn dir die Geschichte mit der Herbergsleiterin nicht etwas bedeutete.«

»Sie heißt Kenzie. Hör auf, sie *die Herbergsleiterin* zu nennen, als wäre sie nur das oder einfach irgendwer.«

Fox und Lochlan tauschten einen wissenden Blick.

Idioten. »Was?«

»Du verteidigst sie aber ziemlich intensiv dafür, dass du behauptest, es wäre nichts Ernstes.« Fox lehnte sich in seiner Couchecke zurück und blickte Dare mit hochgezogener Braue an.

»Schluss jetzt. Ich will nicht darüber reden, okay?«

»Wir sind für dich da, falls du doch reden willst, weißt du«, wandte Lochlan mit ruhiger Stimme ein. »Auch wenn du gerade etwas brummig bist, aber ich sehe dich in der Kneipe viel öfter lächeln als jemals zuvor, wenn ich in der Herberge etwas zu tun habe.«

»Vielleicht bist du der Grund für das Lächeln«, gab Dare todernst zur Antwort. »Ich freue mich immer, wenn ich meine Familie sehe.«

Lochlan zeigte ihm den Mittelfinger, bevor er sich wieder dem Bildschirm zuwandte. »Wenn du dir das einredest, um besser schlafen zu können.«

Dare konnte nachts nicht schlafen, nicht wenn sich die Träume von Kenzie mit denen von der Nacht vermischten, in der er angeschossen worden war. Das war das Problem.

»Dare?«, fragte Fox und alles Scherzhafte war aus seiner Stimme gewichen.

»Was?«, knurrte er.

»Kenzie ist große Klasse und eine wunderbare Frau.«

»Und? Glaubst du, ich bin nicht gut genug für sie? Das weiß ich, du Klugscheißer.«

Lochlan seufzte nur und Fox starrte ihn an. »Nein, das wollte ich nicht sagen, du Arschloch. Ich wollte sagen, dass ihr beide gut füreinander seid. Zumindest sieht es für einen Außenstehenden so aus.« Er machte eine Pause. »Ich möchte nur nicht, dass du wieder verletzt wirst, okay?«

Dare schwieg, denn er wusste nicht, was es darauf zu sagen gab. Stattdessen nahm er Fox die Spielkonsole aus der Hand und machte sich daran, sich einen Spieler auszusuchen. »Alles außer Rainbow Road, okay? Ich hasse diese Strecke.«

»Bei dieser Fassung gibt es vier Rainbow Roads«, erklärte Lochlan. »Sie haben alte Versionen genommen und in die neuen eingebaut und sie nur ein wenig eleganter gestaltet.«

»Also bitte keine Rainbow Roads.« Wenn er sich auf Schwachsinn wie diesen konzentrierte, würde er zumindest an diesem Nachmittag leichter atmen können. Er hatte keine Ahnung, was er bezüglich Kenzies und seines Lebens unternehmen sollte. Er konnte in den zwei Stunden, die er freihatte, ebenso gut mit seinen Brüdern Mario Kart spielen und einfach vergessen, was in der Welt um ihn herum vor sich ging.

Da seine Brüder ihn kannten, fragten sie ihn nicht weiter über Kenzie aus. Stattdessen versuchten sie, sich in den kleinen Pausen zwischen den einzelnen Spielen gegenseitig bis zum Äußersten zu ärgern. Dare wusste, dass Lochlan bald losfahren musste, um Misty von ihrer Freundin abzuholen – eine Freundin, die eine nur zu einsame Mutter hatte, die scheinbar gern in Lochlans Hose gelangen wollte –, aber sein Bruder war nicht sonderlich interessiert, wie Dare wusste. Fox musste wie gewöhnlich arbeiten und Dare war überrascht, dass sein

Bruder sich tatsächlich die Zeit genommen hatte, herumzusitzen und nichts zu tun. Fox bewegte sich ununterbrochen und las ständig irgendetwas. Das gehörte zu seinem Job, und den liebte er.

Dare hingegen schuftete sich zwar zu Tode, aber er liebte seinen Job nicht immer. Es war harte Arbeit und er war gut darin, aber es war nicht das Einzige, was er gern tat. Jeder, dem alles an seinem Job gut gefiel, konnte sich wirklich glücklich schätzen.

Ihr Vater tauchte ebenfalls auf und schloss sich ihnen mit Freude für eine Stunde beim Spielen an. Und darum hatte Dare sich auch wegen seiner Reaktion für ein Arschloch gehalten, als seine Eltern Kenzie eingestellt hatten. Seine Eltern brauchten Zeit, um sich zu entspannen und einfach zu leben. Und was hatte er getan? Er war beleidigt gewesen, weil seine Eltern ihm nichts von ihren Plänen für ihr eigenes Geschäft erzählt hatten. Ein Wunder, dass seine Mutter ihm nicht einfach den Hintern versohlt hatte.

»Wie geht es Nate?«, erkundigte sich Bob, kurz nachdem er eingetroffen war. »Er ist bald wieder bei dir, richtig?«

Dare nickte und trank einen Schluck von seiner Cola. »Am nächsten Wochenende. Es geht ihm gut. Gestern Abend haben wir beinahe eine Stunde lang miteinander telefoniert. Wenn er nicht so jung wäre, würde ich ihm ein Handy kaufen, dann könnten wir uns SMS schicken, aber das wäre vielleicht etwas übertrieben.«

»Wenn ich daran denke, dass ich dir erst eins erlaubt habe, als du bereits auf dem College warst, fühle ich mich wie ein alter Mann.«

»Auf der Highschool gab es ein paar Schüler, die eins von diesen alten Nokia Handys hatten. Aber erst als ich im ersten Jahr auf dem College war, fand ich die Dinger interessant. Und da kamen bereits die Klapphandys auf den Markt.« Er schnaufte. »Aber der Irrsinn mit den Klapphandys war schnell vorbei, als der Touchscreen herauskam.«

»Ihr jungen Leute und die Technik.«

»Sagt der Mann, der bei Candy Crash alle Punkte geholt hat, noch bevor wir anderen die App überhaupt heruntergeladen hatten.«

Sein Dad grinste nur. »Ich bin eben gut. Was soll ich sagen? Und immerhin war dieses Candy nicht zum Essen und hatte also nicht die Kalorien, die zu unserem berüchtigten Collins-Bauch führen.« Er deutete auf Dares Bauch. »Pass besser auf mit all deinem Whiskey.«

Dare klopfte sich auf den flachen Bauch. »Träum weiter. Ich komme ganz gut zurecht.«

Lochlan schnaufte. »Wenn ihr beiden, du und Fox mal bei mir im Fitnessstudio vorbeikommen und ein bisschen Sandsäcke boxen würdet, hättet ihr sogar ein paar Muskeln.«

»Ich bin gern mager, vielen Dank auch«, sagte Fox, der sich vollkommen auf den Bildschirm vor ihm konzentrierte.

»Du nennst es mager, ich nenne es dürre Ärmchen.«

Lochlans Lippen zitterten, aber Dare grinste übers ganze Gesicht. Wenn jetzt noch Tabby und ihre Mom da gewesen wären, wäre es ein perfekter Nachmittag mit der Familie gewesen. Sicher, wenn Tabby da gewesen wäre, hätte sie sie alle als Link oder Prinzessin Peach geschlagen, denn dieses Mädchen beherrschte Mario Kart besser als sie alle vier zusammen.

Zwanzig Minuten später ließ er die Männer bei einem weiteren Spiel zurück, da er arbeiten musste. Rick hatte heute Abend Schicht am Tresen, aber Dare musste trotzdem dort sein, um alles im Blick zu haben. Außerdem hatte Claire angedeutet, dass es ein Problem mit seinem Koch gäbe, und er hatte keine Lust, sich damit während der Stoßzeit abzugeben, also würde er lieber früher dort sein und sehen, was er tun konnte, bevor sie das Restaurant öffneten. Er wusste, Lochlan würde nur noch zehn Minuten bleiben, bevor er Misty abholen und sich dann an die Arbeit machen würde. Und Fox würde wahrscheinlich einen Weg finden zu arbeiten, während sie ihren Dad spielen ließen. Dad hatte niemals genügend Zeit für jeden von ihnen, also würden sie es irgendwie hinbekommen.

Rick stand hinterm Tresen und kassierte gerade die Nachzügler vom Mittagessen ab, als Dare in die Kneipe trat. Claire hingegen stand am Eingang zur Küche, die Hände in die Hüften gestemmt.

»Es macht mir nichts aus, wenn du ein neues Rezept ausprobieren willst. Aber dann musst du es mir sagen, bevor die Schicht beginnt und ich die Zutaten zum

Selbstkostenpreis bestellen kann, und nicht, nachdem die Speisekarte gedruckt ist und die Zutaten nicht nur schwer zu beschaffen, sondern auch wahnsinnig teuer sind.«

Sie sprach mit gesenkter Stimme, damit niemand aus der Kneipe oder der Herberge über ihnen sie hören konnte, aber Dare war sauer, dass sie sich überhaupt mit solch einem Problem abgeben musste.

»Was ist hier los?«, fragte Dare stirnrunzelnd, als er Griz, ihren Spitzenkoch und eine echte Nervensäge, missgelaunt hinter dem Herd stehen sah.

»Ich bin Koch. Ein Künstler. Man darf mich nicht durch gesellschaftliche Normen beschränken.«

Dare kniff sich in den Nasenrücken und betete um Geduld. »Hast du wirklich gerade *Künstler* gesagt? Und *gesellschaftliche Normen*? Wir sind ein Restaurant. Wir bieten Steak, Fisch und Schweinefleisch an, ein vegetarisches und ein ausgefallenes Gericht wie Fasan oder Wildschwein, wenn wir Lust dazu haben. Das ist alles. Du gibst den Speisen den letzten Schliff. Du gibst ihnen einen fantastischen Geschmack, weil du das verdammt gut kannst, aber komm mir nicht so.«

»Künst. Ler.« Griz betonte die zwei Silben auf eine Art, die ihn wie ein echtes Arschloch klingen ließ und nicht wie einen preisgekrönten Koch. Das klang wirklich nicht sehr exklusiv.

»Er hat Regenbogenforellen bestellt und mir nichts davon gesagt«, knurrte Claire. »Er lässt sie über Nacht für morgen liefern, weil er ein spezielles Gericht zubereiten will, von dem er träumt. Er hat das auf eigene Faust getan, Dare. Ich werde ihn umbringen.«

»Bitte kein Blutbad«, sagte Dare. »Auf die Sauerei und den Papierkram können wir verzichten.«

»Griz? Um Himmels willen. Ist das wirklich wahr? Wenn du Forellen anbieten willst, hättest du es uns einfach sagen können und wir hätten das für nächste Woche arrangiert. Aber wir bestellen auf keinen Fall Zutaten über Nacht, nur weil du Lust dazu hast. Und auf keinen Fall werfen wir Geld zum Fenster hinaus. Hast du mich verstanden?«

»Ich kann sie nicht zurückschicken«, knurrte Griz. »Und die Bestellung kann ich auch nicht zurückziehen. Es ist zu spät.«

Claire begann, vor sich hin zu grummeln, und Dare schüttelte den Kopf. Er war Polizist gewesen und hatte geglaubt, das zu tun, worin er gut war. Aber das hier? Mist, er hasste es, wenn er das Gefühl hatte, überfordert zu sein, obwohl er auch gelernt hatte, einen Betrieb zu führen.

»So etwas machst du nicht noch einmal. Wenn du es noch einmal tust, kannst du dir einen neuen Job suchen.« Er hob eine Hand in die Höhe, als beide begannen, sich zu beschweren. »Ich werde dir die Extrakosten nicht vom Lohn abziehen, aber in der nächsten Woche wirst du alles tun, wofür Claire dich braucht, zusätzlich zu deinen normalen Pflichten. Ich habe eure Arbeitszeiten nicht genau nachgehalten, weil ihr beide, du und Claire, gute Arbeit leistet, aber ich habe keine Lust auf diesen Mist. Hast du mich verstanden?« Griz nickte, seine Gesichtszüge hatten sich verhärtet. »Und wenn du noch einmal so mit Claire redest, wie ich es gehört habe, als ich hereingekommen bin, kannst du gehen.«

Damit stürmte er mit Claire im Schlepptau in sein Büro zurück. »Normalerweise komme ich mit ihm klar, aber ich weiß, dass er manchmal sauer ist, dass er einer Frau unterstellt ist.«

Dare schüttelte den Kopf und suchte in einem Stapel nach einer Akte. Er hatte eine Menge Papierkram zu erledigen, bevor er sich um den Tresen kümmern konnte, und er hatte bereits wahnsinnige Kopfschmerzen.

»Du kommst immer mit ihm klar, aber in diesem Fall ging es nicht darum, dass er nicht auf dich hören will, weil du eine Frau bist. Er hat zum Nachteil des gesamten Geschäfts gehandelt und deshalb habe ich mich eingemischt. Normalerweise hätte ich es dir überlassen, weil ich weiß, dass du damit klarkommst, aber diesmal konnte ich es nicht.«

»Und das verstehe ich«, erwiderte Claire. »Wenn ich das Gefühl gehabt hätte, dass du mich verteidigen wolltest, weil ich eine Frau bin, hätte ich etwas gesagt.«

Er schnaufte und ein Lächeln zuckte um seine Lippen. »Daran zweifle ich nicht. Du hättest mir wahrscheinlich in den Hintern getreten.«

»Kann schon sein.« Sie stieß den Atem aus. Ihre Schultern entspannten sich etwas, doch dann stellte sie sich wieder gerade hin. »Also gut. Es ist Zeit, an die Arbeit zu gehen und das Restaurant auf Hochglanz zu bringen. Ich habe übrigens deine Herbergsleiterin vorhin hier unten gesehen. Sie hat Gästen die Räumlichkeiten gezeigt und Reservierungen angenommen. Sie ist verdammt gut in ihrem Job.« Sie warf ihm einen wissenden Blick zu und er zog die Brauen zusammen.

»Sie ist nicht *meine* Herbergsleiterin.«

Sie lächelte ihn an. »Ich meinte die Herbergsleiterin eurer Familie, aber ... interessant. Sehr interessant«, betonte sie. Dare wandte sich wieder seinen Papieren zu.

»Hast du nicht ein Restaurant zu leiten?«

»Vielleicht. Nur vielleicht.« Lachend verließ sie das Büro und er war verblüfft. War er so durchschaubar? Kenzie und er waren doch nur ... nun, er wusste nicht, wie er bezeichnen sollte, was sie verband, aber auf jeden Fall nichts Ernstes.

Nein, auf keinen Fall.

Und die Stimme in seinem Kopf, die lachte und zweifelte, konnte ihm den Buckel herunterrutschen.

Da er wusste, dass ihm nur fünfundvierzig Minuten blieben, um den Papierkram zu erledigen, bevor er am Tresen gebraucht wurde, setzte er sich und legte sich die Papiere zurecht. Und weil er scheinbar eine masochistische Ader hatte, zog er sein Handy hervor und schickte eine SMS ab.

Dare: *Bin im Büro. Ich hoffe, dein Tag ist besser.*

Kenzie: *Mir geht's gut. Wir sind heute Nacht voll*

ausgebucht, was mich glücklich macht. Ich werde einem der neu eingetroffenen Paare ein wenig die Gegend zeigen, weil ich einen Spaziergang brauche. Dann muss ich mich um Papiere kümmern. Daher werde ich oben essen und dabei arbeiten. Das klingt nach Spaß, oder?

Dare: *Klingt wie mein Leben.*

Kenzie: *Juhu, wir sind erwachsen.*

Er schüttelte den Kopf und schob sein Telefon beiseite, um nicht in Versuchung zu kommen, ihr noch einmal zu schreiben. Er wusste nicht, warum er es überhaupt getan hatte, außer dass er nicht wollte, dass sie von jemand anderem erfuhr, dass er sich im Haus aufhielt.

Scheinbar machte er einen Fehler nach dem anderen und es sah nicht so aus, als würde sich das in absehbarer Zeit ändern.

»Idiot«, murmelte er und machte sich an die Arbeit.

Gerade als er sich auf den Weg nach vorn machen wollte, um zu sehen, wie es lief, klingelte sein Handy. Diesmal lächelte er breit und nahm das Gespräch entgegen, begierig darauf, die Stimme am anderen Ende zu hören.

»Daddy? Mommy hat mir erlaubt, dich anzurufen!«

»Nate, mein Junge. Wie geht es dir?«

»Heute habe ich einen Käfer gefunden und Mommy hat laut geschrien. Und dann habe ich Daddy Auggie mit seinen Büchers geholfen. Oh, und dann habe ich mit Misty telefoniert und die war bei einer Freundin. Aber mich hat sie lieber als ihre Freundin. Aber sie findet sie trotzdem großartig. Das heißt, dass ich auch großartig bin, richtig? Und dann habe ich wieder draußen gespielt, weil ich mit die Klötzen und die Zügen zu laut war, aber ich bin gern draußen, weil die Blätter bunt werden und bald darf ich darin spielen. Oh, und Mommy sagt, ich bekomme bald ein neues Bett, weil ich für mein altes zu groß bin. Ich bin jetzt ein großer Junge. Mommy und Grandma sagen das.«

Dies alles stieß Nate in einem oder zwei Atemzügen hervor und Dare war echt besorgt, das Gehirn seines Sohnes könnte zu wenig Sauerstoff bekommen. Auch verzichtete er darauf, die Grammatikfehler zu korrigieren, weil er hören konnte, dass Monica neben Nate stand und ihn leise verbesserte.

»Das klingt, als hättest du einen produktiven Tag gehabt.« Dare musste daran denken, wie schön es gewesen wäre, wenn er mit seinem Sohn und seinen Brüdern Mario Kart gespielt hätte, anstatt sich im Nachhinein anzuhören, wie Nate seinen Tag verbracht hatte. *Eines Tages*, sagte er sich. Eines Tages mochte sich vielleicht alles ändern.

Das hoffte er zumindest.

Sicher, der Gedanke an die Briefe, die er auf dem Revier abgegeben hatte, erinnerte ihn daran, dass sein Kind bei ihm immer noch nicht sicher war, zumindest glaubte Monica das. Er hatte ihr nichts davon gesagt, weil er sich sicher war, dass nichts dabei herauskommen würde. Und die Beamten, die sich um den Fall kümmerten, hielten jetzt die Augen offen. Trotzdem quälte Dare sich immer wieder mit der Frage, was seiner Familie widerfahren könnte, sollte seine Vergangenheit ihn einholen.

Er hatte nicht umsonst nicht das volle Sorgerecht erhalten.

Und genau aus diesem Grund sollte er sich von Kenzie fernhalten.

Dieser. Verdammte. Teufelskreis.

Er unterhielt sich noch ein bisschen mit Nate, wobei er jedes Wort und jeden Augenblick mit seinem Sohn in vollen Zügen genoss. Nachdem das Gespräch beendet war, blieb er noch eine Weile sitzen, um seine Gedanken zu sammeln. Er hatte zu arbeiten und ein Leben zu leben, aber er hätte gern alles hergegeben, um Zeit mit seinem Sohn zu haben.

Besuchsrechtsvereinbarungen und das Leben im Allgemeinen waren manchmal wirklich bitter und Dare wusste, er musste aufhören, über das zu jammern, was er nicht hatte, und lernen, mit dem zu leben, was er getan hatte.

»Genug«, brummte er und ging nach vorn zum Tresen, um zu tun, was er am besten konnte – Unordnung beseitigen.

Als er schließlich Feierabend hatte, waren seine Gliedmaßen schwer und er wünschte sich einfach nur ein kaltes Bier und sein Bett. Aber da er am nächsten

Morgen früh aufstehen und Inventur machen musste, verzichtete er auf das Bier und ging direkt zu Bett.

Aber sobald er nackt unter der Decke lag, dachte er an Kenzie und griff nach seinem Handy, das auf dem Nachttisch lag. Er hatte Kneipe und Restaurant heute nicht selbst schließen müssen, daher war es nicht allzu spät. Falls sie schon schlief, würde sie hoffentlich nicht von den Vibrationen der SMS geweckt werden. Aber er glaubte nicht, dass sie schon im Bett lag.

DARE: *BIST DU WACH?*

ANSTATT EINER SMS ERHIELT ER EINEN ANRUF und er meldete sich direkt. »Hey.«

»Hey. Ich wollte gerade zu Bett gehen und hatte keine Lust zu tippen.« Ihre Stimme klang so weich wie Whiskey und fuhr ihm direkt in den Unterleib.

»Ich hasse es zu telefonieren, aber zu tippen gefällt mir noch weniger.«

»Dem stimme ich zu«, sagte sie lachend. »Wie war dein Tag?«

Er erzählte ihr von den Stunden mit seiner Familie, von dem Gespräch mit Nate und der Arbeit. Als er Griz erwähnte, seufzte sie, und er konnte beinahe sehen, wie sie den Kopf schüttelte.

»Der Mann kocht großartig, aber ich weiß nicht, wie du mit ihm zurechtkommst.«

»Indem ich jeden Tag nehme, wie er kommt, nehme ich an. Er ist nicht immer so ein Arschloch.«

»Gut zu wissen.«

Sie erzählte ihm von ihrem Tag und von einigen Gästen, die am Nachmittag eingetroffen waren. Als sie von den anstehenden Renovierungen sprach, nickte er vor sich hin und warf ein paar Beobachtungen ein, da er das Gebäude so gut kannte. Und die ganze Zeit fragte er sich, warum sie so miteinander redeten.

Wenn es nichts Erstes war, warum erzählten sie sich dann gegenseitig, wie ihr Tag gelaufen war? Warum musste er ihre Stimme hören, bevor er einschlief?

Sie sollten es locker halten ... oder ganz aufhören ... aber Dare war sich nicht sicher, ob er Letzteres schaffen würde.

Und deshalb sagte er plötzlich: »Geh morgen mit mir aus.«

Sie machte eine Pause. »Was?«

»Ich möchte dich morgen gern ausführen.«

»Wir verabreden uns?«

»Ich habe keine Ahnung, aber ich möchte dich zum Abendessen ausführen. Was hältst du davon?«

Sie schwieg so lange, dass er schon glaubte, es vermasselt zu haben. »Okay.«

Er blinzelte. »Okay?«

»Ja, okay.«

»Okay.«

Er stieß den Atem aus, seltsam erleichtert. Dann unterhielten sie sich noch ein paar Minuten, bevor sie das

Gespräch beendeten. Seine Augenlider waren schwer. Er wusste, sie beide gaben sich gegenseitig widersprüchliche Signale, aber er wusste nicht, ob er jetzt aufhören konnte.

Seine Herbergsleiterin hatte einfach etwas an sich, das ihn immer wieder zu ihr zog, ob das nun falsch war oder nicht.

Kapitel Elf

Kenzie war keinen Moment zur Ruhe gekommen, seitdem sie an diesem Morgen aufgewacht war. Es schien, als müssten alle Gäste zu genau derselben Zeit auschecken und die nächsten bald danach einchecken – und alle hatten sehr genaue und besondere Wünsche.

Die Füße taten ihr weh und ihr Rücken schmerzte, aber sie sollte verflucht sein, wenn sie auch nur einen ihrer Gäste vergraulte. Dies war ihr Job und darin war sie ausgezeichnet, falls sie das über sich selbst sagen durfte. Aber jetzt wünschte sie sich sehnlichst ein Glas Wein. Nur noch vierzig Minuten, und dann konnte sie alles haben, was sie wollte. Oder zumindest den Wein, da sie sich noch auf ihre Verabredung mit Dare vorbereiten musste.

Eine Verabredung.

Wie um alles in der Welt hatte sie einer Verabredung

mit ihm zustimmen können? Und warum hatte er sie überhaupt darum gebeten?

Tief durchatmen, Kenzie. Es war in Ordnung. Alles war gut.

Es war doch nur ein Abendessen. Sie hatten immerhin Sex gehabt. Er hatte jeden Zentimeter ihres Körpers geschmeckt, wenn er sie also zum Abendessen einladen wollte, warum nicht? Hatten sie nicht bereits zusammen mit Freunden und gemeinsam am Tresen gegessen, während er gearbeitet hatte? Warum sollte dieses Abendessen etwas anderes sein?

Aber es war etwas anderes, und das wussten sie beide. Aber da keiner von beiden einen Rückzieher machte, konnten sie dies vielleicht tun. Was *dies* aber war, das wusste sie nicht. Andererseits wusste sie eigentlich nie wirklich, was sie über die Arbeit hinaus tat. Außer wenn sie die Herberge leitete, fühlte sie sich vollkommen überfordert.

Sie war nach Whiskey gekommen, um ein neues Leben und neue Gesellschaft zu finden. Sie war nicht hergekommen, um eine beste Freundin zu finden, bei der sofort alles passte wie bei Ainsley, oder eine Familie, die sie unter ihre Fittiche nehmen zu wollen schien wie die Collins. Sie liebte jedes einzelne Familienmitglied inbrünstig, sogar Tabby, die sie noch nicht persönlich getroffen, aber mit der sie mehr als einmal telefoniert hatte. Und sie hatten sich sofort wunderbar verstanden, da die Frau augenscheinlich ebenso gern plante und organisierte wie Kenzie. Barbara hatte dafür gesorgt, dass die beiden in Kontakt miteinander kamen, und darüber war Kenzie sehr froh.

Und sie war definitiv nicht nach Whiskey gekommen, um einen Mann zu finden, in den sie sich verlieben konnte. Aber sie befürchtete, dass das bereits geschehen war.

Sie hatte sich bereits einmal an einen Mann verloren und bis jetzt hatte sie sich noch nicht ganz von den Auswirkungen dieser Beziehung befreit. Und obwohl Dare sich in nichts, wirklich in nichts mit David vergleichen ließ, war sie sich nicht sicher, ob sie ihr Herz jemals wieder vollkommen würde öffnen können. Dare brauchte keine Frau, die nicht ganz ihm gehören konnte. Das hatte er bereits mit seiner Ex gehabt. Er konnte gut auf Kenzie verzichten, die immer noch dabei war herauszufinden, wer sie war, ohne die Ketten und Schlösser einer lieblosen, auf psychologischem Missbrauch gegründeten Ehe.

»Miss?«

Als sie aufblickte, sah sie ein Paar mittleren Alters, das vor einer Stunde eingecheckt hatte. Sie lächelte. »Ja, Mr. und Mrs. Snow, was kann ich für Sie tun?«

Mr. Snow lächelte. »Wir haben für morgen Abend eine Reservierung in dem Whiskey Restaurant unten im Haus, aber für heute Abend haben wir noch keine Pläne, weil wir nicht sicher waren, wann wir wegen des Verkehrs und so weiter hier eintreffen würden.«

»Mein Roger hier neigt zu einem Bleifuß, wenn es um das Gaspedal geht«, erklärte Mrs. Snow lachend.

Roger verdrehte nur die Augen und Kenzie musste lächeln angesichts der Liebe und Zuneigung, die die beiden füreinander zeigten. Als sie jünger gewesen war, hatte sie sich immer gesagt, dass es das war, was sie wollte. Als sie dann älter geworden und mit David verheiratet gewesen war, hatte sie erkannt, dass sie so etwas nie haben würde. Jetzt war sie sich über nichts mehr sicher.

»Ich kann Ihnen einige Lokale empfehlen, die Ihren Bedürfnissen sicher gerecht werden, und da wir heute Donnerstag haben, müssen Sie höchstwahrscheinlich nicht reservieren.« Sie griff unter den antiken Empfangstresen in der Eingangshalle und zog einige Speisekarten hervor. »Es ist auch noch reichlich früh, also wenn Sie sich entschieden haben, kann ich für Sie dort anrufen und Ihren Namen eintragen lassen.«

»Oh, wirklich?«, erwiderte die andere Frau, bevor sie die Speisekarten studierte.

»Dafür bin ich schließlich da.« Sie ging mit dem Paar jede einzelne Speisekarte durch, da keiner von beiden wusste, worauf er Lust hatte. Als sie sich schließlich entschieden hatten, machte sich das Paar auf den Weg zur Hauptstraße, während Kenzie das Restaurant anrief und den Namen des Paars durchgab.

Und natürlich hatte sie Magenknurren bekommen, während sie all die Speisen, die in Whiskey angeboten wurden, aufgezählt hatte, und sie war froh, als ihre Schicht für heute beendet war und sie sich nach oben begeben konnte, um sich auf ihre Verabredung mit Dare vorzubereiten. Er wollte sie zu *Marsha Brown's* ausführen, ein Cajun-Lokal an der Hauptstraße, das für seine köstlichen Speisen bekannt war. Sie war noch nicht dazu gekommen, dort zu Mittag zu essen, aber jedes Mal, wenn sie an dem Lokal vorbeiging, konnte sie die Gewürze riechen und das Wasser lief ihr im Mund zusammen. Sie freute sich ehrlich darauf, deren Speisekarte auszuprobieren.

Sicher, sie hoffte, ihr Magen würde mit dem schweren Essen zurechtkommen, da sie immer noch das Gefühl hatte, als läge ein Stein darin, weil sie wegen der Verabredung mit Dare so nervös war.

»Ich schaffe das«, murmelte sie vor sich hin, als sie vor ihrem Kleiderschrank stand und sich etwas zum Anziehen heraussuchte. Bevor sie jedoch eine Entscheidung treffen konnte, klopfte es an der Tür. Sie hoffte, es wäre nicht Dare, der fünfundzwanzig Minuten zu früh käme. Nicht sehr wahrscheinlich, aber bei diesem Mann wusste man nie.

Als sie die Tür öffnete, stand Ainsley im Flur, ein Grinsen auf dem Gesicht und in der Hand zwei Flaschen Root Beer mit Alkohol. »Ich hörte, dass du dich auf deine Verabredung mit *Dare* vorbereitest«, begann sie, wobei sie Dares Namen in die Länge zog und dabei mit den Wimpern klimperte, sodass Kenzie lachen musste. »Also dachte ich mir, ich schaue mal vorbei, um dir als Freundin unter die Arme zu greifen und dir dabei zu helfen auszusuchen, was du anziehen willst.« Sie wackelte mit der Hand. »Und ich habe hartes Root Beer mitgebracht, da es dich nicht betrunken macht und lecker schmeckt.«

Kenzie trat grinsend einen Schritt zurück und ließ die Frau eintreten. »Ich mag Root Beer mit Alkohol und die meisten anderen harten Mixgetränke. Wenn ich nicht mit einer Flasche die ganze Ration Zucker für zwei Monate abbekommen würde, würde ich täglich so etwas trinken.«

Ainsley zwinkerte nur und stellte die Flaschen auf Kenzies Anrichte. »Es ist eine besondere Gelegenheit. Eine tatsächliche Verabredung mit Dare Collins.« Sie wedelte sich Luft zu. »Oh, là, là.«

Kenzie schüttelte nur den Kopf und ein Lächeln spielte auf ihren Lippen, obwohl sie in ihrem Inneren viel zu gestresst war, um auch nur ans Scherzen zu denken.

»Es ist doch nur eine Verabredung. Ein Abendessen. Wir haben schon öfter zusammen gegessen.« Kenzie hielt eine rote Tunika und Leggings in die Höhe, aber Ainsley schüttelte den Kopf.

»Du hast zu Abend gegessen, während du am Tresen gesessen und er gearbeitet hat, oder du hast mit mir oder einem seiner Brüder dort gegessen. Du hast sogar mit Nate gegessen, aber du hattest noch keine richtige Verabredung mit Nates Vater.«

Kenzie schluckte heftig. Das war die Wahrheit und etwas Ähnliches hatte sie sich selbst schon gesagt. Sie würde mit einem alleinstehenden Vater eine Verabredung haben, der zufällig ihre Knie zum Zittern brachte.

Wieder einmal musste sie sich fragen, wie um alles in der Welt es dazu kommen konnte.

Da sie nicht wusste, was sie darauf hätte antworten sollen, griff sie in ihren Kleiderschrank und zog das grüne Kleid hervor, das sie getragen hatte, als sie ihn zum ersten Mal gesehen hatte. Es war ihr Lieblingskleid und sie wusste genau, dass sie ihm darin gefiel, denn sie hatte bemerkt, wie er auf ihre Beine gestarrt hatte. Wenn sie schon so nervös war, konnte sie zumindest etwas tragen, in dem sie sich wohlfühlte.

Ainsley grinste und hielt beide Daumen in die Höhe. »Perfekt. Und jetzt Root Beer und Make-up, und dann werde ich dich allein lassen.«

»Ich weiß nicht, was ich ohne dich tun würde.«

Die andere Frau zuckte lediglich mit den Schultern. »Du lebst jetzt hier in Whiskey. Du wirst es niemals wissen.«

Und dieser Gedanke wärmte Kenzie weit mehr, als sie gedacht hatte. Sie lebte in Whiskey, ihrer neuen Heimat. Sie hatte einen neuen Job, ein paar neue Freunde und sie hatte eine Verabredung mit einem neuen Mann. Sie war nicht mehr dieselbe Frau. Und vielleicht, nur vielleicht war der heutige Abend genau das, was sie brauchte.

Dare klopfte gerade zur richtigen Zeit an die Tür. Sie stieß den Atem aus und strich mit den Händen über nicht existierende Falten, bevor sie die Tür öffnete. Und dann stand er vor ihr. Seine Augen verdunkelten sich, als er den Blick über sie wandern ließ. Sie leckte sich die Lippen. Er sah verdammt gut aus in seiner grauen Hose und dem schwarzen durchgeknöpften Hemd. Die Kleidung saß gerade so eng an seinem Körper, dass sie seine Muskeln sehen konnte, sodass ihr das Wasser im Mund zusammenlief.

War dies wirklich ihr Leben?

»Du siehst ... wow.« Er musterte sie von oben bis unten, ein köstliches Grinsen auf dem Gesicht. »Dieses Kleid. Wusstest du, dass ich Fantasien von dir in diesem Kleid hatte?«

Sie schnaufte. »Äh, Fantasien, nein. Aber ich habe gesehen, wie du mich an jenem ersten Abend in der Kneipe angesehen hast.«

»Und du hast mir trotzdem einen abweisenden Blick zugeworfen.«

Sie verzog das Gesicht und schloss die Tür hinter sich. »Es war nicht meine Absicht, so zickig zu wirken, aber ich hatte andere Dinge im Kopf.«

Er nahm ihre Hand und sie schluckte heftig. Sie hielten sich an den Händen und gingen zu ihrem Rendezvous. Wieder einmal fragte sie sich, wie es dazu gekommen war, dass sie nun ein solches Leben führte.

»Nenn dich nicht zickig. Du warst nichts dergleichen. Du warst verdammt sexy. Du bist verdammt sexy.«

»Du bist auch nicht schlecht«, sagte sie lachend und lehnte sich an seine Schulter. Sie schaffte es. Sie konnte mit einem attraktiven Mann ausgehen und einfach einen Abend Spaß haben. Sie musste nicht an das *Was wäre, wenn* denken und welchen Weg sie einschlug. Sie konnte einfach einen Abend lang sie selbst sein und alles andere konnte ihr egal sein.

Morgen konnte sie sich mit allem anderen stressen. Heute Abend jedoch würde sie einfach nur Kenzie sein. Die Kenzie, die mit Dare ausging.

Als sie an der Ampel standen und warteten, dass es Grün wurde und der Verkehr an ihnen vorbeirauschte, beugte Dare sich zu ihr hinunter und küsste sie auf den Scheitel. Die Geste war so beiläufig, dass sie sich nicht sicher war, ob sie ihm überhaupt bewusst gewesen war. Und weil sie nicht wusste, wie sie mit dem umgehen sollte, was diese Geste auch immer bedeuten mochte, sagte sie sich, sie würde im Hier und Jetzt leben, wie sie es sich schon so lange versprochen hatte. Und gleichgültig, was an diesem Abend und danach geschehen würde, sie würde sich nicht mehr in den Abgrund der Sorgen fallen lassen. Sie hatte so viele Jahre damit verbracht, sich zu sorgen, dass es Zeit wurde, einfach nur zu *sein*. Wenigstens für einen Abend.

Das *Marsha Brown's* lag nicht auf derselben Straßenseite wie die Herberge, sondern am Fluss und gab den Blick darauf frei. Auf der Rückseite war es umgeben von hohen Bäumen, sodass es geheimnisvoll und gleichzeitig einladend wirkte mit seinen offenen Türen und lächelnden Hostessen. Kenzie war sich ziemlich sicher, dass das Gebäude mit seinen hohen Decken und dem Turm einst eine Kirche gewesen war, die im Laufe der Zeit in ein hinreißendes Restaurant verwandelt worden war, das geschnitzte Dekorationen und ein riesiges

Gemälde an der Rückseite aufwies, das sich über zwei Wände erstreckte.

»Ich sollte also die Garnelen probieren?«, fragte sie, nachdem der Kellner ihnen den Wein serviert hatte. »Das hast du doch gesagt, oder?«

»Alles hier ist großartig. Wenn wir zum Mittagessen herkommen, sind die Sandwiches so groß wie mein Kopf.« Er benutzte seine Hände, um die Größe zu beschreiben, und sie lachte. »Ich meine es ernst. Es gibt ein paar sehr scharfe Gerichte und ich weiß, die isst du nicht so gern, aber andere sind einfach köstlich und eher schmackhaft als scharf.«

Sie runzelte die Stirn. »Woher weißt du, dass ich nicht gern scharf esse?«

Er zuckte mit den Schultern. Seine Aufmerksamkeit galt der Speisekarte. Doch dann blickte er auf und in ihre Augen. »Ainsley hat scharfe Soße auf ihre Austern gegeben und darauf geachtet, dass keine Spritzer auf deine Hälfte gelangten, als ihr euch eine Vorspeise geteilt habt. Ich dachte zuerst, du wärst vielleicht allergisch gegen Essig oder so, aber du hast ihn einmal zum Salat benutzt, also dachte ich mir, du magst einfach nicht scharf essen.«

Er war weit aufmerksamer, als sie gedacht hatte, und ein warmes Gefühl erfüllte sie, als sie daran dachte, dass er sie beobachtete – nicht auf unangenehme Art, sondern um Kleinigkeiten über sie zu erfahren, die über das hinausgingen, was er im Bett über sie lernte.

»Ich vertrage es nicht so scharf«, sagte Kenzie

schließlich und schob den Gedanken an die Doppeldeutigkeit ihrer Worte beiseite. Immerhin war er Gastwirt und ehemaliger Polizist. Es lag in seiner Natur, aufmerksam zu beobachten.

»Dann nimm den Gumbo-Eintopf«, riet Dare ihr und gestikulierte mit seiner Speisekarte. »Sie machen ihn hier mit Huhn und der Geschmack haut mich jedes Mal vom Stuhl. Sie haben immer zwei verschiedene Töpfe davon bereitstehen, einer ist scharf, der andere nicht. Mach dir also keine Sorgen.«

Bei dem Gedanken an Gumbo knurrte ihr der Magen und sie leckte sich die Lippen. »Und jetzt bin ich am Verhungern.«

»Dann sind wir hier genau richtig.«

Sie lächelte und legte ihre Speisekarte beiseite. »Sieht ganz so aus.«

Als sie sich dann an Hühnchen-Gumbo und Pekannusstorte sattgegessen hatten, fühlte Kenzie sich warm und satt und schmiegte sich an Dares Seite, während sie zum Gasthaus zurückkehrten. Dafür, dass sie sich gesagt hatte, ihre Beziehung zu Dare wäre nicht ernst, verhielt sie sich ziemlich ernst im Augenblick, aber sie wollte das ignorieren und nur an die gute Mahlzeit in ihrem Magen denken und daran, was sie tun würden, sobald sie in ihrem Zimmer wären.

»Habe ich dir schon gesagt, wie verdammt sexy du in diesem Kleid aussiehst?«, fragte Dare. »Denn, zur Hölle, Kenzie. Als ich dich zum ersten Mal darin gesehen habe, hat es mir den Atem verschlagen. Und jetzt? Jetzt will ich es dir bis zur Hüfte hochschieben und dich tief und hart ficken.«

Wieder standen sie an der Ampel und er flüsterte ihr ins Ohr. Sie musste all ihre Beherrschung aufwenden, um ihn nicht an Ort und Stelle anzuspringen. Stattdessen stellte sie sich gerade hin, um nicht in Versuchung zu geraten, und presste ihre Schenkel leicht zusammen, um das Begehren zu mildern. Dares Augen wurden schmal, als er das sah, und ein erfreutes Lächeln glitt über sein Gesicht.

»Nicht«, flüsterte sie erregt. »Das selbstgefällige Lächeln steht dir nicht.«

Er beugte sich zu ihr, damit niemand es hören konnte. »Dann solltest du es mir aus dem Gesicht wischen. Bevorzugt, indem du dich daraufsetzt.«

Sie blinzelte zu ihm auf. Sie brauchte einen Augenblick, bis ihr Gehirn aufgenommen hatte, was sie gerade gehört hatte. Sobald dies geschehen war, warf sie den Kopf zurück und lachte.

Er runzelte gespielt die Stirn, dann zog er sie über die Straße, weil die Ampel auf Grün geschaltet hatte. »Ich habe keine Witze gemacht, Miss Owens.«

»Oh, das weiß ich«, erwiderte sie und wischte sich eine Träne aus dem Augenwinkel. »Und ich habe vor, genau das in ungefähr zehn Minuten zu tun. Aber trotzdem bist du einfach entzückend.«

Er schnaufte. »Ich bin nicht entzückend. Ich bin unheimlich gut aussehend und mürrisch. Nate ist entzückend.«

Sie lächelte, als sie an seinen Sohn dachte. »Ja, Nate ist entzückend. Hat er sein Projekt beendet?« Dares Sohn hatte für den Kindergarten sein Zuhause und seine Familie zeichnen müssen. Sie wusste, dass Dare sich deswegen Sorgen gemacht hatte. Und zwar nicht wegen Nates Begabung, sondern weil Dare nicht wusste, wo er selbst seinen Platz fand in Nates Vorstellung einer Familie. Sie wusste nicht, warum sie in diesem Augenblick überhaupt danach gefragt hatte, da sie einen solch schönen Abend verbracht hatten. Sie befürchtete, alles verdorben zu haben, aber jetzt gab es kein Zurück mehr.

Dare lächelte sie zärtlich an. »Er hat einen goldenen Stern bekommen, wie ich es vorausgesehen habe. Am Ende hat er zwei Häuser auf eine Seite gemalt und sich in beide gesetzt, jeweils neben Monica und mich. Ja, er hat auch Auggie gezeichnet, aber der Mann ist kein schlechter Stiefvater, also ist das ganz in Ordnung.«

Als Kenzie diese Antwort hörte, glaubte sie, ihr Herz müsste dreimal so groß werden, wie es dem Grinch im Film geschehen war. »Er hat beide gezeichnet?«

Dare drückte sie an sich, als sie ins Gasthaus traten. »Ja, er hat beide gezeichnet. Nate ist einfach großartig.«

»Nun, er kommt nach seinem Vater.« Sie zwinkerte, als Dare die Augen verdrehte. »Ich sage die Wahrheit, weißt du. Er ist zwar nur einmal im Monat bei dir, aber du gehörst doch zu seinem Leben. Er weiß, wer du bist und wie sehr du dich bemühst. Das zählt doch.«

Dare nickte, sagte aber nichts. Da wusste sie, sie musste das Thema wechseln. Immerhin hatten sie doch nichts Ernstes am Laufen, wie verwirrend ihre Gefühle auch sein mochten.

Es blieb ihr jedoch erspart, nach einem neuen Gesprächsthema zu suchen, weil Claire auftauchte und sich an Dare wandte. Sie trug zwar ein freundliches Lächeln zur Schau, doch in ihren Augen stand Panik. Da Kenzie sich ziemlich sicher war, Claire noch niemals in Panik gesehen zu haben, wusste sie, dass etwas vor sich ging, was Dares Aufmerksamkeit erforderte.

»Kann ich dich eine Minute sprechen?«, fragte Claire Dare. »Entschuldige, Kenzie. Ich hätte mich selbst darum gekümmert, wenn ich es könnte.« Und da Kenzie bis zu diesem Augenblick geglaubt hatte, dass Claire mit allem klarkommen konnte, so hatte das etwas zu bedeuten.

»Kein Problem«, sagte Kenzie eilig. »Ich werde nach oben gehen und nachsehen, wie alles läuft.« Sie blickte Dare an. »Kommst du zu mir hoch, wenn du kannst?«

Dare nickte ihr kurz zu, bevor er sich mit Claire auf den Weg machte, um ihr bei der Lösung des Problems zu helfen, worum auch immer es sich handeln mochte. In dem Bewusstsein, dass es eine Weile dauern konnte und ihre Verabredung vielleicht früher als gedacht enden musste, winkte sie Rick zu, als sie durch die Kneipe ging und die Treppe im rückwärtigen Teil des Gebäudes hinaufstieg, wo sich ihr neues Zuhause und die Herberge befanden. Sie liebte die Ausstattung des *Old Whiskey Inns*, auch wenn sie sich hatte daran gewöhnen müssen. Langsam wurde sie Teil des Städtchens und sie wusste, sie hatte die richtige Entscheidung getroffen, die Großstadt – und David – zu verlassen und nach Pennsylvania zu ziehen.

Zum ersten Mal seit langer Zeit war sie glücklich, auch wenn sich ihr Leben nicht vollkommen durchgeplant vor ihr ausbreitete.

Glücklich.

Als sie oben ankam, sah sie, dass ein Mann am Empfangstresen stand, sich aber niemand um ihn zu kümmern schien. Sauer auf ihr Personal und sich selbst, dass so etwas passieren konnte, ging sie mit einem Lächeln auf dem Gesicht direkt auf den Mann zu.

Er zog die Oberlippe hoch, während er den Blick über ihren Körper wandern ließ. Sie hätte jetzt am liebsten geduscht. Sich von seinen Blicken reingewaschen. Aber sie konnte sich nicht bewegen. Sie konnte nichts tun. Sie konnte nur dort stehen bleiben, während er sie musterte und sie scheinbar unzureichend fand.

»David.«

Kapitel Zwölf

»Kenzie.« David sprach leise, aber seine Stimme drang ihr bis ins Mark und ihr Magen krampfte sich vor Entsetzen zusammen.

»Was hast du hier zu suchen?«, fragte sie und war stolz auf sich, dass sie ihre Furcht beherrschen und reden konnte. Sie war nicht mehr die Frau von damals, erinnerte sie sich. Sie würde sich diesem Mann nicht beugen, nur weil er sie so herausfordernd musterte. Er konnte so viel jammern und schreien, wie er wollte, sollte er an diesen Punkt gelangen, aber sie würde nicht nachgeben.

Diese Kenzie war sie nicht mehr.

Sie musste sich lediglich daran erinnern, jetzt, da er vor ihr stand. Jetzt konnte sie ihn nicht mehr ignorieren, so wie sie es mit seinen Anrufen getan hatte. Sie konnte ihn nicht übersehen.

»Meine Frau ist hier. Wo sollte ich sonst sein?«

Kenzie legte den Kopf schräg und bemühte sich,

unbekümmert zu wirken und nicht zu zeigen, dass sie am liebsten weggelaufen wäre. »Oh? Hast du wieder geheiratet?«

»Werde nicht frech. Das ist nicht angebracht.«

»Ich bin nicht mehr deine Frau. Du hast die Papiere ebenso wie ich unterzeichnet. Ich frage dich noch einmal: Warum bist du hier?«

»Du hast mir etwas geschworen. Du hast versprochen zu gehorchen. Vor Gott sind wir immer noch verheiratet.«

Sie schüttelte den Kopf und suchte verzweifelt nach einem Weg, dieses Gespräch zu beenden. »Du hast seit unserem Hochzeitstag keine Kirche mehr betreten. Komm mir nicht mit Schwüren und Religion, nur weil es dir gerade in den Kram passt. *Das ist nicht angebracht*«, sagte sie und wiederholte so seine Worte.

David zog die Oberlippe hoch und trat einen Schritt auf sie zu. Ohne nachzudenken, wich sie zurück, um sich sofort dafür zu hassen. In seinen Augen glänzte Freude auf.

»Du musst gehen, David. Ich lebe und arbeite hier. Du bist nicht mehr mein Ehemann und du hast kein Recht, in meinen Lebensraum einzudringen. Geh einfach.«

»Und wenn ich nun ein Zimmer in diesem Flohtheater mieten will, das du eine Herberge nennst? Solltest du mich dann nicht hier unterbringen?«

»Wir sind ausgebucht«, log sie. Sie hatten noch ein

Zimmer frei, aber sie sollte verflucht sein, wenn sie ihn auch nur in dessen Nähe kommen ließ.

»Lüg mich nicht an«, knurrte er und bewegte sich flink auf sie zu. Im Bruchteil einer Sekunde hatte er sie bei den Armen gepackt. Sie erstarrte, in ihren Venen war nur noch Eis und ihr schnürte sich die Kehle zu.

Sie hatte davon geträumt, hatte Albträume über diesen Horror, diesen Schmerz und diese körperliche Berührung gehabt.

Und doch konnte sie nicht aufwachen, denn dies war kein Traum. Irgendwie schaffte er es, sie gegen die Wand zu schleudern, sodass ihr Kopf so heftig nach hinten geworfen wurde, dass ihre Backenzähne aufeinanderschlugen.

»Du wirst zurückkommen, Kenzie. Du tust, was ich dir sage, und kommst zurück. Ich habe dich herumspielen lassen, weil ich gütig bin, aber das habe ich satt. Ich habe es satt, dass du für jeden die Hure spielst, der es wagt, dich anzufassen. Du kommst mit mir mit, und damit basta.« Wieder schleuderte er sie gegen die Wand, wobei er ihre Oberarme so fest zusammendrückte, dass sie dort blaue Flecke haben würde.

»Lass mich los«, verlangte sie bestimmt und fand zu dem Mut zurück, der ihr damals geholfen hatte, ihn zu verlassen. »Du machst einen Fehler, wenn du mich anfasst.«

Er ließ einen ihrer Arme los, aber nur, um sie ins Gesicht zu schlagen. Sie blinzelte heftig, der Schmerz breitete sich auf ihrer Haut aus, doch sie bemühte sich, ruhig zu bleiben. Wenn sie ihn ihre Panik sehen ließ, würde er ihr noch mehr wehtun. So hatte er es in der Vergangenheit mit Worten getan und sie wusste, das Gleiche würde er mit seinen Händen tun.

»Schlampe.«

Zorn ergriff sie, als sie das Wort hörte. Hatte Dare ihr nicht gesagt, sie sollte sich selbst nicht diskriminieren, als sie sich als *zickig* bezeichnet hatte? Übrigens hatte sie es gehasst.

Sie versuchte, sich aus Davids Griff zu befreien, und wand sich hin und her. Die Arme schmerzten und die Stelle, die er in ihrem Gesicht getroffen hatte, pulsierte. Er ließ sie nicht los, aber weil sie ihre Position etwas hatte verändern können, konnte sie ein Knie heben und es ihm in die Hoden rammen. Er fiel auf den Rücken und hielt sich den Schritt und sie lief um ihn herum. Sie würde die Treppe hinunterlaufen und Hilfe suchen. Wegen der Geräusche in der Kneipe und im Restaurant hatte bis jetzt niemand gehört, was hier vor sich ging, also musste sie für sich selbst einstehen – was sie schon immer versucht hatte.

Aber noch bevor sie die erste Stufe erreichte, hatte David in ihr Haar gegriffen und sie zurückgezogen. Einer ihrer Absätze verfing sich auf der obersten Stufe und sie strauchelte. Sie streckte die Arme aus, um den Sturz abzufangen, doch ihr Knöchel verdrehte sich schmerzhaft. Die Bewegung hatte seinen Griff in ihrem Haar verstärkt und er zog heftiger daran. Er zog sie einige Zentimeter über den mit einem Teppich ausgelegten

Fußboden, während sie versuchte, von ihm wegzukommen.

Da schrie sie laut um Hilfe, denn sie wusste, wenn sie es nicht täte, würde niemand sie hören. Sie betete, jemand möge sie über den Krach hinaus hören, der von unten heraufdrang.

»Hilfe! Lass mich los!«

David zog fester.

Sie versuchte, sich loszureißen, und rollte sich auf Hände und Knie, wobei ihre Haare sich schmerzhaft verdrehten, aber er gab nicht nach. Bevor noch mehr Panik in ihr aufsteigen und sie wieder zu schreien beginnen konnte, war Dare an ihrer Seite.

Plötzlich waren ihre Haare frei und sie fiel hart zurück. Dare hatte David zu Boden gezwungen und ihm bereits zweimal ins Gesicht geboxt, als Kenzie endlich in der Lage war, aufzublicken und zu ihm zu taumeln.

»Stopp, Dare. Bring ihn nicht um. Er ist es nicht wert.«

Sie legte Dare eine Hand auf die Schulter und Dare hielt augenblicklich inne. Sie zitterte und der ganze Körper tat ihr weh.

»Ruf die Polizei«, knurrte er. »Dieser Hurensohn muss eingesperrt werden.«

»Schon geschehen«, ertönte Ricks Stimme hinter ihnen. »Kümmere dich um deine Frau, Dare. Ich werde dieses Stück Dreck am Boden halten, bis die Polizei eintrifft und ihn mitnimmt.«

»Ich werde euch verklagen«, knurrte David

zwischen seinen blutigen Lippen hervor. »Ich werde euch alle verklagen. Das ist meine verdammte Frau.«

Dare erhob sich mit geballten Fäusten. Er warf ihr einen Blick voller Zorn und Gefühle zu. Sie blinzelte, denn in ihren Augen brannten Tränen. Aber hier würde sie nicht weinen. Vielleicht wäre es ihr möglich, hinter geschlossenen Türen vor Dare zusammenzubrechen, aber auch dessen war sie sich nicht sicher. Sie war sich über gar nichts mehr sicher.

Sie hatte geglaubt, ihre Vergangenheit hinter sich gelassen zu haben, aber es schien keine Rolle zu spielen, wie weit sie gekommen war, wie weit sie geflüchtet war, David würde immer da sein und im Hintergrund lauern, bereit zuzuschlagen.

»Du zitterst«, brummte Dare, als er zu ihr trat. Sie zuckte bei dem Tonfall nicht zusammen und darüber war sie froh. Schließlich war es nicht seine Schuld, dass sie jetzt so schreckhaft war. Aber sie wusste, wenn sie so aussah, als würde sie gleich zusammenbrechen, würde er einen Weg finden, sich selbst die Schuld zu geben, denn so war er nun einmal.

Sie würde sich ihm nicht als eine weitere Last aufbürden, gleichgültig, wie leicht es ihr fallen mochte zu lernen, sich an ihn zu lehnen.

»Mit mir ist alles in Ordnung«, beruhigte sie ihn, doch sie wusste nicht, ob dies gelogen war oder nicht.

Er runzelte die Stirn und zog sie sanft in seine Arme. Sie lehnte sich mit der unbeschädigten Seite ihres Gesichts an seine Brust, sodass sie seinen rasenden, aber stetigen Herzschlag unter ihrer Wange spürte. »Mit dir ist nicht alles in Ordnung«, widersprach er leise mit einer Stimme, die keine Emotion verriet.

»Ich kann ... ich kann jetzt nicht reden.« Andere Leute hatten sich im Flur zu ihnen gesellt. Sowohl Leute, mit denen sie täglich zusammenarbeitete, als auch Herbergsgäste und solche, die zum Abendessen ins Restaurant gekommen waren. Sie hätte sich am liebsten vor ihnen allen versteckt und sie nicht sehen lassen, was sie mit sich herumschleppte. Es war ihr bis jetzt so gut gelungen, diesen Teil ihrer Vergangenheit aus der Gegenwart herauszuhalten, aber sie konnte nicht einfach leugnen, was heute Abend geschehen war.

Sie wäre vielleicht in der Lage gewesen, sich zu wehren, aber sie war nicht stark genug gewesen, mehr zu tun, als zu schreien. In diesem Augenblick kam Lochlan die Treppe herauf und sie sah den Zorn in seinen Augen, als ihre Blicke sich trafen. Er sagte jedoch nichts.

Niemand sagte etwas.

Und was gab es auch zu sagen?

Bald trafen die Polizisten ein, die Dare zu kennen schienen. Sie verscheuchten fast alle aus dem Treppenhaus und nahmen David fest. Dann protokollierten sie ihre Aussage, während Dare sie im Arm hielt, um dann auch die der anderen aufzunehmen. Sie hörte kaum, was die Polizisten zu ihr sagten, aber sie hatte das Gefühl, dass sie noch einmal von ihrem Ex-Mann hören würde, obwohl sie ihr versprachen, sich um ihn zu kümmern.

Auch dieser tätliche Übergriff würde ihn nicht lange

von ihr fern und im Gefängnis halten, nicht bei dem Geld und den Verbindungen, die ihm den Rücken stärkten. War sie nicht aus diesem Grund davongelaufen? Weil sie trotz des bewiesenen Missbrauchs nicht in ihrer Wohnung und in der Stadt hatte bleiben können. Bei den Leuten, die Macht hatten – und Geld bedeutete Macht, egal was andere auch behaupten mochten –, funktionierte das System eben nicht. Es versagte jedes Mal, wenn sie sich zur Wehr setzen wollte.

Und sie wusste, dass Dare sie verstand. War er doch Teil eben dieses Systems gewesen und hatte trotzdem Menschen verloren, die er liebte, und hatte für die Sache bluten müssen, nur um dann aus dem Dienst auszuscheiden, weil er glaubte, versagt zu haben.

Mehr als zwei Stunden später saß sie in Dares Haus im Wohnzimmer. Lochlan lehnte sich gegen die Wand und hatte die Arme vor seiner breiten Brust verschränkt. Sie hätte zwar auch in ihrem Apartment bleiben können, war aber froh, dass Dare darauf bestanden hatte, sie nicht allein in der Herberge zu lassen. Morgen würde sie dorthin zurückkehren. Immerhin hatte sie einen Job und ein Leben zu leben.

Und ganz gleich, was geschehen mochte, sie musste sich daran erinnern, dass sie sich gewehrt hatte.

Vielleicht nicht genug, aber sie hatte sich tatsächlich gewehrt.

»Mom und Dad werden dich morgen anrufen«, sagte Dare, der vor ihr auf und ab tigerte. Sie hätte es lieber gehabt, wenn er sich neben sie gesetzt hätte, aber sie wusste, dass er im Augenblick dafür viel zu ruhelos war. »Sie haben schon einmal angerufen, direkt nachdem sie davon gehört hatten, aber ich habe sie, Fox, Tabby und Ainsley überzeugt, dass sie vorerst zu Hause bleiben und dir etwas Raum geben müssen.« Er warf Lochlan einen vielsagenden Blick zu, doch sein Bruder zuckte nur mit den Schultern.

Kenzie konnte nur langsam alles in sich aufnehmen, aber sie nickte. »Ich hasse es, dass ich sie beunruhigt habe.«

Dare blickte sie scharf an. »Du hast überhaupt nichts getan. Es war nicht deine Schuld.«

Sie nickte. »Ich weiß das. Aber trotzdem habe ich meine Probleme mit hierhergebracht.«

»Das hat dein Ex getan«, mischte Lochlan sich ein, dann stieß er sich von der Wand ab. »Du hast dich gewehrt und das hast du gut gemacht. Wenn du mehr lernen willst, nicht nur wegen heute Abend, sondern ganz allgemein, dann komm ins Fitnessstudio und mache einen der Kurse mit. Du bist eine von uns, Kenzie. Wir werden nicht zulassen, dass dir so etwas noch einmal geschieht.«

Dann nickte er ihr zu und verließ schweigend das Haus, ohne mit Dare noch ein Wort zu wechseln, um ihr den nötigen Raum zu geben. Irgendwie hatten sein schroffes Benehmen und die Tatsache, dass er ihr unbedingt beibringen wollte, sich zu wehren, dazu beigetragen, dass sie sich etwas gesammelt hatte und jetzt mit Dare reden konnte. Diese Familie verwirrte sie des Öfteren, aber gleichzeitig fühlte sie sich wohl mit ihnen. Sie waren immer füreinander da und die Tatsache, dass Lochlan sie als eine von ihnen betrachtete, bedeutete viel.

Aber jetzt, da er gegangen war, musste sie sich mit Dare auseinandersetzen. Denn egal, was Lochlan auch sagen mochte, sie beide mussten entscheiden, was sie ihm und seiner Familie bedeutete, vor allem, was sie Dare bedeutete.

Und all das in Kombination mit dem heutigen Vorfall verursachte ihr Kopfschmerzen. Sicher, die konnten auch daher rühren, dass sie sich den Kopf gestoßen hatte, oder besser, dass David sie mit dem Kopf gegen die Wand geschleudert hatte.

Mein Gott, was für ein Abend!

»Möchtest du Wasser trinken?«, fragte Dare mit tonloser Stimme.

Sie blickte zu ihm auf. »Nein danke. Setz dich, Dare. Und lauf nicht ständig auf und ab.«

»Wenn ich das nicht tue, fange ich an zu schreien, und das kannst du jetzt wahrlich nicht gebrauchen.«

Sie zog eine Braue in die Höhe. »Warum solltest du das Bedürfnis verspüren, mich anzuschreien?«

Er seufzte und fuhr sich mit der Hand durch sein kurzes Haar. »Nicht dich anzuschreien. Zur Hölle, du hast nichts falsch gemacht. Ich meinte, herumzuschreien, wenn du in der Nähe bist. Ich bin so verdammt wütend, Kenzie. Dieser Mann hat sich in meinem Gebäude, unserem Gebäude aufgehalten, und ich habe es nicht gewusst. Er hat dir wehgetan und ich habe es nicht gewusst. Er wollte noch Schlimmeres mit dir anstellen und wenn ich nicht zufällig am Fuß der Treppe gestanden hätte, als du um Hilfe geschrien hast, hätte ich es wahrscheinlich nicht mitbekommen. Und was habe ich dann getan? Ich bin hingegangen und habe ihn geschlagen. Ich habe ihn vor deinen Augen geschlagen und jetzt kannst du mich nicht einmal mehr anschauen, weil ich jemanden geschlagen habe, genau wie er es tat. Es tut mir so verdammt leid, Kenzie.«

Da erhob sie sich und ging um den Kaffeetisch herum, um ihm die Hände auf die Brust zu legen. »Das war viel ... Ich meine ... Dare? Nichts davon war deine Schuld. Und meine auch nicht.«

»Und du solltest nicht diejenige sein, die mich tröstet.« Er legte seinen Kopf auf ihren und umfasste ihre unverletzte Wange. »Verdammt, Kenzie. Ich hätte dich heute Abend verlieren können.«

Sie schauderte. »Aber das hast du nicht. Ich bin immer noch hier. Und ich habe ihm wehgetan, Dare. Und ich bin dankbar dafür, dass du da warst. Was du getan hast, um mich zu beschützen, lässt sich nicht mit dem vergleichen, was David getan hat, um mir wehzutun. Ich hoffe, das ist dir bewusst.«

Er stieß den Atem aus und die warme Luft strich über ihre Wange. »Du hast dich gewehrt. Ich bin so stolz auf dich.«

»Trotzdem war es nicht genug«, flüsterte sie. »Wenn du nicht aufgetaucht wärst ...« Sie konnte den Gedanken nicht zu Ende führen.

Und so wie er zu zittern begann, konnte er es auch nicht. »Du hast dich gewehrt«, wiederholte er.

»Ich habe mich gewehrt«, wiederholte sie nochmals leise. »Es tut mir so leid, dass dies in deinem Haus ausgetragen wurde. Das hätte nicht geschehen dürfen. Er hätte niemals herkommen dürfen.«

»Den letzten Teil können wir so stehen lassen, solange du dich daran erinnerst, dass es nicht deine Schuld war«, knurrte er.

»Ich ... ich ... ich werde mich daran erinnern.«

Dann blickte sie zu ihm auf, eine Hand auf seiner Brust, die andere auf seinem Arm, um ihn daran zu hindern, weiter hin und her zu tigern. »Ich hatte dich einmal gebeten, mich alles vergessen zu lassen, aber jetzt glaube ich, dass ich niemals mehr vergessen kann. Stattdessen ... stattdessen ... kannst du mir einfach helfen, etwas zu fühlen? Hilfst du mir, dass ich mich daran erinnere, was ich mit dir haben kann, anstatt an das, was vorhin geschehen ist?«

Er runzelte die Stirn und umfasste zärtlich ihre Wange. »Du bist verletzt.«

»Nicht wirklich.« Er öffnete den Mund, um zu widersprechen, aber sie schüttelte den Kopf und brachte ihn vorerst zum Schweigen. »Du wirst vorsichtig sein. Das weiß ich. Du wirst mir nicht wehtun. Ich möchte gern unsere Verabredung bis zum Schluss durchziehen und ich möchte, dass sich dieser Abend um uns dreht.«

Was immer dieses *uns* auch sein mochte.

»Kenzie ...«

»Bitte.«

Er beugte sich zu ihr hinunter und küsste sie auf die Lippen. »Du solltest nicht bitten müssen, mit keinem einzigen noch so kleinen Wort. Ich begehre dich, Kenzie.« Und dann redete er nicht mehr, denn sein Mund lag auf ihrem und sie presste sich wieder einmal an ihn.

Er erkundete ihren Mund und sie stöhnte, denn sie brauchte ihn. Sie wollte nicht mehr an den Zwischenfall denken. Sie wollte in Gedanken wieder daran anknüpfen, was Dare und sie getan hatten, bevor sie in das Gasthaus zurückgekehrt waren. Sie waren ausgegangen und hatten sich immer mehr dem Punkt genähert, an dem sie zusammen die Treppe hinaufgehen und sich lieben würden.

Nein, nicht lieben, Sex haben. Sie durfte keine Gefühle in ihr Zusammensein legen, denn das durfte nicht sein. Als Dare seine Hand über ihren Rücken und ihre Hüfte gleiten ließ, schob sie alle Gedanken daran beiseite, was dies hier war und was es sein könnte.

Lebe im Augenblick, erinnerte sie sich. Das hatte sie sich versprochen und das würden sie heute Abend tun.

»Ich will dir nicht wehtun«, flüsterte er, als er seine Hand über ihren Arm wandern ließ. Er berührte sie sanft an der Stelle, an der David sie so grob festgehalten hatte, aber sie zuckte nicht zusammen und blickte ihm direkt in die Augen.

»Du bist nicht er.«

Seine Augen wurden schmal. »Das weiß ich auch.«

Er küsste sie auf die Wange, dann aufs Kinn, auf die Lippen, den Hals hinunter und auf ihr Schlüsselbein. Und dann hob er sie auf seinen Arm und trug sie die Treppe hinauf in sein Schlafzimmer.

Sie schlang ihm die Arme um den Hals und stieß einen kleinen, schrillen Schrei aus, als er sich in Bewegung setzte. »Setz mich sofort ab! Ich bin zu schwer für dich.«

Er schnaufte und ging weiter, bis sie direkt an seiner Bettkante standen. »Du bist nicht schwer, Rotschopf.« Er stellte sie auf die Füße. Sie rutschte in einer erotischen Liebkosung an ihm hinab und er hielt sie mit seinen starken Händen aufrecht.

Er küsste sie zärtlich. Sein Körper fühlte sich fest und hart an ihrem an, als er ihr das Kleid auszog. Sie liebte dieses Kleid, das Grün strahlte im Kontrast zu ihrer Haut und dem Rot ihrer Haare. Aber jetzt, als sie spürte, wie es an ihrer Haut entlangglitt und sie daran dachte, es wieder zu tragen, war sie sich nicht sicher, ob sie das konnte.

David hatte sie in diesem Kleid zu Boden geworfen. Hatte sie gegen die Wand gepresst und versucht, ihr wehzutun. Sie hatte sich gewehrt, aber sie war sich nicht sicher, ob sie dieses Kleid, in dem Dare sie zum ersten Mal gesehen hatte, jemals wieder würde tragen können.

»Komm zurück zu mir«, flüsterte Dare an ihrem Mund und riss sie aus ihren tückischen Gedanken. Er ließ seine Hand auf ihren Rücken wandern und öffnete mit geschickten Fingern ihren BH. Die Spitze fiel von ihren Brüsten, die schwer vor Lust waren. Er beugte sich hinunter und leckte an der Spitze einer Brustwarze, bevor er kühle Luft darüber blies. Sie keuchte und ihr Nippel verhärtete sich zu einer steifen Knospe. Dann tat er das Gleiche mit ihrer anderen Brust und sie presste die Schenkel zusammen und sehnte sich nach Erlösung.

Dare ließ sich vor ihr auf die Knie nieder und drückte ihr dabei viele kleine Küsse auf den Körper, unter die Rundung ihrer Brüste, in das Tal zwischen ihnen, auf ihren Bauch, ihre Hüften und dann leckte er über ihren Tanga.

Sie sog scharf die Luft ein und fuhr ihm mit den Händen durch den kurzen Haarschopf. »Dare.«

»Ich muss dich schmecken.« Langsam schob er ihr das Höschen über die Hüften hinunter, wobei er ihre Schenkel und die kleinen Vertiefungen über ihrem Venushügel küsste. Mit seiner Hilfe trat sie aus dem Tanga. Dann stieß sie geschockt die Luft aus, als er ihre Muschi küsste und seine Zunge zwischen ihre Falten gleiten ließ.

Er saugte und leckte ihre Klitoris, wobei er seine Finger benutzte, um sie für seinen Blick und seinen Mund zu spreizen. Währenddessen ließ sie ihre Hände auf seinem Kopf liegen, der Anblick seines dunklen Schopfes zwischen ihren Schenkeln war beinahe zu viel. Schon bald gaben ihre Knie nach und Dare umfasste ihre Pobacken, um sie aufrecht zu halten, während er sie dazu brachte, an seiner Zunge zu kommen.

Noch bevor sie zu Atem kommen und sinnvolle Worte formulieren konnte, hatte Dare sie auf die Seite mitten auf das Bett gelegt und sich seiner Kleidung entledigt. Er stand hinter ihr und rollte sich ein Kondom über den Schaft, als sie einen Blick über ihre Schulter warf.

»Ah, auf diese Art?«, fragte sie, ihre Stimme voll freudiger Erwartung.

»Auf diese Art«, erwiderte er und glitt hinter ihr auf das Bett, sodass ihr Hintern sich gegen seine Hüften presste. Ihr oberes Bein hob er leicht an. Dann drückte er seinen Mund auf ihren und drang im selben Moment in ihre feuchte Hitze ein. Sie keuchte und saugte an seiner Zunge, während er mit langsamen Stößen in sie hineinpumpte.

»Auf diese Art kommst du so tief in mich hinein«, sagte sie leise.

»Soll ich noch tiefer gehen?«, fragte er mit einer Stimme, die wie ein dunkles Knurren klang.

»Ist das möglich?«, wollte sie wissen und leckte erst über seine Lippen, dann über ihre Unterlippe.

Statt einer Antwort senkte er ihr oberstes Bein, bis ihre Schenkel sich berührten, während er weiter in sie hineinstieß. »So fühlst du dich so verdammt eng an«, knurrte er. »Ich werde bald abspritzen, wenn ich nicht aufpasse.«

»Ich ... ich ... das fühlt sich so gut an.«

»Gut.« Er bewegte sich weiter mit langsamen, fordernden Stößen und sie wölbte sich ihm entgegen. Obwohl sich das wunderbar anfühlte, konnte sie so nicht kommen, nicht heute Abend. Oh, sie mochte vielleicht einen Orgasmus haben können, und sie wusste, mit Dare würde der heftig ausfallen, aber sie musste seine Augen sehen.

»Ich muss dich sehen«, sagte sie schnell zwischen stoßweisen Atemzügen. »Ich möchte dich sehen, in dein Gesicht sehen. Ich möchte noch nicht kommen.«

Er war so still, dass sie bereits glaubte, einen Fehler begangen zu haben, zu ehrlich gewesen und ihre Seele entblößt zu haben, obwohl sie es nicht hätte tun sollen. Aber dann zog er sich vollständig aus ihr zurück und rollte sie herum, sodass sie sich ins Gesicht blicken konnten. Als er ihr Gesicht umfasste und sie küsste, rollte eine einzelne Träne über ihre Wange. Sie hoffte, er hätte sie nicht gesehen, aber als er die Träne wegküsste, hob sie ihr Bein leicht an und er glitt wieder in sie hinein.

Sie waren geduldig miteinander und bewegten sich gemeinsam, bis ihre Brüste schmerzten und ihre inneren Wände sich um ihn herum zusammenkrampften. Sie kam, während sie ihn küsste, also konnte sie nichts sagen, was sie nicht zurücknehmen konnte. Als er erbebte und seine atemberaubende Erlösung fand, hielt er sich an ihr fest.

Dann lagen sie ineinander verschlungen da und schwiegen. Sie war sich nicht sicher, was sie sagen konnte. Dare war für sie da gewesen, als sie ihn am meisten brauchte, und jetzt befürchtete sie, in der langen Reihe ihrer Fehler schon wieder einen begangen zu haben.

Sie mochte sich gerade in den falschen Mann verliebt haben.

Schon wieder.

Kapitel Dreizehn

Es war zwei Tage her, dass Kenzie begriffen hatte, dass sie das Undenkbare getan und sich in Dare Collins verliebt hatte. Und in diesen zwei Tagen hatte sie nichts anderes getan, als sich in Arbeit zu vergraben und zu versuchen, diese Tatsache zu vergessen.

Sie waren mit keinerlei Versprechen in ihre Beziehung gegangen, außer dass es keine Versprechen geben würde.

Und ihr Herz hatte beschlossen, sie zu verspotten.

Es war auch zwei Tage her, dass David festgenommen und anschließend gegen Kaution wieder freigelassen worden war. Sie ballte die Hände unter ihrem Schreibtisch im Flur der Herberge zu Fäusten und sagte sich, dass alles gut werden musste. Nur weil ihr Ex-Mann irgendein Schlupfloch gefunden hatte, sich aufgrund seines guten Benehmens und seines guten Rufs um den

Gefängnisaufenthalt herumzudrücken, musste das nicht bedeuten, dass irgendetwas dabei herauskommen würde.

Offensichtlich hatten er und sein Anwaltsteam dem Richter erzählt, dass sie diejenige gewesen wäre, die den Streit angezettelt hatte, und er sich nur verteidigt hätte. Das war natürlich alles Schwachsinn, weil bewiesen war, dass er unangekündigt auf ihrer Arbeitsstelle aufgetaucht war und ihr wehgetan hatte – viel mehr als sie ihm. Dass sie in der Lage gewesen war, dem Mann in die Eier zu treten und versucht hatte zu flüchten, darauf würde sie später stolz sein können, aber er hatte versucht, das gegen sie zu verwenden.

Das hatte bis jetzt nicht funktioniert, weil die Anklage wegen schwerer Körperverletzung noch nicht fallen gelassen worden war, aber gemessen an dem arroganten Grinsen auf Davids Gesicht während der Kautionsverhandlung glaubte er nicht, etwas allzu Ernstes begangen zu haben.

Sie hatte aber nicht vor Gericht erscheinen müssen. Glücklicherweise hatte der Anwalt, den zu finden Dare ihr geholfen hatte, die ersten Schritte ohne sie tun können, hatte ihr aber später von dem beinahe offen zur Schau gestellten Grinsen erzählt. Oh, David mochte es vor dem Richter und denen, die ihm schaden konnten, verborgen haben, aber nicht vor ihrem Anwalt. Der Hurensohn wollte sie wissen lassen, dass er nicht im Geringsten bereute, was er getan hatte.

Und obwohl sie kaum Luft bekam, wenn sie daran dachte, was hätte geschehen können und was noch geschehen konnte, wusste sie, dass sie von der Furcht nicht ihr Leben beherrschen lassen durfte. Genau das hatte sie sich selbst geschworen, als sie ihn verlassen hatte, und nach diesem Motto würde sie jetzt ihr Leben führen.

Aber sie würde wachsam sein.

Was auch geschehen mochte.

Also verscheuchte sie die Furcht aus ihren Gedanken und ging ihrer Arbeit nach. Sie konnte sich in ihrer Arbeit vergraben, in ihrer wachsenden Freundschaft zu Ainsley und … Dare.

Dare.

Wie hatte sie sich nur in diese Lage gebracht? Sie hatte nicht vorgehabt, einen Mann zu finden, geschweige denn, es mehr werden zu lassen als eine Affäre. Aber ihr war bewusst, dass es immer ernster wurde, auch wenn keiner von ihnen es zugeben wollte. Sicher, das konnte alles eine Lüge sein, sagte sie sich. Vielleicht wollte er nichts weiter von ihr als das, was sie im Bett anstellten. Vielleicht verhielt Dare sich nur so beschützerisch ihr gegenüber, weil es einfach seine Art war.

Er beschützte jene, die unter seiner Obhut standen, obwohl er sie vielleicht nicht auf die Art gernhatte, wie andere es vermuten mochten.

»Du siehst aus, als würdest du wirklich hart nachdenken.«

Kenzies Kopf flog hoch, als Ainsley auf sie zukam. »Oh, entschuldige, ich …« Sie wusste nicht, was sie sagen sollte, also brach sie den Satz ab. Ainsley warf ihr einen wissenden Blick zu, dann tätschelte sie freundlich Kenzies Hand.

»Du musst für heute eigentlich beinahe fertig sein, oder? Ich dachte mir, wir könnten heute die zweite Runde Whiskey probieren. Oder vielleicht nur ein Glas Wein trinken? Dare arbeitet heute Abend im Restaurant, aber Rick steht hinter dem Tresen und ich kann nachsehen, ob Lochlan und Fox in der Nähe sind und sich uns vielleicht anschließen wollen.«

»Versuchst du etwa, dafür zu sorgen, dass ich niemals allein bin?«

»Vielleicht.« Ainsley zuckte mit den Schultern. »Ich glaube einfach, dass es das ist, was du willst.«

Dies war einer der Gründe, warum sie froh war, nach Whiskey gezogen zu sein. Diese Menschen kümmerten sich um sie, auch wenn sie nicht wusste, wie sie sich ihrerseits um sie kümmern konnte.

Kenzie warf einen Blick auf ihren Schreibtisch und schloss das Notizbuch, in das sie etwas eingetragen hatte, bevor sie sich in Gedanken verloren hatte. »Ich denke, ich habe Lust auf Whiskey.«

»Juhu!« Ainsley klatschte wie ein Cheerleader in die Hände und brachte sie beide zum Lachen – was Kenzie dringend nötig hatte.

Sie ging um den Schreibtisch herum und die beiden hakten sich unter, bevor sie die Treppe im Flur hinabstiegen. Doch als sie eine vertraute dunkelhaarige Frau mit einem sanften Lächeln sah, blieb Kenzie stehen.

»Jesse«, sagte Kenzie langsam. »Suchst du Dare?«

Die andere Frau schüttelte den Kopf und Ainsley ließ Kenzies Arm los. »Hey, Jesse, schön, dich zu sehen.«

Jesse lächelte Ainsley an und umarmte sie herzlich. »Hey, Süße. Macht es dir etwas aus, wenn ich dir für einen Augenblick dein Mädchen entführe? Es wird nicht lange dauern.«

Kenzie versteifte sich, nickte dann aber Ainsley zu, als diese sie fragend ansah.

»Ich werde Lochlan suchen, da er sich wie immer irgendwo verkriecht«, erklärte Ainsley schulterzuckend. »Ruf mich, falls du mich brauchst.« Sie umarmte Kenzie kurz, bevor sie durch den Vordereingang verschwand.

Kenzie blieb auf der untersten Treppenstufe stehen, überragte Jesse also etwas. »Also ...«

Jesse lachte auf. »Dies scheint jetzt geheimnisvoller und wichtiger zu sein, als ich vorhatte. Ich wollte mich nur vergewissern, dass es dir gut geht nach dem Angriff. Und außerdem wollte ich mit dir über etwas reden, was mir im Kopf herumgeht. Aber es ist nichts Beängstigendes oder so.«

Da entspannte Kenzie sich, auch wenn sich ihr der Magen zusammenzog, wenn sie daran dachte, wieder über den Vorfall reden zu müssen. Aber sie konnte sich nicht davor verstecken. Whiskey war eine Kleinstadt und jeder wusste, was geschehen war. Und obwohl Jesse nicht in Whiskey wohnte, so waren ihre Kontakte zu Leuten, die innerhalb der Stadtgrenze wohnten, eng genug, um einiges mitzubekommen.

»Möchtest du mit mir in mein Zimmer hinaufgehen? Oder lieber in die Kneipe? Dort ist noch nicht so viel los, glaube ich.«

»Ich habe gesehen, dass unsere Tischnische in der Ecke frei ist.«

»Das hört sich doch gut an«, erwiderte Kenzie und folgte der anderen Frau in die Kneipe. Bald saßen sie bei einem Glas Wein beieinander und unterhielten sich über Nebensächlichkeiten. Sie hatte Dare noch nicht erspähen können und fragte sich, worum es wohl ging, aber aus irgendeinem Grund wusste sie, dass es wichtig war.

So vieles schien im Augenblick wichtig zu sein und sie war sich nicht sicher, was sie davon halten sollte.

»Dare hat dir von der Zeit erzählt, bevor er die Gaststätte gekauft hat?«, wollte Jesse wissen. Es klang wie eine Frage, aber der Ausdruck in den Augen der anderen Frau verriet Kenzie, dass sie die Antwort bereits kannte.

Kenzie blickte auf das Weinglas in ihrer Hand und nickte. »Ja. Er hat es mir erzählt.« Ihre Blicke trafen sich und sie hoffte, die richtigen Worte zu finden. »Es tut mir so leid, die Sache mit Jason. Ich weiß nicht, was ich tun würde, wenn ...«

Sie schüttelte den Kopf, in diesem Augenblick erschienen ihr Worte irgendwie sinnlos. »Ich wüsste einfach nicht, was ich tun würde.«

Jesse lächelte sie traurig an. »Ich wusste auch nicht, was ich tun sollte. Sie raten dir, dich auf so etwas vorzubereiten, wenn du einen Polizisten heiratest. Zur Hölle, sie erzählen dir immer, auf so etwas vorbereitet zu sein, wenn du jemanden heiratest, der sein Leben für die riskiert, die er liebt … und für die, die er nicht einmal kennt. Aber Jason war mit Herz und Seele ein Polizist. Er liebte den Beruf und war gut darin. Er liebte mich und das Baby, das in mir wuchs. Er war einer jener Männer, die den Beruf beiseiteschieben können, sobald sie zu Hause sind. Er redete mit mir, wenn es nötig war, und auch mit seinen Brüdern. Er wollte nicht alles einfach in sich verschließen und sich am Ende damit schaden. Ich weiß nicht, wie es dazu gekommen war, dass er sich seiner so bewusst war, aber so war mein Ehemann eben. Und ich vermisse ihn jeden Augenblick eines jeden verdammten Tages, auch wenn die Wunde in meinem Herzen eine Kruste trägt, so schmerzt sie doch immer noch.«

Kenzie schwieg und hörte der anderen Frau zu. Wie Jesse es überhaupt schaffte, hier zu sitzen und über ihren Mann zu reden, ohne zusammenzubrechen, wusste sie nicht, aber Kenzie bewunderte Jesses Stärke und die Tiefe ihrer Liebe für den Mann, den sie verloren hatte.

»Dare ist nicht wie Jason«, sagte Jesse nun und riss Kenzie aus ihren Gedanken.

Sie schluckte heftig. »Was meinst du damit?«

»Jason hat sich nach Kräften bemüht, Dare aus seiner Schale zu locken und ihn dazu zu bringen, darüber zu reden, was sie erlebten, auch wenn es sich um kleinere Fälle handelte, die nicht mit Geschrei oder Verhaftung endeten. Dare war ein großartiger Polizist. Er arbeitete hart und effizient. Er setzte sich mit all seinem Wesen ein und nahm sich alles sehr zu Herzen. Und doch lächelte er mehr als jetzt. Er lachte und scherzte mit seiner Familie und tat alles für sie, was er konnte. Letzteres tut er immer noch, ehrlich, und ich denke, das kannst du sehen, wenn du ihn dabei beobachtest, wie er mit den anderen umgeht. Aber er ist nicht derselbe Mann wie vor der Schießerei.« Sie machte eine Pause. »Ich glaube, niemand von uns ist mehr so wie vorher und ich weiß ehrlich nicht, ob jemand nach so einer Sache überhaupt derselbe sein kann.«

»Das glaube ich auch nicht.« Kenzie blickte Jesse in die Augen. »Er schläft nicht. Ich meine, er schläft, wenn er erschöpft ist, und bei all der Arbeit und allem anderen ist er müder als je zuvor, aber er hat immer noch Albträume.« Sie machte eine Pause, nicht sicher, warum sie Jesse das erzählte, aber sie wusste, es war wichtig. »Ich weiß nicht, wie ich ihm helfen kann. Er hilft mir so viel, obwohl ich es hasse, Hilfe zu brauchen, aber ich weiß nicht, wie ich ihm meinerseits helfen kann.«

Jesse ergriff ihre Hand. »Du musst es immer wieder versuchen. Ich weiß weder, was ihr beiden euch bedeutet, noch was ihr beide behauptet zu wollen, aber hör nicht auf, es zu versuchen. Er braucht dich, auch wenn er das nicht zugibt. Wenn er mit dir zusammen ist, sehe ich den Mann, der er sein könnte. Ich weiß, damit bürde ich dir eine große Last auf. Das tut mir leid, aber gib nicht auf, Kenzie. Er ist ein wunderbarer Mann und ich möchte, dass er das sieht. Ich glaube, du kannst das für ihn tun.«

Kenzie öffnete den Mund, um etwas zu sagen, aber

plötzlich erfasste sie ein vertrautes Gefühl der Bewusstheit und als sie sich herumdrehte, sah sie Dare, der zu ihnen herüberkam. Einen Augenblick drückte seine Miene Besorgnis aus, bevor er sich zusammenriss und lächelte.

»Da sind ja meine Mädels«, sagte er, dann beugte er sich hinunter, um ihr einen Kuss auf die Wange zu geben, bevor er das Gleiche bei Jesse tat. »Geht es euch gut heute Abend?«

»Ich hänge nur ein bisschen mit deinem Mädchen ab«, erwiderte Jesse lachend. »Und jetzt muss ich gehen und mein Baby bei meinen Eltern abholen. Es war gut, mit dir zu reden, Kenzie.« Sie erhob sich und küsste Dare auf die Wange. »Tu nichts, was ich nicht auch tun würde.« Und damit ging sie davon und ließ Kenzie und Dare allein in ihrer Nische in der Ecke zurück.

»Hey«, sagte er und schob die Hände in die Taschen.

Kenzie blickte mit klopfendem Herzen zu ihm auf.

»Hey, du.«

»Ich muss jetzt für die Nacht schließen, aber möchtest du, dass ich hochkomme, wenn ich fertig bin?«

Sie leckte sich die Lippen und kam aus der Nische hervor, um sich vor ihn zu stellen. Sofort legte er ihr die Hände auf die Hüften und senkte den Kopf, um sie zu küssen. Sie stöhnte zwar nicht, aber sie wäre beinahe allein von diesem Kuss gekommen. Dieser Mann machte Sachen mit ihr, die sie wahnsinnig machten.

»Ich werde mein Glas Wein leeren und dann hochgehen, um zu essen, was ich im Kühlschrank habe. Aber wenn du mit der Arbeit fertig bist, hätte ich gern, dass du nach oben kommst.«

Er nickte und ein Lächeln umspielte seine Lippen. »Und ich habe mir das Ziel gesetzt, dass du ebenfalls kommst, weißt du.«

Sie verdrehte die Augen, obwohl ihr das Lachen in der Kehle hochstieg. »Das wird mir nicht schwerfallen, oder?«

»Bestimmt nicht.« Er machte eine Pause. »Kommst du mit Jesse klar?«

Kenzie nickte, obwohl sie die Richtung, die das Gespräch genommen hatte, immer noch nicht ganz verdaut hatte. »Wir hatten eine Unterhaltung unter Frauen. Sie ist eine nette Frau.«

Da lächelte er übers ganze Gesicht und ihr wurde warm ums Herz. »Ja, das ist sie. Ich bin froh, dass sie mit jemandem reden kann außer mit ihren Eltern und ihrem Kind, weißt du?«

Sie war sich nicht sicher, ob es ihm auch noch gefallen würde, wenn er gewusst hätte, wohin ihr Gespräch geführt hatte, aber damit wollte sie sich im Augenblick nicht näher beschäftigen.

Sie stellte sich auf die Zehenspitzen und küsste ihn aufs Kinn, da sie ihn leider nicht beißen konnte, wie sie es nur zu gern getan hätte, da viel zu viele Leute in der Nähe waren. »Kommst du bald hoch?«

Er knurrte leise. »Bald.«

Sie schlenderte davon, wobei sie ihre Hüften so

schwang, dass sie sicher war, dass er seinen Blick nicht von ihrem Hintern lassen konnte. Denn sie wusste, wenn sie hart genug daran arbeitete, konnten sie sich auf die Hitze zwischen ihnen konzentrieren, auf die Chemie, und nicht auf ihre immer wieder hochkommenden Gefühle und die sich daraus ergebenden Probleme.

Sie wollte ihn nicht mit der Intensität begehren, die sie empfand, und sie wusste, er dachte das Gleiche. Zumindest hatte er ihr das zu Anfang so gesagt. Sie konnten an diesem Punkt die Spielregeln nicht einfach ändern.

Das wäre gegenüber ihnen beiden nicht fair. Nicht, wenn sie nicht wusste, was sie wollte. Also redete sie sich ein, zwischen ihnen gäbe es nur die reine Begierde. Begierde mit einem Hauch ... von etwas anderem.

Entweder das oder durchdrehen. Und das war ihr beinahe schon einmal passiert und sie weigerte sich, das noch mal zu erleben.

Das hoffte sie jedenfalls.

Kapitel Vierzehn

»Du klingst glücklich«, sagte Dare ins Telefon. Er kam gerade aus der Küche, wo er sich ein Bier geholt hatte, und lehnte sich im Esszimmer an die Wand. Seine Familie befand sich im Wohnzimmer nebenan und er bemühte sich, einen fröhlichen Tonfall beizubehalten, gleichgültig, über welches Thema sie sich unterhielten.

Tabby lachte ins Telefon. »Ich *bin* glücklich.« Sie machte eine Pause und er wusste, sie dachte daran, was genau sie so glücklich machte. »Ich habe nicht geglaubt, dass dies jemals geschehen würde, weißt du? Ich hätte niemals gedacht, dass ich jemanden finden würde, der in vielerlei Hinsicht meine andere Hälfte ist. Wir sind so verschieden, und doch, wenn es darauf ankommt, sind es gerade diese Unterschiede, weshalb es so gut mit uns funktioniert.« Sie lachte wieder und Dare musste lächeln. Seine kleine Schwester hatte es wirklich nötig, viel zu lachen, und der Montgomery, den sie heiraten würde, wusste, wie er sie dazu bringen konnte.

»Nun, falls Alex jemals aufhören sollte, dich zum Lachen zu bringen, werde ich kommen und ihm in den Hintern treten.«

»Hör mal, großer Bruder, wenn er aufhört, mich zum Lachen zu bringen, werde ich ihm höchstpersönlich in den Hintern treten. Er hat mich gelehrt zu kämpfen und mich selbst zu schützen, daher könnte ich ihn fertigmachen.« In ihrer Stimme klang ein Lachen mit, als sie das sagte, aber Dare hatte das Gefühl, dass sie nicht unbedingt scherzte. Alex hatte ihr Unterricht in Selbstverteidigung gegeben und Dare wusste, dass Lochlan ebenfalls nach Denver geflogen war, um ihr Tipps zu geben, nachdem sie bei einem Angriff verletzt worden war. Sie alle hatten sich vorgeworfen, nicht genügend für Tabbys Sicherheit gesorgt zu haben, auch wenn sie Hunderte von Kilometern entfernt lebten.

»Okay, und nun hör auf herumzubrummen«, forderte Tabby ihn auf. »Ich habe genug davon, dass ihr alle immer so übertrieben beschützerisch seid.«

Er hatte nicht einmal etwas in der Richtung gesagt, aber offensichtlich war sein Schweigen aussagekräftig genug. »Ich bin froh, dass du glücklich bist, Tabs. Und wir werden dich zur Hochzeit problemlos besuchen können. Ich werde dafür sorgen, dass mein Personal hier gut vorbereitet ist, also plane alles so, wie du es willst, und wir werden dort sein.«

»Wir? Bringst du Kenzie mit?«

Dare war überrumpelt. »Äh, ich dachte eigentlich an Nate, da Monica mir erlaubt hat, ihn zur Hochzeit mitzunehmen.« Das war ein Thema für sich, aber das würde er nicht mit Tabby oder irgendjemand anderem aus der Familie besprechen. »Kenzie und ich, wir sind nicht ... nun, ich glaube nicht, dass wir schon für eine Hochzeit bereit sind.« Sein Magen krampfte sich zusammen und er hustete. »Äh ... ich meine, uns gegenseitig zu Hochzeiten zu begleiten. Also ... zusammen quer durchs Land zu fliegen und so.«

»So wortgewandt, Dare? Gut zu wissen, dass du dich in deiner Beziehung so wohlfühlst, dass du stotterst und klingst, als hättest du eine Panikattacke, nur weil du von einer gemeinsamen Reise redest.«

Dare kniff sich in den Nasenrücken. Er war sich bewusst, dass seine Eltern und Brüder ihn jetzt aus dem Wohnzimmer heraus anstarrten. Nun, großartig, zumindest sein Publikum hatte seinen Spaß, während er versuchte, einen sinnvollen Satz herauszubringen. Glücklicherweise waren Nate und Kenzie nicht dabei, denn dann hätte er sich vom Balkon stürzen müssen oder so.

»Du hast mich überrumpelt. Und jetzt muss ich Schluss machen, weil Fox mich anstarrt und Lochlan mir mit Sicherheit hart zusetzen wird, wenn ich das Telefon nicht beiseitelege und ihnen erkläre, dass ich kein Arschloch bin.«

»Du bist trotzdem eins«, rief Fox.

»Kumpel, Misty macht ein Nickerchen«, ermahnte Lochlan ihn. »Sie kuriert gerade ihre Erkältung aus, also weck sie nicht auf.« Er boxte Fox in den Arm und die beiden lachten schnaufend.

»Sag ihnen, ich vermisse sie und werde sie bald anrufen«, sagte Tabby. »Und weißt du, vielleicht solltest du einmal über deine Beziehung zu Kenzie nachdenken, wenn sie noch länger als ein paar Nächte anhält. Übrigens habe ich gehört, dass ihr beide praktisch jede Nacht bei einem von euch zu Hause zusammen schlaft.«

»Tschüss, Tabs. Hab dich lieb.« Er unterbrach die Verbindung, bevor sie ihn noch einmal nerven konnte, und ignorierte die Blicke seiner Eltern. Sie mochten Kenzie gern als Herbergsleiterin und an der Art, wie seine Mutter von ihr schwärmte, konnte er erkennen, dass sie es begrüßen würden, wenn sie für die Familie mehr als nur eine Freundin werden würde.

Ihnen gefiel es, dass die beiden sich verabredeten, und das beunruhigte ihn. Sicher, er hatte sich Sorgen gemacht, was seine Eltern davon halten würden, dass er mit ihrer Herbergsleiterin schlief – besonders nachdem er sich an jenem Morgen ihr gegenüber wie ein Arschloch verhalten hatte –, aber jetzt befürchtete er, ihnen könnte der Gedanke zu sehr gefallen.

Er und Kenzie hatten keine ernsten Absichten.

Und das war eine verdammte Lüge und sie beide wussten das.

Er wusste nicht, wie sie weiter damit umgehen würden, aber zur Hölle, er würde lange und hart nachdenken müssen, um ihre und seine Zukunft nicht zu vermasseln ... und auch übrigens die seines Kindes.

»Geht es Tabby gut?«, fragte seine Mutter, als er sein Telefon in die Hosentasche schob und ins Wohnzimmer trat.

»Ja, aber ich dachte, du sprichst beinahe täglich selbst mit ihr.« Er setzte sich neben Lochlan, der ein wenig beiseite rutschte, um ihm Platz zu machen.

»Sicher, das tue ich, aber ich wollte mich vergewissern, dass sich seit heute Morgen nichts geändert hat. Und wegen der Hochzeit telefonieren wir jetzt noch viel öfter miteinander. Und sogar mit Alex' Mutter telefoniere ich jetzt beinahe täglich, obwohl wir beide die Hochzeit nicht planen, weil Alex und Tabby alles allein machen. Und da mein kleines Mädchen eine solch großartige Organisatorin ist, liebt sie es. Sie halten die Feier klein, was mich freut, und ich bin froh, dass wir alle als Familie dorthin fliegen können.« Ihre Augen wurden schmal. »Und Monica erlaubt dir, Nate mitzunehmen? Es wäre wirklich gut, wenn mein Enkel sehen könnte, wie seine Tante heiratet, denn so wie es aussieht, wird sie ihn sonst nie wirklich kennenlernen. Auch ich lerne ihn nicht gut genug kennen.«

Lochlan murmelte etwas vor sich hin und Fox verzog das Gesicht auf seinem Stuhl. Wenn ihre Mom begann, sich über Monica zu beklagen, wurde es hässlich. Dare störte es nicht, wenn sie sich ein wenig beschwerte, denn, zur Hölle, er vermisste sein Kind auch. Aber er wurde es leid, wenn es zu lange dauerte.

»Du siehst ihn einmal im Monat und darfst oft mit ihm telefonieren. Bald wird er in die Schule gehen und wir alle werden die Veranstaltungen dort besuchen dürfen. Hör auf, dich über Monica zu beklagen, Mom, okay? Sie ist großartig mit Nate.«

»Ich behaupte auch nicht das Gegenteil. Aber ein Junge braucht einen Vater.«

Er stellte sein Bier ab. Ihm riss der Geduldsfaden. »Er hat einen Vater.«

»Ich rede nicht von seinem Stiefvater«, gab seine Mutter schnippisch zurück, dann seufzte sie. »Ich meinte es nicht so, entschuldige.«

»Das weiß ich«, erwiderte Dare durch zusammengebissene Zähne. »Auggie ist kein schlechter Stiefvater.«

Mehr Zugeständnisse konnte er dem Mann, der mehr Zeit mit seinem Sohn verbringen durfte als er, kaum machen. »Aber ja, Mom, Nate begleitet mich zur Hochzeit. Spezielle Ereignisse wie diese sind in die Besuchsrechtsregelung einbezogen.«

»Du brauchst eine neue Besuchsrechtsregelung«, sagte sie hastig. »Denn die jetzige taugt nichts, Baby. Ich will, dass du glücklich bist. Und jetzt, da du mit Kenzie zusammen bist –«

Er hob eine Hand in die Höhe und schnitt ihr das Wort ab. »Erwähne sie nicht im Zusammenhang mit dem Sorgerecht oder meinem Kind, okay?«

»Dare«, tadelte seine Mutter ihn.

»Nicht. Hör auf. Halte dich aus meiner Beziehung zu Kenzie heraus. Die ist noch ganz frisch und es ist einfach verrückt zu glauben, irgendein Richter würde das Besuchs- oder Sorgerecht ändern wollen, oder Monica würde mir mehr Zeit mit meinem Sohn zugestehen, nur weil alle glauben, ich hätte eine feste Freundin. Vermisch nicht die beiden Sachen, die gerade in meinem Leben geschehen.« Noch nicht jedenfalls. Sein Gehirn tat das bereits zur Genüge.

»Du verdrehst alles, was ich zu sagen versuche, Dare.«

»Es reicht, Barb«, mischte sich nun sein Vater ein. »Lass doch den Jungen erst mal herausfinden, was er machen will, bevor du versuchst, alles zu regeln. Es gibt nichts zu regeln, wenn er sich noch nicht im Klaren über alles ist.«

Und das war einer der Gründe, warum Dare so gut mit seinem Vater auskam. Sein Dad verstand, dass Dare zwar ständig nachdachte und versuchte, seine Lage zu analysieren, dass er es aber trotz alledem manchmal nicht schaffte, bis er sich hinsetzte und die Fäden entwirrte.

»Ich muss gehen«, sagte er. »Ich habe Nate versprochen, ihn anzurufen, und ich muss noch arbeiten.«

»Ich sollte auch losfahren«, meinte Fox. »Ich habe zu arbeiten und hätte schon längst kontrollieren sollen, ob mein Werbetexter seinen Kram erledigt.«

Lochlan erhob sich und räumte die verwaisten Bierflaschen weg, die keiner von ihnen vollständig geleert hatte. »Ich werde bleiben, bis Misty von ihrem Nickerchen erwacht, und dann müssen wir auch los.«

»Jetzt hört aber mal auf, ihr alle drei. Ich wollte euch nicht aus unserem Haus vertreiben.« Ihre Mutter biss sich auf die Lippe und Dare konnte nicht anders, er beugte sich hinunter und küsste sie auf den Scheitel.

»Wir müssen wirklich gehen, Mom. Es ist nicht deinetwegen. Du hast nichts falsch gemacht, aber du willst Dinge regeln, von denen ich noch nicht weiß, ob ich sie im Augenblick regeln kann. Lass mich bitte einfach für eine Weile in Ruhe, okay?«

»Du weißt, dass ich dich liebe.«

Er lächelte in dem Bewusstsein, dass das Lächeln diesmal seine Augen erreichte. »Ich weiß.«

»Und ich mache mir Sorgen.«

Er konnte ein Lachen nicht unterdrücken. »Das weiß ich auch.«

Und damit verabschiedeten sie sich und er kehrte zu seinem Haus zurück. Obwohl er die Abendessen mit der Familie genoss, war ihm bewusst, dass sie ihm manchmal Energie raubten, die er für andere Dinge benötigte.

Namentlich um herauszufinden, wie er sich bezüglich Kenzie verhalten sollte.

»Mein Gott«, murmelte er vor sich hin. Wie hatte das passieren können? Es war ihm doch gut gegangen, bevor sie in seine Kneipe hineinmarschiert war. Er hatte an nichts anderes als sein Kind denken müssen, seine Familie und seine Arbeit. Sicher, gelegentlich war er mit einer Frau nach Hause gegangen, aber immer öfter war er zu Bett gegangen, nachdem er einen seiner Whiskeys ausprobiert hatte.

Allein.

Das alles hatte sich geändert, sobald er Kenzie erst

einmal ein bisschen kennengelernt hatte. Er war weder fähig gewesen, sie aus seinen Gedanken zu verdrängen, noch die richten Entscheidungen zu treffen, wenn es um sie ging. Er hätte ihr fernbleiben sollen. Er hätte ihr niemals so nahekommen dürfen.

Aber dann ... hätte er sie verlieren können.

Er parkte vor seinem Haus und umklammerte das Lenkrad. Er hätte sie verlieren können, weil das Arschloch David ihr zu nahegekommen war. Er hatte ihr wehgetan und Dare wäre beinahe zu spät gekommen und hatte nichts anderes mehr tun können, als das Stück Dreck von ihr herunterzuziehen.

Er durfte nicht einmal daran denken, was hätte geschehen können, wenn er nicht da gewesen wäre. Wenn er ... nun, er war nahe daran, das Lenkrad aus der Führung zu brechen. Und weil er wusste, dass er sich beruhigen musste, ging er in sein Haus, ohne sich die Mühe zu machen, das Licht einzuschalten, und ließ sich in den großen Sessel im Wohnzimmer sinken. Er musste nachdenken und er war sich nicht sicher, ob ihm gefallen würde, wo seine Gedanken hinführen würden.

Kenzie war so viel besser als die beiden Männer in ihrem Leben, der eine in der Vergangenheit, der andere in der Gegenwart. Sie war lustig, klug und hatte noch so viel vor sich, gleichgültig ob sie im *Old Whiskey Inn* bleiben oder zu etwas Größerem wechseln würde, sobald sie sich von der Scheidung erholt hatte. Er wusste, wenn er es sich erlauben würde, würde er sich in sie verlieben, und zwar heftig. Er gab sein Bestes, die

Tatsache zu übersehen, dass das vielleicht bereits geschehen war.

Er war nicht der richtige Mann für sie. Sie hatten das doch beide von Anfang an gewusst, oder etwa nicht? Sie hatte ihn gebraucht, um zu heilen, und er hatte sie gebraucht, um zu fühlen. Mehr brauchten sie nicht. Sie hatten doch gewusst, dass es zeitlich begrenzt war. Mehr als das konnten sie nicht erwarten, denn darauf hatten sie sich geeinigt.

Und wenn er sich das weiterhin einredete, wäre es vielleicht wahr.

Da klingelte es an der Tür und er runzelte die Stirn. Doch dann fluchte er, als er sich daran erinnerte, dass Kenzie zu ihm kommen wollte, nachdem sie von der Spätschicht abgelöst worden wäre.

Mist.

Er war nicht in dem Zustand, sie zu sehen, nicht wenn sein Kopf nicht klar war. Aber er konnte sie schließlich nicht draußen stehen lassen. So ein Arschloch war er nun auch wieder nicht.

Als er die Tür öffnete, stand sie mit einer kleinen Tasche über der Schulter vor ihm. Beide waren bisher nicht mutig genug oder bereit dazu gewesen, ein paar Sachen bei dem jeweils anderen zu lassen. Sie waren erst seit ein paar Wochen zusammen und sie bemühten sich krampfhaft, nicht über den Status ihrer Beziehung zu reden.

Sie machten verdammt viele Fehler, weil sie nicht über das sprachen, was jeder von ihnen wollte. Aber da er nicht wusste, was er wollte, war es vielleicht das Beste zu schweigen.

»Hey«, begrüßte er sie und trat einen Schritt zurück, sodass sie eintreten konnte. »Du siehst hübsch aus.«

Sie lächelte und blickte an ihrer normalen Arbeitskleidung hinunter, Oberteil und Rock. »Danke. Du hast mich heute schon darin gesehen, als du vorbeigeschaut hast, um Papierkram mit Claire zu erledigen.«

Er zuckte mit den Schultern und beugte sich vor, um sie zu küssen. Er hatte nur sanft ihre Lippen berühren wollen, aber sobald er sie schmeckte, konnte er ein Stöhnen nicht unterdrücken. Als er sich dann von ihr löste, waren sie beide außer Atem. Er streifte ihr den Riemen der Tasche von der Schulter, um sie ihr hineinzutragen.

»Du siehst trotzdem gut aus.«

»Nun, wenn du mich so begrüßt, obwohl ich seit zehn Stunden in diesem Outfit stecke, dann sollte ich das vielleicht wiederholen.«

Und sie würde es wiederholen, weil sie einander noch öfter so sehen würden, in der verschwitzten Kleidung nach einem langen Arbeitstag. Weil dies nicht einfach nur eine Affäre war. Es war mehr.

Und er sollte verflucht sein, wenn er wüsste, was er unternehmen sollte, außer so weiterzumachen und zu versuchen, es nicht zu vermasseln.

Gerade als sie ins Wohnzimmer traten, summte sein Handy in der Tasche und er zog es stirnrunzelnd hervor. »Es ist Monica.«

Kenzies Augen weiteten sich. »Ich hoffe, Nate geht es gut.«

Das hoffte er auch, aber die Tatsache, dass Kenzies erster Gedanke Nate gegolten hatte, rührte an etwas in seiner Brust. »Monica? Was ist los? Alles okay mit Nate?« Dare hätte eigentlich sowieso in ein paar Stunden bei ihnen angerufen, also war es seltsam, dass Monica sich bei ihm meldete.

»Es geht ihm gut. Entschuldige, dass mein Anruf dich erschreckt hat, aber ich möchte mit dir reden, ohne dass Nate mich hören kann.«

Mist. »Ich bin froh, dass es ihm gut geht«, sagte er, aber eher um Kenzie die Information zukommen zu lassen als an Monica gerichtet. Als Kenzie sich sofort entspannte, fand er sich wieder einmal auf gefährlichem Gebiet wieder, was seine Herbergsleiterin betraf.

»Worum geht es?«

»Ich weiß, du solltest am nächsten Wochenende eigentlich Nate haben, aber können wir tauschen? Auggie ist zu einer Familienveranstaltung eingeladen und Nate muss mit uns dorthin gehen.«

Nein, er konnte nicht tauschen.

»Wie bitte?«

»Es ist ein Familienpicknick mit seinen Kollegen, Dare.« Sie seufzte und er wusste, sie würde jetzt mit ihm reden, als wäre er ein Zwölfjähriger anstatt der Vater ihres Sohnes. Dies war einer der Gründe, warum er sie niemals geheiratet hatte. Sie mochte zwar eine gute Frau und eine noch bessere Mutter sein, aber sie passten nicht zusammen. Hatten niemals zusammengepasst, aber er hatte zu tief dringesteckt und war zu sehr auf seinen Job konzentriert gewesen, um das früher zu bemerken.

»Für Auggie ist es gut, wenn wir ihn begleiten. Alle bringen ihre Kinder mit, und das ist eine großartige Gelegenheit für die Führungskräfte in der Firma, Verbindungen zu knüpfen.«

»Auggie ist nicht Nates Dad«, stieß er knurrend hervor.

»Mein Gott, Dare, reiß dich zusammen.« Sie begann zu schimpfen und er kniff sich in den Nasenrücken.

Kenzie warf ihm einen besorgten Blick zu und ging zum Kühlschrank, um zwei Biere herauszuholen. Als sie ihm eins reichte, nickte er ihr zu, dankbar, dass sie nichts sagte, weil er seine Beziehung zu Kenzie noch nicht mit Monica besprechen wollte. Ja, seine Ex wusste theoretisch von Kenzie, aber solange er nicht wusste, was sie einander bedeuteten, hätte es alles nur noch schwieriger gemacht, wenn weitere Komplikationen hinzugekommen wären. Zumindest vorerst.

»Weißt du, Monica, es hätte mir nichts ausgemacht, die Wochenenden zu tauschen, wenn du mich früher gefragt hättest. Zur Hölle, du weißt doch, wie sehr ich mich auf die Zeit mit Nathan freue. Und dann verlangst du so etwas von mir, zwei Tage, bevor ich endlich Zeit mit meinem Sohn habe? Ich glaube, das muss ich nicht akzeptieren. Es hört sich so an, als hättest du von dem Picknick schon etwas länger gewusst und du erzählst es mir erst jetzt? Nun, das ist nicht mein Problem.«

»Dare.«

»Nein, ich bin noch nicht fertig. Du wirst auch nicht unsere Pläne für Weihnachten ändern. Du wirst ihn mir nicht wegnehmen, nur damit dein Ehemann gut dasteht.«

»Warum endet jedes Gespräch mit dir in einem Streit? Ich erlaube dir, meinen Sohn den langen Weg bis nach Colorado mitzunehmen, und mache keinen großen Wirbel darum.«

»Er ist *unser* Sohn. Ich war von Anfang an dabei. Ich habe dich nicht verlassen, Monica. Du hast mich verlassen. Schieb mir nicht die ganze Schuld in die Schuhe.«

Monica stieß ein lautes Knurren aus, das eher wie ein Kreischen klang, und er wusste, sie versuchte, sich davon abzuhalten, etwas zu sagen, was sie beide später bereuen mochten. Sie hatte es getan, als sie zusammen gewesen waren, und es hatte ihn immer geärgert. Aber jetzt wusste er, dass es für sie der einzige Weg war, ihr Temperament zu zügeln.

»Im Augenblick sind wir nicht in der Lage, uns zu einigen. Wir laufen immer wieder gegen eine Wand. Du willst mehr Zeit mit ihm und ich möchte keinem von euch beiden wehtun, während ich versuche, eine Einigung zu finden. Warum reden wir nicht miteinander, wenn ich ihn nach deinem Wochenende abhole.« Sie machte eine Pause. »Ich weiß nicht, wie wir weitermachen sollen, Dare, ich will dich nicht hassen, aber wenn ich mich mit dir über die Wochenenden streite, werde ich zu jemandem, der ich nicht bin.«

Er runzelte die Stirn. »Du willst also mein Wochenende doch nicht tauschen? Damit du ihn über Weihnachten haben kannst?« Er fluchte insgeheim über seinen scharfen Ton. »Mist. Ich wollte nicht so anklagend klingen.«

»Ich weiß. Aber weil wir uns ständig über Nates Zeit streiten, kommen wir ... kommen wir nicht miteinander zurecht.«

Dares Blut gefror, als er dies hörte, und er wusste, wenn er nicht vorsichtig war, konnte er alles verlieren, was er hatte.

»Lass uns reden, wenn du ihn abholst.« Er bemühte sich, seine Stimme lässig klingen zu lassen. Fröhlich. Denn wenn er etwas sagte, das sie ärgerte, konnte er alles ruinieren.

Sie verabschiedete sich und beendete das Gespräch. Er starrte auf sein Handy, während seine Gedanken in tausend verschiedene Richtungen irrten, ohne einen Sinn zu ergeben.

»Dare? Was ist los?«

»Ich ... ich habe keine Ahnung.« Er blickte ihr in die Augen und sie beugte sich über die Arbeitsplatte, um seine freie Hand zu ergreifen.

»Kann ich etwas für dich tun?«

Und das war es eben. Er wusste es nicht. Er wusste nie, was geschehen würde, wenn er mit Monica telefonierte. Und Kenzie hierzuhaben, wenn er sich so ... danebenfühlte ... erinnerte ihn daran, dass er auch nicht wusste, was er tun sollte, was Kenzie anbelangte.

Seine Pfade gelangten an eine Wegkreuzung und wenn er nicht aufpasste, konnte er alles verlieren – einschließlich dessen, von dem er nicht einmal gewusst hatte, dass er es wollte.

Und weil er keine Ahnung hatte, was er tun sollte, verdrängte er seine Gedanken in den Hinterkopf und konzentrierte sich auf das, was er vor Augen hatte. Er legte das Telefon beiseite und küsste Kenzie zärtlich. Die Mittelinsel zwischen ihnen machte es ihm schwer, sie zu berühren, aber die Distanz war nötig.

»Du tust bereits etwas für mich«, erwiderte er schließlich, als er sich von ihr löste. »Du bist hier.« Und obwohl genau das sein Problem sein mochte, stieß er sie nicht zurück.

Stattdessen ging er um die Kücheninsel herum und zog sie an sich. Er wusste, nach allem, was in letzter Zeit geschehen war, waren Worte nicht immer hilfreich, und sich ineinander zu verlieren war das Einzige, was sie tun konnten. Weil er sich in Kenzie verliebt hatte. Er konnte das tiefe Gefühl in seiner Brust nicht mehr leugnen.

Er hatte sich in sie verliebt, obwohl er sich das Gegenteil geschworen hatte. Er war nicht gut für sie. Sie verdiente etwas Besseres, aber jetzt konnte er nicht mehr zurück.

Er hoffte nur, keinen weiteren Fehler zu begehen.

Denn beim letzten Mal, als er einen Fehler gemacht hatte, hatte er Jason verloren.

Und alles andere um ihn herum.

Kapitel Fünfzehn

Nate kugelte sich kichernd vor ihm im Gras herum und Kenzie fotografierte ihn mit ihrem Handy. Sie lächelte und lachte mit ihm und sein Sohn akzeptierte es. Dare lehnte sich gegen das Geländer der Veranda und beobachtete die beiden. Er versuchte, sich nicht vorzustellen, wie es in ein paar Jahren sein könnte, wenn Kenzie dann noch in seinem Leben wäre.

Sie hatten sich die ganze Nacht bis in den Morgen hinein geliebt, nachdem er herausgefunden hatte, was die Verwicklungen in seinem Herzen bedeuteten. Und dann hatte er sich bemüht, nicht mehr daran zu denken – etwas, worin er viel zu gut war, wenn es um die wichtigsten Dinge in seinem Leben ging. Sie hatten gearbeitet und Zeit zusammen verbracht und so getan, als hätten sie nicht längst eine unsichtbare Linie überschritten und wären schon längst ein Paar anstatt das, was sie sich einredeten zu sein. Ihre Beziehung hatte nichts Lockeres mehr an sich und die langen Blicke, die sie sich zuwarfen, verrieten, dass sie es beide wussten.

Er hätte ihr gern gesagt, dass er sie liebte, hätte es am liebsten in die Welt hinausgeschrien, aber gleichzeitig wollte er, dass sich die Erkenntnis erst ein bisschen setzte. Bis jetzt hatte er dieses Gefühl noch nie für jemand anderen als für die Menschen seiner Familie empfunden und er hatte Angst, er könnte alles vermasseln. Und er hatte irgendwie das Gefühl, wenn er sich einfach gehen ließe, könnte er sie verlieren. Sie hatte sich noch nicht ganz aus den Klauen ihres Ex befreit und Dare wollte auf jeden Fall vermeiden, dass seine Gefühle sie verwirrten oder noch mehr verletzten, als sie es ohnehin schon war.

Aber bevor er seine Gedanken wieder einmal einen Pfad einschlagen lassen konnte, der ihm Kopfschmerzen bereitete, summte sein Telefon.

»Collins hier.« Er meldete sich, wie er es im Polizeidienst getan hatte, und sein Tonfall musste Kenzies Aufmerksamkeit erregt haben. Sie warf ihm einen fragenden Blick zu und er schüttelte den Kopf und nickte in Richtung von Nate, der immer noch im Gras herumrollte und wie verrückt kicherte. Sie nickte Dare zu, dann ging sie zu seinem Sohn, um mit ihm zu spielen. Und dafür war Dare ihr dankbar.

»Dare, gut, deine Stimme zu hören, Mann«, sagte einer von Dares früheren Kollegen.

»Deine ebenfalls, Steve.« Und das war nicht gelogen. Aber obwohl Dare die Leute vermisste, mit denen er früher zusammengearbeitet hatte, gefielen ihm sein neues Leben und sein neuer Job sogar noch besser als das Polizistendasein. Manche Berufe waren nicht für jeden geeignet und obwohl er die Zeit im Polizeidienst schätzte, war er dankbar, dass er einen anderen Weg eingeschlagen hatte. Er war jetzt zufrieden mit seinem Leben – und vielleicht sogar mehr als das.

Hm ... interessant.

»Also, ich wollte dir die neuesten Erkenntnisse bezüglich der Briefe mitteilen, die du hier abgegeben hast.« Dare versteifte sich und biss die Zähne zusammen, denn er dachte an Jesse und ihre Tochter.

»Was wisst ihr?«

»Wir haben uns in der Familie des Jungen umgesehen und während der Junge definitiv mit jemandem reden sollte, hegt er keine bösen Absichten. Die Mutter schickt das Kind zu einem neuen Therapeuten und lässt dir ausrichten, dass sie alles ihr Mögliche tun wird, damit ihrem Sohn die Hilfe zukommt, die er braucht.« Steve stieß den Atem aus. »Ehrlich, Dare. Es sieht nach einem Kind aus, das verletzt ist und nicht weiß, an wem es seine Gefühle auslassen soll, aber er hat nicht die Absicht, es mit den Fäusten oder auf andere körperliche Art auszutragen. Er ist in Tränen ausgebrochen, Mann.«

»Er hat Jesse diesen Brief geschrieben. Es ist mir gleichgültig, ob der Junge geweint hat.« Das war eine Lüge, aber er war noch nicht bereit, dem Kind zu verzeihen.

»Ich weiß, Mann. Und wir haben es ernst genommen. Und soweit wir sagen können hat der Junge es auch ernst genommen, sobald wir mit ihm geredet hatten. Natürlich beobachten wir ihn weiter, weil wir es uns nicht gefallen lassen, wenn sich jemand mit einem von uns oder dessen Familie anlegt, aber wir glauben wirklich nicht, dass der Junge euch Böses will.«

Dare seufzte, ein bisschen beruhigt, aber immer noch besorgt. »Das ist gut zu hören, aber ...«

»Wir legen die Sache nicht zu den Akten, keine Angst. Wir lassen uns nichts durch die Lappen gehen, nur weil wir glauben wollen, dass das Kind ungefährlich ist.«

Er unterhielt sich noch ein wenig mit Steve, war aber nicht wirklich bei der Sache, weil ihn die Leute, die nichts mehr mit seinem Leben zu tun hatten, nicht so sehr interessierten wie Kenzie und Nate, die gerade miteinander lachten.

Er hatte nicht vorgehabt, sie einander so nahekommen zu lassen, aber er hatte sie auch nicht trennen können. Nicht wenn er Zeit mit beiden verbringen wollte. Nate hatte begonnen, ihm Fragen über Kenzie zu stellen, nichts Ernstes, aber doch Fragen wie, ob er sie über das Wochenende sehen würde. Dare wusste, dass er vorsichtig sein musste, je mehr Zeit verging, um seinem Sohn am Ende nicht wehzutun, aber er wusste auch, dass er sie nicht voneinander fernhalten konnte, wenn Nate bei ihm war. Er wollte gern Zeit mit Kenzie verbringen und Nate ebenfalls, was bedeutete, dass die drei sich auf einem heiklen Grad bewegten, und er hoffte, die richtigen Entscheidungen zu treffen.

Die Sache war die, dass er nicht aufhören konnte, daran zu denken, dass Monica bald kommen würde, um Nate abzuholen, und sie dann mit ihm darüber reden wollte, warum sie sich ständig um das Besuchsrecht stritten. Dare wollte sich nicht streiten, aber er war es verdammt leid, die wichtigen Dinge zu verpassen, wenn es um seinen Sohn ging.

Er hatte einen stabilen Job und ein gutes Team, das sich um die alltäglichen Dinge kümmern konnte, wenn er sich freinehmen musste, um für Nate flexibler zu sein. Dare besaß außerdem eine tatkräftige Familie, die auf Knopfdruck einspringen konnte. Außerdem waren seine Eltern und jeder seiner Brüder Stützen der Gesellschaft – auch wenn Fox und Lochlan darüber gespottet hätten.

Er wollte mehr Zeit mit Nate haben und er hoffte inständig, Monica würde sich einverstanden erklären. Aber ein kleiner Teil von ihm befürchtete, dass Monica die Sache zum Schlechteren ändern wollte. Zumindest für ihn. Was, wenn sie nicht wollte, dass Nate überhaupt noch Feiertage und Wochenenden bei ihm verbrachte? Was, wenn sie dem Gericht mitgeteilt hatte, dass er immer noch in einer Kneipe arbeitete und noch nicht geheiratet hatte, was als negative Punkte gegen ihn zählen würde?

Was, wenn sie glaubte, seine Vergangenheit als Polizist könnte ihn einholen und ihn in den Hintern beißen, wie es ansatzweise diese Briefe bewiesen?

Was, wenn sie glaubte, es wäre nicht gut für Nate, dass er mit Kenzie nur ausging und keine ernste Beziehung führte, und sie ihn ihm ganz entziehen würde?

Er stieß den Atem aus und ärgerte sich über sich selbst, dass er sich diese gedankliche Ausschweifung gestattet hatte. Er wusste doch überhaupt nicht, worüber Monica mit ihm reden wollte, und er musste ohne Vorurteile in dieses Gespräch gehen, denn die Grübelei heizte nur sein Temperament an und vermasselte alles.

In diesem Augenblick trat Kenzie mit Nate zu ihm und Dare schob all diese Gedanken beiseite. Er hatte Kenzie versprochen, im Jetzt zu leben, denn genau das versuchte sie zu tun, aber er hatte keinen Einfluss darauf, wohin seine Gedanken ihn führten, wenn es um seinen Sohn ging.

»Hast du die Blätter gefunden, die du gesucht hast?«, fragte Dare und fuhr mit der Hand durch Nates weiches Haar.

Sein Kind blickte strahlend zu ihm auf. »Ja. Kann ich sie hier bei meinem Stein aufbewahren?«

Dare konnte sich gerade noch zurückhalten, das Gesicht zu verziehen. Er hatte den glatten Stein für seinen Sohn aufbewahrt, aber Blätter im Haus? Das ging zu weit. »Wie wäre es, wenn wir die Blätter auf der Veranda lassen, in einer der Steinschalen, die Grandma hergebracht hat? Dann sind sie in der Nähe von ihren Blätter-Brüdern.«

Kenzie warf ihm einen Blick zu angesichts des Schwachsinns, den er von sich gegeben hatte. Und er bemühte sich, nicht zu lachen. Mann, Kinder brachten einen dazu, die seltsamsten Sachen zu sagen.

»Okay!« Nate hüpfte auf und ab, bevor er loslief, um seine Blätter behutsam in eine der Steinschalen zu legen.

Kenzie lehnte sich an Dare und er legte ihr einen Arm um die Schultern und gab ihr einen schnellen Kuss auf die Schläfe, bevor Nate zurückkehrte.

Und da er seine Aufmerksamkeit seinem Kind und Kenzie geschenkt hatte, hatte er das Geräusch von Monicas Wagen nicht mitbekommen, der vorgefahren war. Offensichtlich hatte er die feinen Sinne des Polizisten verloren, als er Zivilist geworden war.

»Hey«, sagte Monica und lächelte zu Nate hinüber, bevor sie Kenzie und Dare einen Blick zuwarf.

Dare löste sich von Kenzie und als er sich herumdrehte, sah er sich Monica gegenüber. »Ich habe dich nicht kommen hören. Hast du lange gewartet?«

Sie schüttelte den Kopf. »Ich habe euch gehört, daher bin ich gleich ums Haus herumgegangen, anstatt an der Tür zu klingeln.«

Er nickte und räusperte sich. »Monica, das ist Kenzie. Kenzie, das ist Monica, Nates Mom.« Na bitte. Zivilisiert und kein bisschen peinlich. Kenzie war die erste Frau seit Monica, mit der er wirklich zusammen war, daher hatte er noch nie jemanden Nate oder seiner Ex vorstellen müssen. Er hoffte, es richtig zu machen. Gab es für eine solche Situation eigentlich ein Handbuch?

»Schön, dich kennenzulernen«, sagte Kenzie und reichte Monica die Hand.

Monica schüttelte sie und er merkte, dass seine Ex Kenzie ausgiebig musterte, aber nicht auf böswillige Art. Eben so, wie es zwei Leute tun, die sich kennenlernen und über einen dritten Menschen miteinander verbunden sind.

»Ich freue mich auch, dich kennenzulernen.« Monica blickte Dare an. »Können wir eine Minute miteinander reden?«

Er nickte. »Macht es dir etwas aus, ein paar Minuten auf Nate aufzupassen?«, fragte er Kenzie.

»Kein Problem«, erwiderte sie und blickte von einem zum anderen.

»Mommy«, rief Nate und lief auf sie zu. Er warf sich in Monicas ausgebreitete Arme, mit dem Überschwang eines Kleinkinds, das vom Spielen aufgedreht war – und einer winzigen Portion Zucker.

»Hallo, mein Schatz, dein Dad und ich müssen für eine Minute miteinander reden, aber Daddys Freundin Kenzie wird bei dir bleiben. Ist das okay?«

Nate grinste und schlang die Arme um Kenzies Mitte. »Jaaa. Ich mag Kenzie.«

Kenzie lächelte sanft. »Ich mag dich auch, Kumpel.«

Dare fuhr Nate mit der Hand über den Kopf und suchte Kenzies Blick. Er stieß den Atem aus. Na bitte. Sie waren hier alle zusammen und niemand schrie herum oder flippte aus. Vielleicht würde alles gut werden und er könnte herausfinden, wie er die nächsten

Schritte gehen musste – wie auch immer die aussehen mochten.

Er ging mit Monica zur Seite des Hauses, während Kenzie mit Nate auf die Veranda ging, um sich zu vergewissern, dass die Blätter sicher in der Schale lagen.

»Also ...«, begann Dare, obwohl er weder wusste, was er sagen sollte, noch was Monica vorhatte.

»Ich bin es leid zu streiten, Dare. Sie blickte in die Ferne und auf die großen Bäume, die hinter seinem Haus standen, und unterdrückte einen Seufzer.

»Ich bin auch nicht wild darauf, Mon.«

»Ich habe dich damals nicht verlassen, weil ich dich nicht in Nates Leben hätte haben wollen.«

Dare biss die Zähne zusammen und schwieg. Sie hatte einen Aufhänger gefunden, so wie es ihre Art war, tiefer in ein Thema einzutauchen. Er hatte vor langer Zeit gelernt, sie nicht zu unterbrechen, denn sonst hätte sie den Faden verloren und sie hätten sich angeschrien. Um es noch einmal zu sagen, er hasste Monica keineswegs, aber es war auch nicht immer leicht, nicht mit ihr zu streiten.

»Wir haben nicht zusammengepasst, was wir beide wussten. Ich lege dir die Worte nicht in den Mund, denn du hast etwas Ähnliches am Schluss gesagt. Du bist ein wunderbarer Vater, Dare, aber zusammen waren wir nicht wunderbar.«

Er schwieg weiterhin und wartete darauf, in welche Richtung sie das Gespräch lenkte.

»Als ich um das Sorgerecht kämpfte, tat ich das, weil

du eben so warst, wie du warst, als ich dich verließ. Oder weil ich dich so einschätzte.« Sie blickte ihm in die Augen und er versuchte, keinen Zorn zu zeigen. »Du hast deinen Job so sehr geliebt, Dare. Du stecktest all deine Energie in den Job, deine Familie und ehrlich gesagt in dein Vergnügen. Wir waren so jung, dass ich dir Letzteres nicht anlasten kann, aber ich wusste nicht, was für ein Vater du sein würdest, und ich wusste nicht, ob du wieder als Polizist arbeiten würdest, sobald du herausgefunden hattest, was du wolltest. Und ich wollte lediglich dafür sorgen, dass Nate ein gutes Leben hat.«

»Ein Leben ohne mich«, stieß er bitter hervor.

Sie reckte ihr Kinn in die Höhe. »Ein stabiles Leben. Das war alles, was ich wollte. Ich wollte ihn dir niemals vollkommen entziehen, aber ich wollte auch vermeiden, dass er verletzt wird.«

»Ich hätte Nate niemals wehgetan und ich nehme es dir übel, dass du diese Entschuldigung benutzt, um ihn von mir fernzuhalten. Ich hasse es, dass ich alles verpasse, weil ich ihn nur achtundvierzig Stunden im Monat bei mir haben kann. Und ich nehme es dir auch übel, dass du immer wieder die Besuchstermine ändern willst, weil du Auggie bei seinem Job unterstützen willst. Das ärgert mich total, Mon.«

Sie nickte mit verkniffenem Mund. »Ja, ich weiß. Und deshalb muss sich etwas ändern.«

Dare knurrte. »Du wirst ihn mir nicht wegnehmen. Ich werde kämpfen.«

Monica fuhr sich mit der Hand übers Gesicht.

»Das weiß ich, aber ich rede nicht von Änderungen, wie du sie dir gerade vorstellst, Dare. Lass mich ausreden.«

»Dann rede schneller, weil ich keine Geduld habe.«

»Mein Gott, das weiß ich. Ich habe keine Ahnung, wie Kenzie es mit dir aushält.« Sie hielt eine Hand in die Höhe. »Tut mir leid. Ich wollte das Gespräch nicht auf sie bringen. Sie scheint nett zu sein.«

»Das ist sie und sie ist nicht Thema dieser Unterhaltung.«

Sie zog eine Braue in die Höhe. »Oh, sie wird aber vielleicht zum Thema, falls sie lange genug in deinem Leben bleibt, denn wenn sie in deinem Leben ist, dann ist sie auch in Nates, und das geht mich sehr wohl etwas an.«

»Sie ist nicht. Wir sind nicht. Ich ...«

»Du solltest besser darüber nachdenken, was sie dir bedeutet, wenn du möchtest, dass sie sich in der Nähe meines Kindes aufhält, Dare. Sie ist wahrscheinlich wirklich nett und lieb zu ihm, aber ich möchte nicht, dass Nate verwirrt wird. Und jetzt bin ich vom Thema abgekommen.« Sie stieß den Atem aus. »Ich denke, es ist an der Zeit, jetzt, da er älter ist, dass wir ein geteiltes Sorgerecht ins Auge fassen.«

Dare blinzelte, vollkommen überrascht. »Was?«

Du bist nicht mehr der Mann, den ich verlassen habe, und offen gesagt bin ich auch nicht mehr die Frau, die dich verlassen hat. Ich bin es leid zu streiten und ich glaube, Nate braucht uns beide. Zu gleichen Teilen. Wir können also vielleicht darüber reden, etwas zu ändern, aber nur wenn es gut für Nate ist.«

Dare konnte kaum verarbeiten, was sie ihm da erklärte. Er war kaum fähig, Worte zu formulieren, denn seine Gedanken zerstreuten sich in tausend verschiedene Richtungen und Wärme durchflutete ihn.

»Du gibst ihn mir öfter?«, fragte er heiser.

»Wenn wir miteinander klarkommen. Ich hoffe es. Aber, Dare, ich will Nate nicht wehtun. Und das bedeutet, dass du darüber nachdenken musst, was du willst und was das Beste für ihn ist, bevor wir Papiere unterschreiben oder alles durchsprechen, okay?«

Er wusste, sie sprach von Kenzie, hatte aber den Namen nicht aussprechen wollen, um keinen Streit vom Zaun zu brechen. Und da er sich nicht sicher war, wo er und Kenzie standen, hielt er den Mund und versuchte, geistig zu erfassen, was hier vor sich ging.

Er bekam eine Chance, mehr Zeit mit seinem Sohn zu verbringen. Nach all der Zeit würde er vielleicht alles haben, was er sich je gewünscht hatte. Sein Kind, seinen Job und seine Familie. All das würde zusammenkommen und seine Welt ... besser machen.

Aber er würde lange und intensiv nachdenken müssen, was das für Kenzie und ihn bedeutete. Denn er wusste nicht, wo sie im Augenblick in ihrer Beziehung standen und wie ernst sie werden konnte ... wie ernst sie bereits war.

Und falls Monica entschied, nicht nachzugeben, weil

er mit Kenzie zusammen war? Dann wusste er keine andere Lösung als zu kämpfen.

Und das bedeutete, er musste mit Kenzie reden und erfahren, was sie empfand. Und während ein Teil von ihm wusste, dass sie es wert war, um sie zu kämpfen, befürchtete ein anderer Teil von ihm, dass sie überhaupt nicht kämpfen wollte.

Aber was auch immer geschehen mochte, er musste das tun, was gut für seinen Sohn war, schwor er sich.

Auch wenn er selbst daran zerbräche.

Kapitel Sechzehn

Kenzie hatte das Gefühl, dass etwas nicht stimmte, aber sie konnte nicht herausfinden, was es war. Und da sie an einem Punkt angelangt war, an dem sie es leid war, Dinge in sich zu verschließen, würde sie mit Dare reden müssen.

Sie war dabei, sich in ihn zu verlieben, und vielleicht war das sogar bereits geschehen. Damit brach sie zwar ihre anfängliche Übereinkunft, aber sie war sich ohnehin nicht mehr sicher, ob diese überhaupt noch für einen von ihnen wichtig war.

Aber bevor sie ihm ihre geheimsten Gefühle offenbarte, musste sie herausfinden, warum er ein wenig mehr auf Abstand gegangen war, seitdem Monica am gestrigen Tag sein Haus verlassen hatte. Er hatte ihr nicht erzählt, worüber die beiden gesprochen hatten, und sie hatte nicht gefragt, weil sie nicht neugierig erscheinen wollte. Wenn er mit ihr darüber hätte reden wollen, dann hätte er es getan, aber die Tatsache, dass er es nicht getan hatte, beunruhigte sie.

Und nicht, weil ihr Name wahrscheinlich in dem Gespräch gefallen war, da sie und die Mutter seines Kindes sich gerade erst kennengelernt hatten. Denn das hätte Kenzie erwartet – und es sogar begrüßt. Nein. Aber die Tatsache, dass Dare sich ihr nicht anvertrauen wollte oder konnte, ließ sie glauben, dass die langsam fortschreitende Entwicklung ihrer Beziehung vielleicht nur in ihrer Einbildung und nicht wirklich existierte.

»Ich muss einfach mit ihm reden«, murmelte sie vor sich hin. Es würde ihr schwerfallen, das wusste sie, aber es musste sein. Es war sinnlos, sich Sorgen über etwas zu machen, das sie nicht definieren konnte, und eine armselige Art, mit Problemen umzugehen. Auch wenn kein Missverständnis vorlag, sollte man in keiner Art von Beziehung Probleme unter den Tisch kehren.

Also würde sie mit ihm reden. Heute Abend. Schluss mit dem *Was wäre, wenn*. Und sie selbst musste genau herausfinden, was sie empfand. Aber sie konnte ihre eigenen Gefühle nicht entwirren, wenn sie seine nicht kannte.

Sie war lange genug dumm gewesen.

Kenzie schnappte nach Luft, als plötzlich starke Hände über ihre Taille und weiter über ihren Rock hinunterglitten. Sie stieß einen spitzen Schrei aus. »Dare«, flüsterte sie dann. »Ich arbeite.« *Und denke an dich.*

Er strich ihr das Haar von der Schulter und küsste sie auf den Hals. »Nimm dir eine lange Mittagspause.«

Sie schmiegte sich nicht gerade an ihn, aber doch beinahe. Es konnte jederzeit jemand vorbeikommen und sie durfte niemanden sehen lassen, was Dare mit ihr tat. Das musste unter ihnen bleiben.

»Dare.«

Er biss sie sanft in den Nacken. »Du hast doch im Augenblick keine Gäste und hast du nicht gesagt, dass du heute nur zwei Check-ins hast, aber beide erst später? Nur für die Nacht, oder? Spiel mit mir, Kenzie.« In seiner Stimme konnte sie beinahe so etwas wie Verzweiflung hören und das hätte sie beunruhigen müssen, aber sie schob den Gedanken beiseite und gab sich ihrem Gefühl hin. Verzweiflung führte zu mehr Verzweiflung.

»Wir müssen schnell machen«, flüsterte sie keuchend. Bereits bei ihrem letzten Wort zog er sie vom Schreibtisch weg zum Ende des Flurs. In diesem Bereich gab es keine Gästezimmer und ihr Apartment lag genau in der entgegengesetzten Richtung, daher war sie etwas verwirrt, weil sie nicht wusste, wo er mit ihr hingehen wollte, bis er die Tür zum begehbaren Wäscheschrank öffnete.

»Wirklich? Im Schrank?« Sie lachte, als er sie hineinzog und die Tür schloss. Er schaltete das Licht ein, sodass sie einander sehen konnten. Er gab keine Antwort, stattdessen zog er sie an sich und stieß mit seinem Mund auf ihren hinunter. Sie wölbte sich ihm entgegen und klammerte sich an seine Arme, während er sie mit dem

Rücken gegen das Regal am anderen Ende des Schrankes drückte. Laken und Kissen pressten sich in ihren Rücken. Sie lächelte zu ihm auf, als er sich sacht von ihr löste, um Luft zu schnappen.

»Ich muss dich schmecken«, knurrte er.

Sie schüttelte den Kopf und schob ihn etwas von sich weg. »Ich zuerst.«

Seine Augen verdunkelten sich. »Du willst meinen Schwanz in den Mund nehmen? Wolltest du das sagen? Du willst mir einen blasen und meinen Saft schlucken?«

Bei seinen Worten wurde ihr Höschen feucht und sie leckte sich die Lippen, bevor sie sich wortlos auf die Knie niederließ. Das war nicht einfach in dem engen Rock, aber Dare hielt ihre Hände, damit sie auf den hohen Absätzen nicht strauchelte.

Als sie seine Jeans aufknöpfte, stießen sie beide scharf den Atem aus. Sie liebte es, Dare in ihrem Mund zu haben, liebte es, ihn zu schmecken. Gleichgültig, was sie durchmachten oder wie viel um sie herum geschehen mochte, was sie beunruhigte, der Sex, den sie miteinander hatten, war stets atemberaubend. Sex war nicht ihr Problem, und das wusste sie, und in diesem Augenblick wollte sie nichts weiter, als Dare einen zu blasen und ihn dann in sich zu haben, während er kam.

Sie klammerte sich an ihn, als wäre es das letzte Mal. Warum kam ihr dieser Gedanke in den Sinn? Warum zum Teufel glaubte sie, ihn nie wieder im Arm zu halten?

Dare zog an ihren Haaren und sie kehrte von den dunklen Gedanken, die sich bei ihr einschlichen, in die

Gegenwart zurück und klammerte sich an ihren gesunden Menschenverstand. Er warf ihr einen fragenden Blick zu, aber anstatt einer Antwort zog sie ihm den Reißverschluss hinunter und schob ihm die Jeans so weit über die Hüften hinunter, dass sie seinen Schwanz mit der Hand herausholen konnte. Sie liebte es, wie er sich in ihrer Hand anfühlte, dick und steif. In diesem Augenblick gab es nichts Weiches an ihm, und das gefiel ihr.

Als sie sein Aroma auf der Zunge schmeckte, brummte sie, was Dare ein Stöhnen entlockte. Sie wippte mit dem Kopf, sog an der Spitze seines Schaftes und umfasste mit einer Hand seine Hoden, die sie dann leicht zusammendrückte.

Er bewegte die Hüften vor und zurück und glitt zwischen ihre Lippen, während er an ihren Haaren zog. Sie sog die Wangen ein und ließ ihre Zunge an seinem Schwanz entlangschnellen. Wie sie es liebte, die Kontrolle über ihn zu haben! Oh, er mochte zwar an ihren Haaren ziehen, aber sie war diejenige, die die Situation kontrollierte und ihn dazu bringen konnte, die Beherrschung zu verlieren.

Plötzlich zog Dare sich mit einem Knurren zurück und zog sie hoch. Er küsste sie verlangend. »Ich brauche dich an meinem Mund. Und wenn ich jetzt komme, verpasse ich deine süße Muschi.«

Sie verstand und lehnte sich auf dem Regal zurück. Sie klammerte sich an die Kante, damit sie die Beine spreizen konnte. Dare kniete sich vor sie und zerrte ihr den Rock über die Hüften nach oben.

»Ich liebe es, wenn du diese engen Röcke trägst. Dein Hintern sieht darin so verdammt heiß aus und ich weiß, du bist darunter feucht und bereit für mich.« Er glitt mit den Fingerknöcheln über ihr feuchtes Höschen und sie sog scharf die Luft ein. »Willst du meinen Mund an deiner Muschi haben, Baby? Und meine Zunge an deiner Klitoris?«

Statt einer Antwort spreizte sie ihre Schenkel noch weiter.

»Verdammt, ja. Du bist bereits feucht für mich.« Er schob ihr langsam das Höschen an den Beinen hinunter, aber nur bis zu den Knien. Das bedeutete, dass ihre Beine in gewisser Hinsicht fixiert waren, aber nur sehr gering, aber das machte sie nur noch mehr an. Mit dem Hintern auf dem Regal konnte sie locker dasitzen und ihm die Kontrolle überlassen.

Er legte seine Hände unter ihre Oberschenkel, senkte den Kopf und leckte in einer einzigen, langen Bewegung über ihre Muschi. Sie stöhnte und wölbte sich ihm entgegen, während sie sich an der Kante des Regals festhielt.

Er erregte ihre Öffnung mit der Zunge, bevor er sich wieder ihrer Klitoris zuwandte und sie in seinen Mund saugte. Da kam sie heftig. Sie biss sich auf die Lippe, um nicht laut seinen Namen zu rufen und zu schreien und die Welt wissen zu lassen, was sie hier im Wäscheschrank taten. Sicher, bei all dem Stöhnen und Keuchen, das sie beide von sich gaben, würde es jeder wissen, der am Schrank vorbeiging.

Und aus irgendeinem Grund steigerte das noch ihre Erregung.

Sie sollte nicht so empfinden, sollte sich bei ihm nicht so geborgen fühlen, und doch vertraute sie ihm vollkommen. Sie konnte sich mit ihm auf eine Art gehen lassen, wie sie es mit David niemals gekonnt und nach ihm nicht mehr für möglich gehalten hatte.

Sie hörte das Rascheln einer Verpackung, als er sich das Kondom überzog, das er mitgebracht haben musste, und plötzlich stand sie auf den Füßen, mit der Vorderseite gegen die Wäsche gepresst und mit so weit gespreizten Beinen, wie es ihr das Höschen erlaubte.

»Warte kurz«, knurrte er.

Und das tat sie.

Dann war er in ihr und pumpte in ihre feuchte Hitze. Sie wölbte sich ihm mit dem Hintern entgegen und presste ihn fest gegen seine Hüften. Er langte zwischen sie und glitt mit den Fingern über ihre Klitoris, während er an ihrem Nacken saugte. Da konnte sie sich nicht mehr zurückhalten.

Kenzie kam; ihre Beine bebten unter der Kraft des Orgasmus. Und bald folgte er ihr. Sein ersticktes Stöhnen in ihrem Nacken peitschte ihr Verlangen nach ihm noch mehr an.

Noch nie hatte sie so etwas Gefährliches getan und sie verlor sich in der verlockenden Leidenschaft.

Nachdem er sich aus ihr zurückgezogen hatte, verstaute er das Kondom in einem der kleinen Müllbeutel, die im Schrank gelagert waren, und säuberte sie beide mit einem Handtuch. Die Tatsache, dass sie beide beinahe vollkommen bekleidet gewesen waren, hatte ihre Leidenschaft zusätzlich angeheizt. Und als sie nun beide ihre zerknitterten Kleider richten mussten, wurde ihr ein wenig schwindelig.

Schwindelig.

Dare Collins hatte sie schwindelig gemacht und nun wusste sie genau, dass sie sich in ihn verliebt hatte. Sie spürte eine tiefe, bleibende Liebe für ihn, was ihr eine höllische Angst einjagte.

»Wir hätten das nicht tun sollen«, sagte er leise. Sie erstarrte.

»Was?« Warum ihre Stimme nicht zitterte, wusste sie nicht.

»Wir sind auf der Arbeit, verdammt noch mal. Und ich habe dich gerade wie ein brünstiger Stier gefickt, in einem verdammten Schrank.«

Ihr wurde eiskalt. Sie verschränkte die Arme vor der Brust. »Ich war auch dabei und übrigens stehen wir immer noch in dem verdammten Schrank.« Sie machte eine Pause und fragte sich, wie zur Hölle sie an diesem Punkt gelandet waren. »Was geht hier eigentlich vor, Dare? Rede mit mir.«

»Eine Menge Mist geht hier vor sich, Kenzie, und ich denke, wir sind zu schnell.«

Sie blinzelte, eine merkwürdige Leere breitete sich in ihrer Brust aus und überwältigte sie. »Wie bitte?«

Er blickte sie mit ausdrucksloser Miene an und sie wünschte sich verzweifelt, sie deuten zu können. Er stand da, als würde er sie nicht gerade zerbrechen. Und sie hatte keine Ahnung, was vor sich ging. »Ich sage nicht, dass das, was wir getan haben, unbedingt falsch ist. Und dass wir zusammen sind, ist auch nicht falsch. Aber bei all dem, was mit Nate vor sich geht, und mit dir und David, verkomplizieren wir vielleicht alles nur, wenn wir dies tun.«

Sie schluckte heftig und reckte das Kinn in die Höhe, wie sie es an jenem ersten Morgen getan hatte. »Dies? Du meinst, Sex miteinander zu haben? Oder meinst du mehr? Weil, was sind wir füreinander, Dare? Ich weiß, ich hätte dich das schon lange fragen sollen. Ich hätte mit dir über meine Gefühle reden und dich auch nach deinen fragen müssen. Aber ganz ehrlich? Was meinst du damit, was mit Nate vor sich geht? Du hast mir nichts erzählt, was ihn anbelangt. Wie kann ich also wissen, was du meinst? Und ich weiß auch nicht, was du mit David meinst. Wirfst du mir vor, dass er hierhergekommen ist?«

Er war geschockt, das konnte sie ihm ansehen. Es war das erste Mal, dass er überhaupt ein Gefühl zeigte, seitdem er zu sprechen begonnen hatte. »Was? Nein, ich wollte nur sagen, dass es im Augenblick viele Komplikationen gibt, die die Dinge schwer machen.«

»Schwer? Was für Dinge, Dare? Wenn du dich so verhältst, musst du mir erklären, warum plötzlich alles anders sein muss.«

»Weil ich mein Kind vermisse, klar? Monica stimmt vielleicht zu, die Sorgerechtsregelung zu ändern, sodass ich mehr Zeit mit ihm bekomme, aber sie hat sich ziemlich klar ausgedrückt, dass ich nicht herumspielen darf.«

Ein Teil von ihr freute sich wahnsinnig, dass Nate wahrscheinlich mehr an Dares Leben teilhaben würde.

Der andere Teil von ihr hätte am liebsten geschrien oder geweint.

»Herumspielen. Weil es das ist, was wir tun.«

»Aber das haben wir doch zu Beginn ausgemacht, oder nicht? Nur vorerst. Nichts zu Ernstes, weil keiner von uns bereit dazu war.«

Sie stand wie zu Eis erstarrt und wusste nicht, wie es so weit hatte kommen können. Alles, was er sagte, entsprach irgendwie der Wahrheit, andererseits aber auch wieder nicht. Es ergab keinen Sinn und ehrlich, sie wusste nicht, ob sie sich in diesem Augenblick mit ihm auseinandersetzen konnte.

»Weißt du was? Tu das nicht.« Sie biss die Zähne zusammen und hob eine Hand in die Höhe. »Wenn du dies beenden willst, weil du keine Gefühle für mich hast und das *Herumspielen* deine Chancen bei deinem Sohn verringert, dann hatte ich offensichtlich keine Ahnung, was wir all die Zeit getan haben. Denn weißt du was, Dare? Ich habe mich in dich verliebt. Ich liebe dich, verdammt. Ich habe mir geschworen, mich nicht in dich zu verlieben, weil ich glaubte, einst geliebt und einen großen Fehler begangen zu haben. Ich wollte es nicht noch einmal tun. Aber irgendwie ist es wieder passiert und ich habe mir eingeredet, du könntest kein Fehler sein. Es war falsch von mir, es dir nicht zu erzählen, als meine Gefühle begannen, sich zu ändern. Und jetzt bin ich damit herausgeplatzt und es ist ziemlich peinlich. Also geh und tu, was du tun musst. Sei ernst und *spiele nicht herum*. Ich werde dir nicht im Weg stehen.«

Sie zwängte sich mit Tränen in der Kehle und den Augen an ihm vorbei. Und als sie die Tür öffnete, um davonzugehen, hielt er sie nicht zurück.

Er stand einfach nur da.

Er rief sie nicht bei ihrem Namen.

Sagte ihr nicht, dass er sie auch liebte.

Sagte überhaupt kein Wort.

Sie hatte sich geirrt. So sehr geirrt.

Und daran trug allein sie selbst die Schuld.

Kapitel Siebzehn

»Dare, du bist ein verdammter Idiot«, sagte Fox sehr laut. Er saß auf einem Hocker am Tresen. Sie hatten die Kneipe bereits geschlossen, weil es ein Wochentag war und sie ein wenig früher Schluss machen konnten. Aber offensichtlich wollte Fox dem ganzen Häuserblock seine Gefühle mitteilen.

Dare stand hinter dem Tresen und spülte Gläser, um seine Hände zu beschäftigen. Lochlan saß neben Fox. Er trank nichts, schoss aber böse Blicke in Dares Richtung.

»Ich weiß, dass ich ein Idiot bin«, stieß Dare hervor. »Warum schreist du mir das ins Gesicht?«

»Mir scheint, du verstehst es nicht, und deshalb schreie ich.« Fox trank einen Schluck von seinem Whiskey, ließ aber Dare nicht aus den Augen. »Was ist denn geschehen?«

»Sie hat mich verlassen. Das ist alles.« Das war jetzt

eine verdammte Lüge, aber Dare konnte seine Gedanken nicht in Worte fassen.

»Du lügst.« Lochlan starrte auf das Glas Wasser in seiner Hand.

»Ich lüge nicht.« Dare widmete sich wieder dem Spülen seiner Gläser. Er hielt den Kopf gesenkt, sodass er sich auf etwas Banales konzentrieren konnte und nicht wahrnehmen musste, wie seine Welt um ihn herum zusammenbrach. »Sie ist gegangen.«

»Ja. Und was hast du getan, um sie dazu zu veranlassen? Was hast du gesagt? Kenzie hat so hart dafür gekämpft, an den Punkt zu gelangen, an dem sie sich jetzt befindet, dass ich nicht glaube, dass sie so schnell etwas aufgibt, was gut für sie gewesen ist.«

Dare hob den Blick und runzelte die Stirn. »Dann ist es also mein Fehler?«

Ja.

»Ja«, sagten auch seine Brüder wie aus einem Mund.

Er tauchte das Glas, das er in der Hand hielt, ins Seifenwasser, und war froh, dass er es nicht gegen die Spüle geknallt hatte.

»Mein Gott, okay, gut. Es ist mein verdammter Fehler. Und ich habe keine Ahnung, wie es dazu kommen konnte. Mein Gehirn konnte nicht mit all den Ereignissen Schritt halten und ich habe immer wieder das Falsche gesagt. Ich sage immer noch das Falsche.«

»Erzähl uns alles«, verlangte Fox. »Vielleicht können wir es in Ordnung bringen.«

»Nicht dass auch nur einer von uns ein Vorbild für eine glückliche Beziehung wäre«, wandte Lochlan ein.

»Das stimmt, aber vielleicht können wir drei zusammen eine Lösung finden.« Fox zuckte mit den Schultern. »Man weiß nie.«

Dare musterte seine Brüder und unterdrückte ein Seufzen. Keiner von ihnen hatte je eine erfolgreiche, lang anhaltende Beziehung geführt – einschließlich Lochlans Ex, Mistys Mutter –, aber sie waren gut darin, mit den ihnen gegebenen Fähigkeiten zu arbeiten und Lösungen für Probleme zu finden.

»Monica hat mir gesagt, sie wolle eine andere Form des Sorgerechts ausprobieren und mir vielleicht mehr Zeit zugestehen.«

»Wirklich?«, fragte Fox. »Das ist großartig.«

»Und wo liegt der Haken?« Lochlan zog die Brauen zusammen und Dare seufzte.

»Sie hat mir gesagt, ich müsse zuerst herausfinden, was ich von Kenzie will. Und sie hat recht. Ich kann Nate nicht wehtun, indem Kenzie länger an seinem Leben teilhat und es uns allen schlecht geht, wenn sie dann geht.«

»Und das hast du Kenzie erzählt und dann ist sie gegangen?«, wollte Fox wissen und die Verwirrung stand ihm ins Gesicht geschrieben.

Dare knurrte. »Nein. Ich habe überhaupt nichts gesagt. Ich bin ein verdammter Idiot. Kenzie hat mir gestanden, dass sie mich liebt, und ich habe nichts gesagt. Nichts. Als hätte man mir die Zunge abgeschnitten oder den Mund zugenäht. Ich habe mich nicht gerührt. Aber, wartet, ich habe etwas gesagt. Ich habe ihr gesagt, dass es ein Fehler war, dass wir miteinander geschlafen haben, ohne herauszufinden, was wir einander bedeuten. Aber ich bin mir ziemlich sicher, dass es so klang, als hielte ich alles, was wir hatten, für einen Fehler. Ich bin ein solcher Idiot und weil mein Gehirn versagt hat, habe ich die Frau verloren, die ich liebe.«

Lochlan erhob sich ohne ein Wort und ging um den Tresen herum. Fox blinzelte nur. Und bevor Dare noch einen Atemzug tun konnte, schlug Lochlan ihm ins Gesicht.

»Was soll das, Mann?« Dare rieb sich die Wange und war froh, dass Lochlan nicht fester zugeschlagen hatte. »Wofür war das denn?«

»Du erzählst mir, dass ihr euch liebt, dass aber nur sie den Mut aufgebracht hat, es auszusprechen? Und als sie es gesagt hat, hast du sie weggehen lassen und gedacht, du empfindest nichts für sie, außer dass es ein Fehler war? Und du erzählst mir wirklich, dass du ihr das Gefühl gegeben hast, dass sie ein Hindernis für dich wäre, wenn es darum ginge, Nate öfter zu bekommen? Das klingt, als wärst du ein echtes Arschloch. Ich sollte dich noch einmal schlagen.«

Dare hielt beide Hände in die Höhe. »Ich weiß, ich weiß. Ich war zu kopflastig und ich bin ein solcher Idiot. Als ich versucht habe herauszufinden, was ich von Kenzie will, wusste ich nicht, was sie für mich empfindet. Ich. Wusste. Es. Nicht. Wir sind beide mit dem

Bewusstsein in die Beziehung gegangen, es ginge alles nur um Sex und würde nur kurze Zeit dauern. Ich weiß nicht, wann sich das für mich geändert hat, und ich wusste nicht, dass es sich für sie geändert hatte.« Er machte eine Pause. »Nein, das ist auch nicht richtig. Ich dachte, es könnte sich geändert haben aufgrund der Art, wie wir uns langsam weiterentwickelten, aber ich war mir nicht sicher. Und als dann Monica mit dieser neuen Idee kam, nun, da war ich vollkommen durcheinander. Ich habe versucht, alles zu analysieren und im Kopf zusammenzusetzen, aber ich war zu langsam darin, mir zu überlegen, was ich sagen musste. Ich war ehrlich geschockt, als sie mir ihre Liebe gestand. Ich hatte nicht geglaubt, dass sie jemals einen anderen Mann würde lieben können, nach allem, was mit ihrem Ex geschehen war, und doch war sie in dieser Hinsicht viel stärker als ich. Zur Hölle, in jeder Hinsicht. Also ja, ich bin ein verdammter Idiot und ich weiß, ich muss versuchen, alles in Ordnung zu bringen, aber ich habe keine Ahnung wie. Ich lasse ihr ihren Freiraum. Es war ein übler Tag und ich habe versucht, sie Abstand gewinnen zu lassen. Aber ich würde nichts lieber tun, als zu ihr hochzugehen und sie wissen zu lassen, dass ich möchte, dass sie zu mir gehört. Aber dann wiederum frage ich mich: Was für ein Recht habe ich? Ich habe ihr wehgetan, Jungs. Ich habe ihr, verdammt noch mal, wehgetan. Was, wenn ich dort hochgehe und versuche, ihr zu erklären, was ich fühle und warum ich so langsam war, als ich versucht habe zu erklären, was in meinem Kopf vorgeht, und ich sie dann noch mehr verletze? Ich würde alles tun, um ihr nicht noch einmal wehzutun, und doch habe ich das Gefühl, dass ich sie immer wieder verletze, egal was ich tue, weil ich, ja, weil ich ein verdammter Idiot bin.«

Lochlan blickte böse auf ihn hinab, während Fox blinzelte und sein Mund sich wie bei einem Fisch öffnete und wieder schloss.

»Das ... das war eine Menge«, stellte Fox schließlich fest.

»Ja, ja, das war es.« Dare fuhr sich mit der Hand übers Gesicht und zuckte zusammen, als er sich die Wangen zusammendrückte. »Und ich weiß nicht, was ich tun soll.«

»Du liebst sie«, sagte Lochlan leise. »Also geh und wirf dich vor ihr auf die Knie. Und bitte um Verzeihung, weil du solch ein Idiot gewesen bist und mit dem Schwanz anstatt mit dem Gehirn gedacht hast. Heute Nacht sind keine Gäste da, weil wir uns in dem seltsamen Abschnitt des Jahres befinden, kurz bevor die Saison beginnt, also geh und sorg dafür, dass die Frau, die du liebst, weiß, dass du einfach nur ein Dummkopf bist.«

Fox glitt von seinem Hocker. »Wir machen uns auf den Weg. Und du räumst zu Ende auf und atmest tief durch, damit du deine Gedanken sammeln kannst, und dann gehst du nach oben und redest mit deiner Frau.«

»Aber benimm dich nicht wie ein Arschloch«, fügte Lochlan hinzu, bevor er mit Fox an seiner Seite die Kneipe verließ. Dare blieb allein zurück und starrte die Gläser an. Er fragte sich, was zum Teufel er tun sollte.

Warum hatte er nichts gesagt, als sie gegangen war?

Ja, zuerst war er so geschockt gewesen, dass es ihm die Sprache verschlagen hatte, aber verdammt, innerlich hatte er die ganze Zeit geschrien, hatte sich aber nicht schnell genug bewegen können. Er hatte ihr wehgetan, und das würde er sich niemals verzeihen können.

Aber er wusste, er konnte ohne sie nicht leben.

Dare blinzelte.

Er konnte ohne sie nicht leben.

Er atmete tief ein, dann rannte er förmlich aus der Kneipe und die Treppe hinauf. Er hatte gedacht, Kenzie wäre zu Hause, aber sie konnte auch ausgegangen sein, da es keine Gäste gab. Als er schließlich vor ihrer Tür stand, holte er Luft, dann klopfte er.

Er würde um Verzeihung bitten.

Er würde sich auf die Knie fallen lassen und betteln.

Er würde alles tun, um Kenzie wissen zu lassen, dass sie weit mehr verdiente als einen Mann, der nicht den Mut aufbrachte, ihr zu zeigen, dass er sie liebte und dass sie ihm wichtig war. Er würde alles tun, um zu beweisen, dass Kenzie viel mehr wert war als er.

Kenzie öffnete die Tür und auf ihrem Gesicht zeigte sich für einen Augenblick ein überraschter Ausdruck, doch dann runzelte sie die Stirn. »Dare?«

Und weil er an nichts anderes denken konnte als den Schmerz, sie nicht in seinem Leben zu haben, tat er das Einzige, was er tun konnte.

Er ließ sich auf die Knie sinken. Und wenn er sich auf

Scherben hätte knien müssen, so hätte er die Strafe mit Freuden hingenommen.

»Es tut mir so verdammt leid, Kenzie. Ich hätte etwas sagen sollen. Zum Teufel, ich hätte von Anfang an etwas sagen sollen. Ich bin nicht mit dem zufrieden, was auch immer wir hatten. Ich hatte bereits begonnen, mich in dich zu verlieben, als du mich zum ersten Mal zum Lachen gebracht hast. Ich glaube, ich wusste bereits, dass zwischen uns etwas sein könnte, als du zum ersten Mal in meine Kneipe stolziert bist, in dem grünen Kleid, in dem deine Beine endlos wirken.«

»Dare ...« Sie biss sich auf die Lippe und ging vor ihm auf die Knie. »Du musst nicht um Vergebung betteln. Ich bin gegangen, ohne dich etwas sagen zu lassen, weil ich Angst vor dem hatte, was du sagen würdest. Es ist ebenso gut mein Fehler wie deiner. Wenn ich dir früher erklärt hätte, welche Richtung meine Gefühle eingeschlagen hatten, so wäre ich vielleicht nicht so ausgeflippt. Du musst an Nate denken und weil ich so viel Angst hatte, dir meine Gefühle zu gestehen, hast du geglaubt, ich wollte nicht mehr.«

Er umfasste ihr Gesicht, beugte sich jedoch nicht vor. »Du solltest nicht knien, Baby. Du musst mich nicht um Verzeihung bitten. Das ist mein Job dir gegenüber.«

»Nein, wir bitten uns gegenseitig um Verzeihung. Und wir reden miteinander, Dare. Meine Gefühle haben mir wegen der Geschichte mit David solche Angst eingejagt, dass ich mir beinahe nicht gestattet habe zu fühlen. Ich hätte es dir sagen sollen. Stattdessen hätte ich dich fast verlassen, weil ich nicht sicher war, ob ich das Glück verdiene. Oder vielleicht hatte ich auch Angst, wieder einen Fehler zu begehen, weil ich schon einmal einen gemacht hatte. Ich weiß es nicht, wirklich, aber ich weiß, dass es dumm von mir war, es dir nicht zu sagen. Denn weil du es nicht wusstest, warst du dir unsicher, ob ich in dein Leben mit Nate passen würde. Und das tut mir leid.«

Dare lachte leise vor sich hin und schüttelte den Kopf. »Wir ähneln uns manchmal so sehr, dass es beängstigend ist. Baby, wenn ich mir solche Sorgen gemacht habe, was mit meinem Sohn geschieht, wenn du bei uns bist, warum habe ich dann nicht einfach gefragt? Weil ich ein verdammter Feigling war und Angst vor der Antwort hatte.« Er ließ seine Hand auf ihrer Wange liegen und beugte sich vor, bis sie einander mit der Stirn berührten. »Nachdem ich Jason verloren hatte und nach allem, was damit einherging, hatte ich das Gefühl, als verdiente ich es nicht, mit einem anderen Menschen eng verbunden zu sein.«

Er machte eine Pause, damit sein Herzschlag sich beruhigen konnte, denn er hörte sein Herz bis in die Ohren schlagen. Aber das war nicht leicht, während er sie direkt vor Augen hatte.

»Ich liebe dich, Kenzie. Ich liebe dich so sehr. Und es tut mir so leid, dass ich dir wehgetan habe. Aber wenn du mich haben willst, dann möchte ich gern in deinem Leben sein. Und dich in meinem Leben haben. Ich möchte dir über alles viel mehr erzählen. Und ich möchte, dass du Nate noch besser kennenlernst. Ich will dich, Kenzie. Wenn du mich willst.«

Tränen liefen ihr über die Wangen und sie lächelte. Dieses Lächeln war das Beste, was er je in seinem Leben gesehen hatte.

»Ich liebe dich auch, Dare. Und ich will das auch alles. Aber ab jetzt werden wir mehr reden.« Sie schnaufte und er grinste. »Ich muss wissen, was du empfindest, und ich muss stark genug sein, dir meinerseits meine Gefühle zu erklären.«

Da küsste er sie, denn er musste sie schmecken, sie berühren. »Das kann ich tun, Rotschopf. Das will ich tun.«

Er zog sie an sich, was nicht so leicht war, da sie immer noch voreinander knieten. Er küsste sie heftig und ihre Zungen glitten umeinander, während ihre Lippen sich leidenschaftlich liebkosten.

Gerade wollte er sie mit sich auf die Füße ziehen, als er erstarrte, denn plötzlich roch er Rauch in der Luft.

»Was ist das?«, fragte Kenzie stirnrunzelnd.

Hastig stand Dare auf. »Es riecht, als würde etwas brennen.« Adrenalin pumpte durch seine Adern und er zog Kenzie am Arm die Treppe hinunter. »Ist hier noch jemand?«

Kenzie lief neben ihm her, barfuß und im Schlafanzug. »Keine Gäste, aber ich weiß nicht, ob im Restaurant oder in der Kneipe noch Leute sind. Was ist hier los? Wo ist das Feuer?«

»Ich weiß es nicht, verdammt noch mal. Ich war der

Letzte unten. Ich bringe dich hier raus.« Die Luft füllte sich mit Rauch, der aus dem rückwärtigen Teil des Gebäudes quoll, also zog er Kenzie zur Vordertür. »Ich glaube, er kommt von hinten.« Er warf ihr sein Handy zu. »Ruf die Feuerwehr. Vielleicht hat das schon jemand getan, aber sicher ist sicher. Ich werde ums Haus herum nach hinten gehen, um zu sehen, wo das Feuer herkommt.«

»Ich begleite dich.«

»Du bist barfuß.«

»Das ist mir egal. Ich lasse dich nicht allein gehen.«

Da er wusste, dass es nicht nur sinnlos war zu streiten, sondern dass die Zeit ihnen auch davonlief, begann er loszustürmen, obwohl sie noch telefonierte. Sobald sie hinten ankamen, fluchte er.

Jemand hatte das Küchenfenster eingeschlagen, sodass der Rauch ins Gebäude eindringen konnte. Die drei Mülltonnen unter dem Fenster brannten. Flammen und Rauch quollen aus den Plastikbehältern.

»Mein Gott.«

»Oh mein Gott.« Kenzie telefonierte immer noch mit der Feuerwehr, aber sie hatte ihn eingeholt. »Sie sind unterwegs, Dare.«

»Ich brauche Wasser. Oder etwas anderes. Mist. Das Gebäude hat noch kein Feuer gefangen, aber der Rauch wird alles zerstören, wenn wir ihn nicht in den Griff bekommen.«

»Du verfluchte Schlampe!«

Dare wirbelte herum und schob Kenzie hinter sich.

All seine Sinne waren in Alarmbereitschaft. »Machst du Scherze, David? Hast du das Feuer gelegt?«

»David ...« Kenzie war ebenso zornig wie er. Aber diese üble Überraschung erweckte in ihm den Drang, den Dreckskerl umzubringen, weil er es gewagt hatte, zurückzukehren und zu versuchen, Kenzie zu schaden.

Kenzies Ex stand auf der anderen Seite der schmalen Gasse, in der Hand einen roten Benzinkanister. Dare konnte ehrlich nicht glauben, was er sah, aber er hatte es satt, dass Leute in sein Leben eindrangen und jene bedrohten, die er liebte.

Er hatte wegen eines Arschlochs Jason verloren.

Er hatte beinahe sein Kind verloren, weil er so daneben gewesen war.

Und dann hätte er beinahe Kenzie aus dem gleichen Grund verloren.

Er würde nicht zulassen, dass dieses gewalttätige Arschloch seine geliebte Kenzie anrührte, oder das Gebäude, das seiner Familie gehörte.

In der Ferne hörte er die Sirenen und er wusste, Polizei und Feuerwehr waren unterwegs, aber Dare hatte nur Augen für David.

»Bleib hier«, knurrte er Kenzie an, dann lief er zu David.

Der andere Mann stand dort, die Augen vor Ärger und einem Hauch von Wahnsinn geweitet, und er rührte sich nicht. Er ließ den Benzinkanister fallen und der leere Behälter gab ein hohles Geräusch von sich, als er auf dem Asphalt aufschlug.

Dare schlug dem Mann so fest er konnte ins Gesicht und ohne einen Kampf ging David zu Boden, ausgeschaltet wie eine Lampe. Dare wäre enttäuscht gewesen, aber seine Kneipe wurde von Flammen bedroht und die Liebe seines Lebens befand sich immer noch in deren Nähe.

Dann geschah alles sehr schnell.

Polizei und Krankenwagen rückten an und Menschen begannen zu rufen. Es war ein kleines Städtchen und andere Leute kamen auch hinzu, aber Dare hatte nur Augen für Kenzie. Im nächsten Augenblick hielt er sie im Arm und zog sie an sich. Nun waren auch Mitglieder seiner Familie eingetroffen, aber er konnte sie nicht hören.

Beamte begannen, Fragen zu stellen, und die Feuerwehrleute kümmerten sich um das Feuer. Dare wusste, es würden Fragen aufkommen. Wusste, dass sie alles wiederaufbauen mussten.

Aber er konnte jetzt nur Kenzie im Arm halten.

Alles andere konnte warten.

Ausnahmsweise.

Kapitel Achtzehn

»So ist es gut«, knurrte Dare in ihr Ohr. »Nimm mich.«

Kenzie wölbte sich ihm entgegen, als der Mann, den sie liebte, in sie hineinstieß. Er kniete hinter ihr und fickte sie heftig, während er mit einer Hand ihre Klitoris erregte und die andere um ihren Hals gelegt hatte.

»Zeig es mir«, keuchte sie. »Zeig mir, dass ich dir gehöre.«

Er hämmerte in sie hinein und sie bewegte sich mit ihm und kam ihm bei jedem Stoß entgegen. Als er sie in die Schulter biss und leise knurrte, hallte das Geräusch in ihrem Körper nach und sie kam; ihre inneren Wände zogen sich um ihn zusammen.

Er erbebte und füllte sie mit seinem Saft, als er ebenfalls kam. Sie konnte seine Hitze spüren, da sie endlich auf ein Kondom verzichten konnten. Sie fühlte sich in Besitz genommen.

Sie gehörte ihm.

Dare.

»Mein Gott, das müssen wir noch einmal machen«, knurrte Dare an ihrem Ohr, bevor er mit seinen Lippen über ihre Haut strich. »Ich wusste, dass es großartig sein würde, ohne Kondom in dir zu sein, aber jetzt weiß ich, warum es auch *der kleine Tod* genannt wird.«

Nachdem er sich aus ihr zurückgezogen hatte, ließen sie sich auf die Seite fallen und sie drehte sich zu ihm herum, denn sie wollte sein Gesicht sehen. »Ich ... ich brauche vielleicht eine Minute, bevor wir das noch einmal machen«, sagte sie lachend.

Er lachte rau auf und presste seine Lippen auf ihre Schläfe. Er konnte nicht aufhören, sie zu berühren, und sie liebte es.

»Ich dachte, das wäre mein Spruch.«

Sie lächelte und schloss die Augen, während sie seine Zärtlichkeit genoss. »Wir werden bald so weit sein. Zusammen. Aber zuerst? Lass uns einfach kuscheln.« Sie lachte und er zog sie noch fester an sich.

Vor dem Brand war Dare nicht gerade fürs Kuscheln zu haben gewesen, aber jetzt konnten sie nicht genug voneinander bekommen.

Wenn sie in den letzten Tagen nicht gearbeitet hatten, hatten sie miteinander geredet oder sich geliebt. Sie wusste, sobald sie erst einmal ihr Gleichgewicht gefunden hätten, würden sie nicht mehr all ihre freie Zeit

– so wenig sie auch davon hatten – im Bett verbringen, aber vorerst würde sie nehmen, was sie bekommen konnte.

»Wir sollten wahrscheinlich bald nach unten gehen und sehen, wie die Kneipe läuft«, sagte Dare nach einem Moment. Er streichelte sie immer noch, denn er konnte nicht genug von ihr bekommen. Da auch sie nicht genug von ihm bekommen konnte, beklagte sie sich nicht.

»Das stimmt. Es war schön, den Nachmittag freizunehmen, aber ich möchte mit der Empfangsdame reden und sehen, wie es läuft.« Seitdem sie im *Old Whiskey Inn* angefangen hatte, hatte sie Schritt für Schritt daran gearbeitet, den Herbergsbetrieb mit weniger Stress zu führen als zu der Zeit von Barb und Bob. Sie hatten Großartiges geleistet und mit Kenzies Hilfe waren sie in der Lage gewesen, insgesamt zwei Assistentinnen für die Herbergsleitung einzustellen, die die Herberge wirklich führen konnten, wenn Kenzie nicht da sein konnte. Das ältere Ehepaar konnte sich nun zur Ruhe setzen und Kenzie musste nicht bis zum Umfallen schuften, wenn sie es nicht wollte.

Und das war gut so, denn während der letzten drei Wochen nach dem Feuer war sie mit allen möglichen anderen Dingen beschäftigt gewesen. David war noch im Gefängnis und würde es auch für lange Zeit bleiben. Brandstiftung war nur die Spitze des Eisbergs all der Vergehen, die ihr Ex begangen hatte. Von ihrem Bruder hatte sie in all der Zeit nichts gehört und obwohl es sie ein wenig verletzte, dass sie ihm nicht wichtig genug war, um sich nach ihrem Wohlbefinden zu erkundigen, so wusste sie doch, dass es so das Beste war.

Später mochte vielleicht Zeit sein, sich wieder zu versöhnen, aber vorerst würde sie ihr Leben so leben, wie sie es wollte, ohne sich um diejenigen zu sorgen, die ihr schaden wollten.

Endlich hatte sie ihre Vergangenheit hinter sich gelassen und obwohl sie entsetzt war, dass ihr Ex versucht hatte, etwas zu zerstören, das ein Teil dieser Stadt und der Familie war, die sie liebte, gab sie sich keine Schuld daran.

Dare hätte das nicht zugelassen.

Erst als sie beinahe alles verloren hätte, was ihr wichtig war, hatte sie erkannt, dass sie endlich die Kenzie war, die sie immer hatte sein sollen.

»Worüber denkst du so intensiv nach?«, fragte Dare, als sie sich ankleideten, um nach unten zu gehen.

»An alles, was während der letzten paar Monate geschehen ist.« Als ihre Blicke sich trafen, verzog er das Gesicht. »Ich bin glücklich, Dare. Alles ist gut, weißt du?«

Er nickte, aber sie wusste, dass er immer noch sauer war. Er gab ihre keine Schuld, aber er redete immer noch manchmal davon, dass er ihren Ex am liebsten noch einmal in den Hintern getreten hätte. Aber da sie sich das auch wünschte, konnte sie ihm das nicht übel nehmen.

Anstatt etwas zu sagen, ging er zu ihr hinüber und schloss sie für einen leidenschaftlichen Kuss in die Arme. »Ich liebe dich, Kenzie Owens. Ich liebe dich, verdammt noch mal. Vergiss das nicht.«

Schon wieder wurde sie von Leidenschaft erfüllt, wie immer, wenn er sie an sich zog. »Nein, das werde ich nie vergessen. Ich liebe dich auch, Dare. Und jetzt lass uns nach unten gehen und sehen, wie es in deiner Kneipe läuft. Ich könnte einen Whiskey vertragen.«

Dare grinste. »Ja, das klingt nach meinem Mädchen. Whiskey und dich neben mir? Was bin ich doch für ein glücklicher Mann.«

Sie tätschelte ihm die Brust, bevor sie nach unten langte, um sich ihre Schuhe überzuziehen. »Und vergiss es ja nicht.«

Sie hatte ihr Glück gefunden, als sie weder danach gesucht noch aktiv darum gekämpft hatte. Jetzt hatte sie Freunde, ein Zuhause, einen Job, den sie liebte, und einen Mann, den sie niemals als selbstverständlich hinnehmen würde.

Ihr Weg war noch nicht zu Ende, noch lange nicht. Sie hatte immer noch Irrwege und Wendepunkte vor sich, aber sie wusste auch, dies war nicht das Ende. Sie musste ihre Geheimnisse nicht mehr verstecken, um zu überleben. Ihre Vergangenheit hielt sie nicht länger in ihren Klauen.

Nichts konnte sie mehr aufhalten.

Epilog

Dare war ein glücklicher Mann. Morgens hatte er mit seinem Sohn telefoniert und mit ihm darüber geredet, was sie in der nächsten Woche unternehmen würden, wenn sie volle sieben Tage zusammen wären. Dann hatte er den Nachmittag mit Kenzie im Bett verbracht. Und jetzt hielt er sich mit seiner Familie, seinen Freunden und der Frau, die er liebte, in der Kneipe auf, die ein Kind seiner Seele war.

Irgendwie hatte sich alles zum Guten gewendet, trotz allem, was er vermasselt, und trotz seiner Fehler, die er im Laufe der letzten Jahre gemacht hatte.

Und zur Hölle, er war glücklich.

Er hatte gerade ein Telefongespräch mit Monica gehabt und kehrte jetzt mit einem Lächeln auf dem Gesicht in die Kneipe zurück. Die beiden würden eine neue gemeinsame Sorgerechtsvereinbarung ausarbeiten, weil Monica eben eine verdammt gute Mutter war, was er nie bestritten hatte. Und jetzt, da er klar denken konnte, hielt er sich für einen verdammt guten Vater. Es würde nicht leicht werden, ein ausbalanciertes Besuchsrecht für Nate für die nächsten Monate auszuarbeiten, aber sie würden es schaffen. Dare und Monica lebten im selben Schulbezirk und würden sich bemühen, offen und ehrlich zu analysieren, was funktionierte und was nicht. Ihre Anwälte würden zwar am Schluss die Papiere anfertigen, aber sie selbst würden sich untereinander einigen, was auch geschehen mochte.

Dare würde sein Kind mehr als ein paar Stunden im Monat in seinem Leben haben und er hätte nicht glücklicher sein können.

»Du siehst glücklich aus«, stellte seine Mutter fest, als sie sich ihm näherte. »Ich bin froh, das zu sehen.«

Er beugte sich zu ihr hinunter und schloss sie in die Arme. »Ich *bin* glücklich.«

»Gut. Es war scheinbar eine gute Idee, diese Herbergsleiterin einzustellen.«

Er verdrehte die Augen und erinnerte sich daran, was für ein Arschloch er gewesen war. »Du hattest recht.«

»Das hört deine Mutter am liebsten«, mischte sein Dad sich ins Gespräch.

Dare lächelte nur und ließ sich ein wenig von den beiden necken. Er verdiente es, weil er ein solches Arschloch gewesen war. Nachdem sie besprochen hatten, was sie am nächsten Wochenende mit ihm und Nate unternehmen würden, ging Dare in die Tischnische in der

Ecke, wo Kenzie, Ainsley und Jesse miteinander redeten und eine neue Whiskeyprobe durchführten, die Dare zusammengestellt hatte.

»Alles gut, meine Damen?«, erkundigte er sich, bevor er Kenzie einen Kuss auf die Schläfe drückte.

Sie grinste zu ihm auf und hob ihr Glas. »Ja, ich denke, ich bevorzuge diesen hier. Der ist aus dem Fass, richtig?«

Er musterte den Whiskey und nickte. »Ja, er ist recht rauchig. Ich mag ihn auch.« Wieder beugte er sich zu ihr hinunter und küsste sie auf die Lippen, und der Geschmack von dem Whiskey auf ihrer Zunge ließ ihn hart werden ... obwohl das vielleicht auch einfach nur an Kenzie lag.

»Ihr beide seid unverschämt süß«, stellte Jesse lachend fest. »Ich frage mich, ob Rob und ich auch so süß sind.«

Jesse hatte begonnen, sich mit einem Mann zu verabreden, und Dare hätte sich nicht mehr für sie freuen können. Sie lächelte öfter als jemals zuvor und er war froh, dass ihre Wunde endlich heilte, wie seine eigene. Er hatte eine Weile gebraucht und er wusste, sie hatten immer noch einiges vor sich, aber sie waren nicht mehr dieselben Menschen wie damals nach Jasons Tod.

Und Dare ignorierte jetzt ihre Anrufe nicht mehr. Er hatte sich verändert.

»Wahrscheinlich noch süßer«, erwiderte Kenzie.

»Hey«, bemerkte Dare gekränkt. »Ich stehe immer noch hier.«

»Ja, und ich liebe dich.«

Er schüttelte nur den Kopf und lehnte sich gegen die Wand der Nische. »Geht es dir gut, Ainsley?«

Die Frau nickte, während sie stirnrunzelnd auf ihr Handy blickte. »Ja, ich versuche nur gerade, nebenbei meine E-Mails durchzusehen. Der Tag müsste mehr Stunden haben.«

»Da kann ich dir nicht widersprechen.« Dare blickte sich stirnrunzelnd in der Kneipe um. »Ich dachte, Lochlan wäre hier?«

Hastig blickte Ainsley auf. »Deine Eltern wollten heute Abend ausgehen, also ist Lochlan zu Hause bei Misty. Ich habe ihm angeboten, auf sie aufzupassen, aber er sagte, es sei in Ordnung so.« Sie zuckte mit den Schultern, aber Dare hatte etwas in ihrem Tonfall aufgeschnappt. Er blickte zu Kenzie hinüber, die den Kopf schüttelte. Vielleicht war da etwas im Busch, aber vielleicht sah er auch nur Gespenster. Er wusste es ehrlich gesagt nicht mehr.

Er drehte sich leicht vom Tisch weg, um zum Tresen zu blicken. Plötzlich umspielte ein Lächeln seine Lippen. »Wer ist die Blonde am Tresen bei Fox?«

Ainsley warf einen Blick um ihn herum. Dare fuhr schnell mit der Hand durch Kenzies Haar, denn er musste sie ständig berühren. »Keine Ahnung, aber sie ist heiß.«

»Und beschwipst«, warf Jesse ein. »Dein Bruder ist auch ziemlich beschwipst, denke ich.«

Dare runzelte die Stirn. »Soll ich etwas unternehmen?« Er schüttelte den Kopf. »Ich werde gleich mit Rick reden und herausfinden, wie viel sie getrunken haben.«

»Übertrieben fürsorglich«, neckte Ainsley.

»Zur Hölle, ja, das bin ich. Ich kann nicht anders. Oh, das erinnert mich daran, dass Tabby gesagt hat, sie würde dich wegen der Hochzeit morgen anrufen.« Die Hochzeit stand kurz bevor und Dare hatte seiner Schwester erzählt, er werde Kenzie und Nate mitbringen. Zu behaupten, seine kleine Schwester wäre begeistert, wäre eine Untertreibung gewesen.

»Klingt gut. Ich freue mich darauf, sie persönlich kennenzulernen.« Kenzie lächelte zu ihm auf.

»Ich freue mich auch darauf.« Er lehnte sich zu ihr hinunter und gab ihr einen langen Kuss auf die Lippen. Das Gelächter von Ainsley und Jesse ignorierte er.

Er war in seinem Leben von Wegkreuzung zu Wegkreuzung gegangen und hatte emotional kaum mithalten können, als er versucht hatte, seinen Platz in der Welt zu finden. Dabei hatte er mehr als einmal beinahe alles verloren. Erst als er sich geöffnet und darüber nachgedacht hatte, was er wollte, hatte er die Chance ergreifen können und genau das gefunden, wovon er immer geträumt hatte.

Eine Familie, der er mit jedem Jahr näherkam.

Eine kleine Stadt, die sich gut um ihre Bewohner kümmerte.

Einen Sohn, der das Licht in seiner Welt war.

Ein Geschäft, das seine Berufung war.

Und eine Frau, mit der er bis zum Lebensende zusammen sein wollte.

Kenzie war seine Zukunft und der Gedanke, mit ihr alt zu werden, gefiel ihm ausnehmend gut. Sie würden ein Geheimnis nach dem anderen enthüllen.

Weiter in der Whiskey und Lügen*:*

Whiskey Reveals -

Falls ihr über neue Bücher oder Rabattaktionen auf dem Laufenden bleiben wollt, könnt ihr euch gerne für Carrie Anns Newsletter anmelden.

Bücher von Carrie Ann Ryan
Montgomery Ink Reihe:

Montgomery Ink Reihe:

Delicate Ink – Tattoos und Überraschungen (Buch 1)

Tempting Boundaries – Tattoos und Grenzen (Buch 2)

Harder than Words – Tattoos und harte Worte (Buch 3)

Written in Ink – Tattoos und Erzählungen (Buch 4)

Ink Enduring – Tattoos und Leid (Buch 5)

Ink Exposed – Tattoos und Genesung (Buch 6)

Inked Expressions – Tattoos und Zusammenhalt (Buch 7)

Inked Memories – Tattoos und Erinnerungen (Buch 8)

Montgomery Ink Reihe (Colorado Springs):

Fallen Ink – Tattoos und Leidenschaft (Buch 1)

Novellas:

Ink Inspired - Tattoos und Inspiration (Buch 0.5)

Ink Reunited – Wieder vereint (Buch 0.6)

Forever Ink - Tattoos und für immer (Buch 1.5)

Hidden Ink – Tattoos und Geheimnisse (Buch 4.5)

Die Gallagher-Brüder:

Love Restored – Geheilte Liebe (Buch 1)

Passion Restored – Geheilte Leidenschaft (Buch 2)

Hope Restored – Geheilte Hoffnung (Buch 3)

Whiskey und Lügen:

Whiskey und Geheimnisse (Buch 1)

Und auch die folgenden Bücher von Carrie Ann Ryan werden in Kürze auf Deutsch erhältlich sein:

Aus der »Montgomery Ink Reihe«:

Restless Ink (Buch 10)

Jagged Ink (Buch 11)

Wrapped in Ink (Buch 12)

Sated in Ink (Buch 13)

Embraced in Ink (Buch 14)

Seduced in Ink (Buch 15)

Inked Persuasion (Buch 16)

Inked Obsession (Buch 17)

Inked Devotion (Buch 18)

Inked Craving (Buch 19)

Inked Temptation (Buch 20)

Aus der Reihe »Whiskey und Lügen«:

Whiskey Reveals (Buch 2)

Whiskey Undone (Buch 3)

BIOGRAFIE

Carrie Ann Ryan ist eine *New York Times* und USA Today Bestsellerautorin moderner und übersinnlicher Liebesromane. Außerdem schreibt sie Literatur für junge Erwachsene. Ihre Arbeit umfasst die »Montgomery Ink Reihe«, »Redwood Pack«, »Fractured Connections« und die »Elements of Five«-Reihe. Weltweit hat sie über vier Millionen Bücher verkauft.

Sie hat bereits während ihres Chemiestudiums mit dem Schreiben begonnen und hat seitdem nicht mehr aufgehört. Inzwischen hat Carrie Ann mehr als fünfundsiebzig Romane und Novellen fertiggestellt – und ein Ende ist nicht in Sicht. Carrie Ann wurde in Deutschland geboren und hat schon überall auf der Welt gelebt. Wenn sie sich nicht gerade in ihrer emotionalen und aktionsgeladenen Welt verliert, liest sie gern, während sie sich um ihr Katzenrudel kümmert, das mehr Anhänger hat als sie selbst.

Besuchen Sie Carrie Ann im Netz!
carrieannryan.com/country/germany/
www.facebook.com/CarrieAnnRyandeutsch/

twitter.com/CarrieAnnRyan
www.instagram.com/carrieannryanauthor/

Printed by Amazon Italia Logistica S.r.l.
Torrazza Piemonte (TO), Italy